Eric Weißmann
Tod im Friesenhaus
Kristan Dennermann ermittelt

AF177285

Eric Weißmann

TOD
IM FRIESENHAUS

KRISTAN DENNERMANN ERMITTELT

Ein Sylt-Krimi

dtv

Von Eric Weißmann ist bei dtv erschienen:
Mord unterm Reetdach

@weissmannsylt

Originalausgabe 2025
© 2025 dtv Verlagsgesellschaft mbH & Co. KG
Tumblingerstraße 21, 80337 München
produktsicherheit@dtv.de
Lektorat: Anne Rudelt
Umschlaggestaltung: Lisa Höfner | buxdesign, München
Umschlagmotive: Ralf Meyer, photoguide-sylt.de; Adobe Stock /
pkazmierczak, Ruben Chase, Masarik, Happy monkey, Kaesler Media;
Hund (auf hinterer Klappe): Adobe Stock_676914702;
Bildmotiv Karte auf U2/Vorsatz: AdobeStock_21385282
Satz: C.H.Beck.Media.Solutions, Nördlingen
Gesetzt aus der Stempel Garamond
Druck und Bindung: Druckerei C.H.Beck, Nördlingen
Printed in Germany · ISBN 978-3-423-22108-5

PROLOG

»Hallo? Wo bist du?«

Ich greife in das pechschwarze Dunkel. Nicht einen Millimeter wage ich, meine Beine zu bewegen. Selbst den Blick wende ich nur ganz langsam. Als hätte man mich in einen Tank voller Teer gesperrt, in dem ich unerklärlicherweise zwar noch atmen, mich aber kaum regen kann.

Die Dunkelheit umschließt mich voll und ganz, belegt jeden Zentimeter meiner Haut. Sie dringt in meine Ohren, meine Nase, meinen Mund, kaum, dass ich ihn öffne und zitternd, voller Panik anfange zu krächzen.

»Wo bist du?«

Keine Reaktion.

Niemals hätte ich mich auf die Sache einlassen sollen. Niemals auch nur daran denken, die letzten Grenzen meines Lebens wieder einzureißen. Das habe ich jetzt davon. Keine neue Freiheit. Keine weite Sicht auf frische Horizonte. Nur ein alles durchdringendes, alles verschlingendes, sich nun auch in mir selbst ausbreitendes Schwarz. Und obwohl ich ohnehin nichts sehen kann, scheint nun auch in meinem Inneren ein Dunkel aufzusteigen. Es füllt von innen meine Augen, unaufhaltsam steigt der Pegel eines noch dichteren Dunkels als dem, was mich umgibt.

Ich laufe voll.

Ertrinke von innen.

Finde mein Ende in der Dunkelheit, wo ich hingehöre.

KAPITEL 1

Vor dem trüben Morgenhimmel setzt sich das Gelb der Rapsfelder leuchtend ab. Nur wenige andere Autos sind auf den zwei Spuren der Landstraße unterwegs. Wer ist schon wach und wendig zu dieser Zeit auf einer Insel, die von den meisten zum Entspannen und Ausschlafen aufgesucht wird, sei es in den Hotels, auf den Campingplätzen oder im eigenen Ferienhaus? Einer Insel mit zwölftausend Einheimischen, die in der Hochsaison von zehnmal so vielen Menschen bevölkert ist?

Wer ist bereits auf den Beinen? Ärztinnen, Krankenpfleger, die Lehrlinge in den Backstuben und ganz sicher auch Samuel in seiner kleinen Bude am Lister Hafen, die gefühlt niemals schließt. Und ich, der Makler. Der Mann, der Träume erfüllt, damit Landeier zu Nordlichtern werden und für ein paar Monate im Jahr die Möwen über ihren Köpfen schreien hören statt der Tauben am Brunnen vor dem klobigen City-Kaufhaus. Oder für immer, je nach Geldbörse.

Konzentriert lenke ich den Wagen, an dem mich seit geraumer Zeit alles stört. Der kleine Aluminiumring um den Kopf der Gangschaltung hat sich leicht gelöst. Eine spitze Kante davon pikst mir regelmäßig in den Daumen. Wie oft ich das Auto auch reinigen lasse, ich habe den Eindruck, ein paar Krümel verbleiben immer auf der

Fußmatte. Vor allem aber klemmt das Handschuhfach. Solche Kleinigkeiten können einen wahnsinnig machen.

Vielleicht kann ich meinen MINI Cooper, also genau diesen MINI Cooper, aber auch einfach nicht mehr genießen nach der Verfolgungsjagd im vergangenen Jahr, in deren Verlauf beinahe erneut eine Frau in meinem Auto ihr Leben verloren hätte. Sie haben ihn sehr sorgsam repariert, aber der Schreck steckt dem Auto noch immer in den Teilen. Und mir erst.

Die frühe Morgenstille wird nur vom gelegentlichen Rauschen des Windes und dem gleichmäßigen Brummen des Motors unterbrochen. Meine Gedanken schweifen ab, und ich habe eine Vision. Ein Handschuhfach, das sich schon butterweich öffnet, wenn man es nur freundlich ansieht und in dem wirklich Handschuhe bereitliegen. Die Bezeichnung stammt schließlich aus einer Zeit, in der das so war, weil die Autos noch keine Heizung hatten. Wenn die Wolken den ersten Schnee mit sich brachten und der Strandhafer knackend gefror, es aber trotzdem irgendwo hingehen musste, zog man die Handschuhe aus der Klappe. Überhaupt hatte früher alles eine gewisse Lebenskultur. Cheyenne hat mir neulich ein paar Videos weitergeleitet, in denen ein Experte für historische Mode erzählt, wie noch vor einhundert Jahren sogar die Teenager Anzüge trugen. Okay, wenig später ließen sie einen angehenden Massenmörder an die Macht kommen und zogen in den Krieg, aber dunkle Gedanken möchte ich jetzt keine haben. Ich darf auch mal ungerecht nostalgisch sein.

Cheyenne … wie gern hätte ich sie jetzt hier. Gelber Raps vor dem Fenster. Grüne Augen auf dem Beifahrersitz. Schließen würde sie die und ganz tief und genüsslich den Duft des feuchten, frühen Morgens einsaugen.

Mein MINI hat nicht mal einen echten Eigengeruch. Das fällt mir auf, weil, während die Felder an mir vorbeiziehen und das Bild von Cheyenne neben mir langsam verfliegt, der Duft meines ersten Modells aus der Erinnerung in meine Nase steigt. Ein grüner MINI Cooper mit dem Union Jack auf dem textilen Cabrio-Dach, der britischen Flagge. Wie ich mich jedes Mal gefreut hatte, wenn ich in den kleinen Flitzer einstieg. Niemals folgte darauf eine bloße Fahrt von A nach B, sondern immer eine kleine Reise, ein mobiles Abenteuer, bei dem das Sehen aus dem Wagen heraus und das in ihm Gesehenwerden ungefähr gleichermaßen wichtig waren. Es sei denn, ich parkte das schöne Stück absichtlich einige Straßen von einer Immobilie entfernt, wenn ich deren Besitzer das erste Mal traf, um über eine mögliche Vertretung durch mich als Makler zu sprechen. Klar hätten ein Mitbewerber oder eine Tratschtante, die den Wagen kennt, mich auch zufällig in das Haus gehen sehen können. Aber die Wahrscheinlichkeit, dass sich mein Interesse herumsprach und mich jemand ausbooten konnte, wäre doch viel größer gewesen, hätte das auffällige Auto einige Stunden lang direkt vor dem Objekt geparkt.

Auf der karierten Decke im Fußraum vor dem Beifahrersitz gibt der Prince of Wales ein ungewöhnliches Jaulen von sich. Kein »Ich brauche ein Gassi«-Jaulen und auch kein drängender Hunger. Nicht einmal den Wunsch nach Streicheleinheiten höre ich in der Betonung, die mein Corgi da in seiner halbwegs unfallsicheren Höhle an den frühen Tag legt. Eher so was wie: »Mach doch!« Oder: »Wieso nicht?«

Liest er meine Gedanken? Ein Lächeln macht sich in meinem Gesicht breit, und der Brustkorb weitet sich nicht länger bloß wegen der Morgenluft im Fahrtwind des halb geöffneten Fensters. Ich stelle mir vor, wieder mit dem alten MINI über die Insel zu düsen, das britische Verdeck geöffnet und den Wind um die Nase. In meiner Fantasie lasse ich die kleinen Reifen auf dem Parkplatzsand des Lister Ellenbogens knirschen oder am Strand am roten Kliff. Dann würde ich aussteigen, mit dem Prince einen ausführlichen Strandspaziergang machen, und schon jetzt freue ich mich darauf, was für ein Vergnügen auf vier Rädern nachher wieder auf uns wartet. Oder eines Tages, bald wieder, auf uns drei.

Ich halte Ausschau nach einer Möglichkeit anzuhalten und fahre auf einen Kiesplatz neben einem kleinen Café, in dem ich noch nie eingekehrt bin. Die Tür steht bereits offen. Ein einzelner Radfahrer sitzt an einem der vier runden Tische, die sich vor dem putzigen Reethaus verteilen wie Pilze, die zufällig aus dem Boden geschossen sind, und trinkt den ersten Kaffee des Tages. Ich nehme das nur am Rande zur Kenntnis, denn Kopf und Seele sind erfüllt von der Idee, die umzusetzen mir mein bester Freund auf Erden gerade mit seinem drolligen Quieken erlaubt hat. Schnell schalte ich den Motor aus und das Smartphone an und surfe auf die Webseite einer Autobörse. »MINI Cooper« tippe ich in die Suchleiste und dazu: »Grün«. Ich zögere. Wieso halbe Sachen, wenn ich vor wenigen Minuten einen ganzen Traum hatte? Über meine eigene, kindliche Naivität den Kopf schüttelnd, gebe ich noch »Union Jack Dach« zusätzlich ein. Wie albern. Wieso sollte es ein dermaßen seltenes Modell einfach so auf dem Gebrauchtmarkt geben?

Ebenso gut könnte ich versuchen, auf einer Immobilien-börse für Endverbraucher eine Original-Höhlenwoh-nung der Hobbits in Neuseeland zu finden. Oder das ehemalige Hausboot der Kelly Family.

Ich will das Gerät gerade schon wieder weglegen, als ich ihn auf dem kleinen Monitor sehe. Mein altes Mo-dell. Ein knatschgrüner MINI Cooper mit dem Union Jack als Dach. Mit offenem Mund starre ich auf das Telefon und lese Begriffe wie »gepflegt« und »einzig-artig«, »Nichtraucher-Auto« und »TÜV bis 05/26« so-wie »limitierte Auflage«. Letzteres stimmt tatsächlich, denn nur neunhundertneunundneunzig Exemplare die-ses Modells hat die Firma damals hergestellt. Der Wagen steht in Dänemark. Ich klicke auf das Profil der Verkäu-ferin. Noch bevor ich mir das Foto ansehen kann, fliegt mir der Name ins Auge. Und mit ihm kommt die Dun-kelheit.

Mir bleibt die Luft weg. Es fühlt sich an, als habe sich ein alter Tennisball in meinem Hals materialisiert. Seit der Sache mit Hinnerk Petersen im vergangenen Jahr habe ich »Fortschritte gemacht«, wie mein Therapeut gern sagt. Ich kann wieder besser auf Menschen zuge-hen, also auch abseits meines Berufs. Aber das ändert nichts daran, dass es immer noch sehr viele Schalter in mir gibt, mit denen sich der scheinbar lebensfrohe, leicht exzentrische Kristan Dennermann jederzeit ausschalten lässt.

»Verzeihung, wir haben noch nicht geöffnet. Der Herr dort, nun ja, er gehört zum Inventar.«

Ich schrecke auf. Im halb geöffneten Fenster des Wa-gens steckt das Gesicht eines Kellners. Schmales Kinn, kräftige Brauen. Seine Finger liegen auf dem Rand der

Scheibe. Entschuldigend zeigt er auf den Radfahrer, der lange vor der offiziellen Öffnungszeit des winzigen Cafés seine Ration erhalten hat. Des Cafés, auf dessen feinem Kiesplatz ich gerade stehe und immer noch kaum Luft bekomme.

»Ist alles in Ordnung mit Ihnen?«

Ich würde gern antworten, aber sogar meine Stimmbänder verharren in Angststarre. Zitternd wie bei einem alten Mann wandert meine linke Hand das Fenster hinauf und klopft halbherzig beruhigend auf dessen Rand.

»Ich kann Ihnen auch ein Wasser bringen. Ich meine, wie gesagt, wir haben noch geschlossen, aber … oder brauchen Sie einen Arzt?«

Verschwinde bitte, denke ich, weiß aber, dass ich dafür etwas sagen müsste. Also krächze ich eher, als dass ich artikuliere: »Alles okay. Ich habe nur eben etwas gesehen, das mich … aus der Bahn geworfen hat.«

Ich hebe den Blick. Mein Kopf fühlt sich so schwer an wie der Gneis, der vor zwanzig Jahren an den Kampener Strand gespült wurde. Ein zwanzig Tonnen schwerer Findling, Milliarden Jahre alt. Endlich versteht der Kellner mich, dieses Mal ohne Worte.

»Gut, ich lasse Sie dann mal in Ruhe.« Die Hände lösen sich vom Glas. Ich lasse die Scheibe hochfahren. Besser meine Ruhe als Luft, die ich gerade ohnehin nicht kriege.

Sie heißt wie sie.

Mit dem Bildschirm nach unten habe ich das Telefon auf dem Oberschenkel abgelegt. Besorgt leckt der Prince of Wales meine Hand. So hat er sich das auch nicht vorgestellt. Das Herrchen sollte an der Idee, sein altes Automodell einfach erneut zu kaufen, doch Freude haben, anstatt Luftnot zu bekommen. Behutsam hebe ich das Telefon wieder an. Wie ein Pokerspieler, der unter seine Karten linst.

Es bleibt dabei.

Sie heißt wie sie.

Die Verkäuferin des MINI mit dem Union Jack trägt den Namen meiner verstorbenen Liebsten. Den Namen einer Hälfte meiner Seele, die mir damals in einer Nacht weggerissen wurde. Innerhalb von Sekunden. Eben war da noch ein Leben und die Vorfreude auf den nächsten Tag, und dann? Nichts mehr.

Die Frau, die ein Auto verkauft, das so aussieht wie damals das meine, sie trägt ihren Namen.

Ich öffne das klemmende Handschuhfach mit einem Ruck. Es sind keine Handschuhe darin, aber der kleine Kristan in mir hat eine Idee, wie der große sich beruhigen könnte. Einfach spielen. Einfach so tun, als ob. Ich stelle mir vor, ich finde ein paar dieser alten, fingerlosen Lederhandschuhe, wie sie ganz früher die Rennfahrer trugen. Die Männer auf den alten Blechschildern und Retro-Postern mit den Kappen auf dem Kopf und den großen Windschutzbrillen vor den Augen. Ich lege das Handy beiseite, ziehe mir die imaginären Handschuhe über und greife mit beiden Händen das Steuer. Langsam beruhigt sich mein Puls, und der Atem kehrt zurück. Sanft hebt und senkt sich die Brust. Ich lasse das Lenkrad los, erst die vier Finger, kurze Pause, dann die Daumen. Der Prince legt sich wieder hin. Papa überlebt. Ich greife erneut nach meinem Telefon. In das Kontaktmenü der Webseite gebe ich meine Daten ein und schreibe, dass ich allergrößtes Interesse an dem Wagen hätte und jederzeit auf die Fähre nach List steigen könne.

Durchatmen.

Gesendet.

Der Fahrradfahrer bezahlt seinen Kaffee mit einer guten Portion Trinkgeld. Ich lege wieder die Hände mit den Fantasie-Handschuhen eines mutigen, pfeilschnellen Mannes aufs Lenkrad, stelle mir vor, wie Cheyenne vom Beifahrersitz zunickt, und lasse den Motor an.

KAPITEL 2

Bei jedem frischen Stoß der salzigen Meeresluft zuckt der Prince of Wales mit der Nase. Es sieht dermaßen süß aus, dass ich meinen Blick kaum abwenden kann. Als wäre der Wind ein Wesen, das mit meinem Corgi spielt und ihm immer wieder zärtlich die Fingerspitze auf die Nase tupft.

Warm gluckert der Motor der Syltfähre unter unseren Füßen. Es sind nur elf Kilometer bis nach Havneby, quasi der Hauptstadt von Rømø, Dänemarks südlichster Wattenmeerinsel. Neun Seemeilen. Ein Katzensprung. Oder besser: ein Corgisprung, wenn ich meinen Kleinen da so beobachte. Ich schmunzle. »Hauptstadt« ist zu viel gesagt für den Ort, in dem mich gleich mein neuer, alter MINI Cooper erwartet. Rund zweihundertfünfzig Einwohner zählt das Örtchen, bloß fünfhundertsechzig die gesamte Insel. Ein Naturparadies für Menschen, die es ganz gemächlich mögen. Fünfundzwanzig Quadratkilometer Dünengürtel und noch mal so viel an Strandwiesen. Zehn Quadratkilometer Marschland, das früher mal eine Sandinsel war, durch einen Priel vom Hauptland getrennt. Jahr für Jahr sorgen wir Sylter außerdem dafür, dass Rømø weiter wächst. Die Winterstürme transportieren so viel Sand von unserer Westküste hinüber, dass tatsächlich die dänische Inselmasse wächst. Wenigstens in dieser Hinsicht klappt die Umverteilung der Reichtümer, würde manch einer sagen, der immer skeptischer auf unser Kleinod schaut. Die See liegt heute still da, aber um meine Insel, deren Hauptort einst sogar eine berühmte deutsche Band als ihren Sehnsuchtsort besang, ist es stürmisch geworden.

Am Pier von Havneby legt sich die kühle dänische Brise um uns. Des Prinzen Nase zuckt jetzt ununterbrochen, obwohl wir nicht mehr fahren. Doch der Wind saust hier sogar stärker als auf der ruhigen See.

»Einen schönen Urlaubstag wünsche ich.«

Ich zucke beinahe zusammen. Der alte Mann tippt sich an die Schiebermütze und kraxelt von der Fähre. Es ist nicht so, dass wir während der Fahrt gesprochen hätten. Daher mein kurzer Schreck, aus heiterem Himmel die kantige Stimme im Ohr zu haben. Kristan, Kristan, hast du denn immer noch keinen festen Boden unter den Füßen?

Ich klettere ebenfalls von der Fähre. Ein paar Krabbenkutter liegen im Hafen. Seit Ende der Sechzigerjahre fangen sie hier Garnelen. Dunkle Seile ziehen sich zu den weißen Masten hinauf. Ein Schiff fällt mir besonders ins Auge. Der Rumpf und das Dach der Brücke sind rot gestrichen. Kein Signalrot, eher ein karottenfarbenes, wie das der Haare meiner Assistentin Hella. Zeit, dass ich für sie und ein paar Gäste mal wieder den Kochlöffel schwinge. Gamberetti al pistacchio wären nicht schlecht, mit ein paar fein gerösteten Semmelbröseln und dem Abrieb einer Zitrone, der dem Ganzen den Beigeschmack verleiht, als speise man an einem lauen Sommerabend mitten in einem Limonenhain.

Mein Blick schweift über den Pier und die Parkplätze. Kein MINI Cooper weit und breit. Möwen kreisen über mir, zeichnen weiße Tupfer in den blauen Himmel. Der

Duft von Fisch und Seetang mischt sich in die salzige Frische der Luft. Ich beschließe, mir mit einem heißen Becher Kaffee den Kopf frei zu machen, und steuere den Havnekiosken an. Ein breiter, flacher Bau, der größer ist, als sein Name andeutet. »Kiosk«, das passt eher zu dem kleinen Häuschen am anderen Ende der Fährlinie, im Hafen von List, das ich kürzlich dem jungen Lebenskünstler vermittelt habe, der einen Neuanfang suchte und meinte, wenn er schon mit einer Trinkhalle erst mal kleine Brötchen backe, dann wenigstens auf der größten deutschen Insel, zumindest, was die Geldbeutel der meisten Besucher angeht. Wir verstanden uns auf Anhieb. Den Nachlass, den ich ihm auf die Maklerprovision gab, quittierte Hella allerdings mit einem kräftigen Kopfschütteln. Sie traut ihm nicht so recht.

Vor dem Havnekiosken sitzen ein paar Gäste an den fest miteinander verschraubten, hölzernen Tisch-Bank-Konstruktionen. Fähnchen strecken sich über die ganze Front hinaus in die Luft, wie aufgestellte Fransen an einer Stirn mit Pony. Im Restaurant selbst empfängt mich eine Wärme, die erst richtig spürbar macht, wie kühl es draußen unter dem klaren Himmel noch ist.

»Hej«, begrüße ich die Tresenfrau auf Dänisch. »En kop kaffe, tak.« Tak heißt bitte in der Sprache unserer nordischen Nachbarn. Die Dame hinter der Theke lächelt, als sei ihre kleine Insel eine Oase abseits aller Sorgen der Welt. Was sie in gewisser Weise auch ist.

»Mælk eller sukker?«

»Sort Tak, To Go.«

Bei uns daheim in der Fußgängerzone von Westerland, bestelle ich bei Lilo im Café Leysieffer immer den großartigen Latte Macchiato mit einem Extraschuss Espresso. Hier, im raueren Wind der ersten Quadratmeter von Dänemark, ist mir mehr nach einem klassischen Schwarzen, zum Mitnehmen.

Der große Vollautomat rattert, als ein Mann neben mir auf dem Hocker Platz nimmt und eine Schiebermütze samt deutscher Zeitung auf den Tresen legt. Die Schlagzeilen berichten von einer Horde junger Sylter Partygäste, die kürzlich erneut ein paar Schlager zu boshaften und rassistischen Parolen umgedichtet und sich völlig schambefreit dabei gefilmt haben. Offenbar kommen nun welche auf die Insel, die ihre Arbeitsstellen auch dann sehr sicher wissen, wenn sie sich in hoch aufgelöstem 4K und bestem Ton dabei filmen, wie sie aus »Ein Bett im Kornfeld, das ist immer frei« die Zeile »Ein Platz im Flugzeug, der ist immer frei« machen. Da will man gar nicht wissen, für wen die arbeiten.

»Rechte Schlagerhetzer, linke Klimakleber, schräge Punker-Camps ... ganz schön was in Schieflage auf eurer schönen Insel, was?«

Der Mann neben mir meint wohl offensichtlich mich. Ein Dreitagebart schmückt seinen breiten Kiefer. Das Aftershave hat was von leicht fauligem, aber immer noch würzig-frischem Unterholz im Wald.

»Wieso auf *eurer* Insel? Woher wollen Sie wissen, dass ich von Sylt bin? Sieht man mir das an?«

Ein verschmitztes Schmunzeln macht sich auf dem Gesicht des Mannes breit und immer breiter, wie Priele, wenn die Flut kommt. Er mustert mich und den Prince of Wales, der brav zu meinen Füßen vor der Theke wartet.

»Nein, nein, gar nicht ...«

Kichernd schnappt er sich die Mütze und die Zeitung

wieder, stößt sich vom Tresen ab und verschwindet, ohne etwas bestellt zu haben.

»Din kaffe.« Die Kellnerin stellt mir den Becher vor die Nase. Ich bezahle in bar, in Dänischen Kronen, die trotz Mitgliedschaft der Dänen in der EU dank Volksabstimmung weiterhin die nationale Währung sind.

Ich trete wieder hinaus und schlürfe den ersten Schluck durch das kleine Loch im Deckel. Pappe, kein Kunststoff mehr. So, wie selbst in den ältesten Immobilien nach und nach die Glühbirnen aus den mächtigen Deckenleuchten oder den alten Stehlampen verschwinden und Platz für Modelle machen, in denen statt eines heißen Fadens eine Reihe kleiner LEDs leuchten. Wie sah Bob Dylan es schon zu einer Zeit voraus, als im Ruhrgebiet noch die Kohleschlote qualmten und auf Sylt die ersten vielgeschossigen Appartementhäuser in die Luft schossen, um Urlauber in Massen aufzunehmen? The times they are a-changing.

Ob ich veräppelt wurde?

Ob es gar keinen MINI Cooper mit Union-Jack-Dach gibt und die Verkäuferin sich bloß einen Scherz erlaubt hat? Ob es ein Fehler ist, den Menschen wieder einen Vertrauensvorschuss zu geben, wie ich es seit einer Weile versuche und wie mein Therapeut es mir empfohlen hat?

Kaum stelle ich diese Überlegungen an, rauscht das kleine Wunder mit Karacho in den Hafen. Blitzartig reiße ich den Arm hoch, natürlich nur den linken, um der Fahrerin zu winken, und nutze dafür leider den, in welchem ich den Kaffeebecher halte. Heiße, schwarze Tropfen besprenkeln meinen sandfarbenen Norwegerpulli, den ich heute für den Trip nach Dänemark gewählt habe. Immerhin sorgt der panische Tanz, den ich durch das Malheur aufführe, dafür, dass die Frau am Steuer mich tatsächlich erkennt. Schwungvoll fährt sie ein paar Meter neben den Havnekiosken und springt schon aus dem Wagen, als der gerade erst zum Stehen gekommen ist. Der Wind greift in ihre schulterlangen blonden Haare. Zu einer schwarzen Chinohose trägt sie ein weinrotes Langarmhemd mit breiten Manschetten.

»Verzeihen Sie, verzeihen Sie!«

Ich winke ab, die letzten Tropfen halbherzig von meinem Pulli klopfend, längst beschwichtigt durch den Anblick dieses einzigartigen Fahrzeugs. Ich wurde nicht veräppelt. Ich darf den Menschen noch trauen. Der Prince of Wales rennt zu dem Wagen, als hätte die Dame einen anderen Hund dabei, und schnüffelt aufgeregt und schwanzwedelnd am Auspuff.

»Das ist ja Wahnsinn!«, hauche ich, ohne weitere Begrüßung. Oder doch, ich gebe ihr die Hand, aber währenddessen liegt mein Blick auf dem Auto, und ich mache die ersten Schritte in seine Richtung und ziehe die Verkäuferin hinter mir her.

»Ihr Hund mag ihn schon mal«, lacht sie, drückt meine Hand fester und stellt sich erstmals selbst mit ganzem Namen vor. Kurz bricht mir der Schweiß aus, als ich erneut den Vornamen höre, der dem meiner verstorbenen Partnerin gleicht. Damit er nicht erneut erwähnt wird, antworte ich ganz bewusst nur mit meinem Nachnamen und lenke die Aufmerksamkeit direkt auf anderes: »Dennermann. Und das ist der Prince of Wales.«

»Oh, eine Hoheit!«

Sie hockt sich zu ihm. Er dreht sich um und reibt die

Schnauze an ihrer hingehaltenen Hand, so freundlich und aufgeregt, als würde er etwas erkennen.

»Ein Corgi?«

»Welsh Corgi Pembroke. Daher der Name. Ein Nachfahre der walisischen Hütehunde und schon seit dem 10. Jahrhundert unterwegs.«

»Sehr süß. Ja, du Lieber? So ein Lieber!«

Ich fahre mit der Hand über den Lack des Wagens, das textile Cabrio-Dach mit der britischen Flagge, die perfekt geputzten Fenster. Das Auto ist herausragend gepflegt – und es sieht wirklich ganz genauso aus wie mein altes. Auf der kleinen Seitenleuchte steht ganz dezent der Schriftzug: 1 of 999. Den hat BMW damals jedem der 999 Exemplare verpasst, allerdings, ohne durchzuzählen. Jedes Modell ist sozusagen die Nummer 1.

»Genau den Blick wollte ich bei einem Käufer sehen«, sagt Frau Senger, deren Vorname ich vermeiden möchte. »Jetzt weiß ich ganz sicher, dass er in liebende Hände kommt.«

»Warum verkaufen Sie ihn denn dann?«

»Weil ich diesen Blick für den Wagen verloren habe. Ich konnte ihn mal so ansehen, aber jetzt nicht mehr.«

Die Augen der Frau wandern nach links unten, als sie das sagt, an den Ort, wo die eher dunklen Erinnerungen lauern.

»Was ist passiert?«, frage ich, womöglich etwas zu übergriffig. »Ein Unfall?«

»Nein. Kein klassischer … eher, wie soll ich sagen? Ein Erlebnis, das Wunden in die Seele schlägt und zu dem ich leider mit dem Auto hin- und auch wieder weggefahren bin.«

»Das tut mir leid«, zeige ich Mitgefühl und lenke das

Gespräch gleichzeitig weg von Lebenswunden, die in Autos geschlagen werden. »Ich kenne das von Häusern.«

»Von Häusern?«

»Ja, ich bin Makler unten auf Sylt. Oder, wie ich lieber zu sagen pflege: Wunschhändler. Traumvermittler. Jemand, der Visionen umsetzt. Vorstellungen eines neuen Lebens, das die Leute sich *eigentlich* kaufen, wenn sie in ein Haus investieren. Außer natürlich, sie sind wirklich nur Investoren.«

»Und da gibt's das auch, dass Sie ein Haus irgendwann, nun ja, nicht mehr sehen können?«

»Ja. Wenn es keine gute Geschichte mehr erzählt. Oder die schlechten Geschichten die guten überwiegen.«

Frau Senger stemmt sich wieder in die Höhe. Der Prince of Wales schnuppert weiter an ihren Füßen, die in leichten Sneakers stecken, denen man ihr Sneakers-Sein kaum ansieht.

»Dann kommen wohl nur Leute mit sehr vollen Taschen zu Ihnen?«

»Sagen wir es so: Die mit den übernatürlich vollen Taschen, den Taschen, die niemals erschöpft werden können, die kommen immer noch. Aber der ganz normale Reichtum, wenn man das so nennen mag, der verschwindet langsam.«

»Wirklich?«

»Ja. Viele spielen die vollen Taschen nur noch vor. Wie Influencer, die sich den Lamborghini für den Dreh bloß leihen. In Wahrheit wird es langsam eng, auch hinter den scheinbar solventen Fassaden.«

Einen Moment lang stehen wir beide schweigend auf

dem Pflaster von Havneby. Immer mehr Autos für die nächste Fähre rollen vor. Motorräder, Roller, sogar eine riesige Gruppe von Radfahrtouristen.

»Irgendwie vermisse ich die Insel«, greift Frau Senger das Gespräch wieder auf. »Aber dann wieder auch nicht.«

»Sie waren mal Sylterin?«

»Lange her. Die Insel selber liebe ich. Die Natur, die alten Friesenhäuser. Das Keitumer Watt. Den Weg zum Himmel.«

Mein Herz macht einen Hüpfer, als sie diesen Insiderbegriff erwähnt. »Weg zum Himmel« nennen die Einheimischen den schmalen Fußweg, der am Ostrand von Süderheide zum Strand herunterführt. Ein Tunnel aus märchenhaften, uralten Bäumen und dichtem Gebüsch, der so auch bei Herr der Ringe vorkommen könnte oder im Zauberreich von Narnia. Den kennen wirklich nur die Eingeweihten.

»Wieso sind Sie nicht geblieben?«

»Wie sagten Sie gerade so schön? Es bleibt nicht alles flüssig hinter der solventen Fassade.«

Sie lacht. Ihre Ehrlichkeit ist mir sympathisch. Der Kaffee in meinem Becher ist längst kalt geworden.

»Außerdem hat mich die Haltung genervt, die immer mehr auf der Insel vorherrschte. Sich miteinander vergleichen. Im Wettbewerb stehen. Sogar noch neidisch sein auf einem Niveau, das ohnehin schon zu den oberen 0,5 Prozent gehört.«

»Es sind nicht alle so«, sage ich und denke an meine Hella, an Lieselotte, an Simon Beeken, mit dem ich wieder im Reinen bin, an Samuel in seinem Kiosk im Lister Hafen, an Johanne und an den knorrigen Kommissar

Kröger, mit dem ich hoffentlich nichts mehr zu tun haben werde, auch wenn wir uns mittlerweile wertschätzen und sogar schon privat ein paar Weine verkostet haben.

Frau Senger deutet mit der Nasenspitze auf den MINI Cooper. »Bei Ihnen kriegt er ein gutes drittes Leben.«

»Drittes?«

»Ja, ich habe ihn damals auch schon gebraucht gekauft, von einer sehr netten Frau. Wüsste gern, was aus ihr geworden ist.«

Eine Möwe kreischt in der Nähe auf einem Poller, als wollte sie die Frage beantworten.

»Und jetzt leben Sie hier in Havneby?«, frage ich die ehemalige Bewohnerin meiner geliebten Insel.

»Ein Stückchen weiter rauf, in Tagholm.«

Ich krame in meinem Gedächtnis. Das ist wirklich nur ein Stückchen. Kaum fünf Kilometer an der Küste entlang. Ein kleiner Ort in einem kleinen Gebiet auf einer kleinen Insel.

»Darf ich Sie heimfahren mit meinem neuen Liebling?«

»Noch ist er meiner«, lacht sie. Ich lache mit, stelle den Kaffeebecher auf dem Hafenboden ab, ziehe meine Geldbörse aus der Tasche und zähle den Kaufpreis in bar ab, ohne zu verhandeln. Sie nimmt die Scheine sorgsam, aber nicht zu gierig entgegen. Einfach wie jemand, der zu schätzen weiß, was Geld im Leben leisten kann, der aber keinen Tanz um das goldene Kalb daraus macht.

»Dann zeige ich Ihnen noch kurz mein kleines Dörfchen. Und die Sankt-Clemens-Kirche. Eine Welt, in der sich keiner mit dem anderen vergleicht. Na gut, außer die Gärten vielleicht, die sollte man nicht verwildern lassen.«

Ich klaube den Becher auf, trage ihn zu einem Mülleimer am Havnekiosken, kehre mit dem neben mir tänzelnden Prince zurück und öffne ihm sowie Frau Senger die Türen, ehe wir losfahren.

KAPITEL 3

Kristan und Isolde. Teil 175.

Ich lächele, als ich die Überschrift in mein Handy tippe. Seit Cheyenne weg ist, benennen wir die Nachrichten, die wir uns senden, nach der alten Wagner-Oper. Weil sie so heißt wie die irische Prinzessin, die erst mit Tristans Onkel verheiratet werden sollte, und weil ich fast so heiße wie der Ritter und Neffe von König Marke. Gott sei Dank brauchte es bei uns beiden keinen Notfall-Liebestrank, der dann doch auch nur zu einem tragischen Ende führt, sondern nur die gegenseitige Zuneigung aus freien Stücken.

Das Foto des MINI Coopers, das ich ihr sende, habe ich noch vorhin im Hellen geschossen, unter der kühlen Sonne von Rømø. Jetzt wäre es kaum noch was geworden, denn die Dämmerung liegt längst über dem Hafen und taucht die Poller, die Schiffe und den Havnekiosken in ein unscharfes Zwielicht. Soeben hat die vorletzte Fähre des Tages abgelegt. Die letzte, mit der ich noch in halbwegs freundlichem Licht wieder nach Hause gekommen wäre. Mit der nächsten fahre ich im Grunde ins Dunkel, und allein der Gedanke daran macht mir eine Angst, die ich Cheyenne gegenüber niemals zugeben würde. Und auch sonst gegenüber niemandem. Sogar meinem Therapeuten verheimliche ich gerade, dass meine Furcht vor der Dunkelheit umso mehr gestiegen ist, je mehr ich wieder angstfrei und vertrauensvoll auf

Menschen zugehen kann. Es ist, als wollte ich die eine Furcht durch die andere ausgleichen, weil ich mir ein Leben ganz ohne Panik immer noch nicht erlauben mag. »Es war nicht meine Schuld«, lautet das Mantra, zu dem mir alle raten. Mein Verstand kann es annehmen. Meine Seele nicht.

Kommen Sie gut weg?

Kaum habe ich die Nachricht an meine Isolde verschickt, kommt eine von Frau Senger rein. Den ganzen Tag habe ich mit ihr verbracht, so dankbar war ich für das Auto, und so sehr reizte mich eine Pause, in der ich einfach mal ein bisschen durch die Gegend flaniere. Stundenlang zeigt sie mir ihr kleines Dorf. Die Kirche, den Strand und die alten Häuser, die für meinen fachkundigen Blick so wirken wie für andere eine Open-Air-Ausstellung. Man braucht keine großen Orte, um viel Zeit zu verbringen, wenn man es versteht, in die Tiefe zu gehen.

Alles gut, texte ich lügend zurück und streichle den Prince auf dem Beifahrersitz. Jedes bisschen Fell zwischen den Fingern bildet wenigstens eine kleine Beruhigung für meine Nerven.

Nach und nach trudeln die ersten Fahrzeuge für die letzte Fähre ein. Ich stehe mit meinem MINI ganz vorn in der Reihe, um auch sicher nach Hause zu kommen. Den Mietwagen, mit dem ich gekommen bin, hat Ella längst abholen lassen. Vor dem Havnekiosken sitzen ein paar Fischer auf den Bänken und klönen bei großen Krügen Bier und einer *stegt rødspætte med nye kartofler og persillesovs*, gebratener Scholle mit neuen Kartoffeln und einer klassischen Petersiliensauce. Einer von ihnen sieht aus, wie Seeleute in Kinderbüchern dargestellt werden, oder auf den Verpackungen von Fischstäbchen. Ich komme mir vor, als säße ich in einem Roman und der Autor hat einmal zu viel in die Klischeekiste gegriffen.

Ein Motorrad brummt an uns wartenden Autofahrern vorüber und stellt sich neben die Schlange. Der Fahrer schaltet den Motor aus und nimmt den Helm ab. Glänzend schwarze Haare kommen zum Vorschein, fallen wie ein Vorhang auf den schmalen, sportlichen Rücken und zeigen mit ihrer Spitze neckisch Richtung Taille, als wollten sie den attraktiven Anblick besonders betonen. Der Fahrer ist eine Fahrerin, doch ihre unzweifelhaften Reize bewirken in mir keine sündhaften Gedanken, sondern nur noch mehr Sehnsucht nach meiner Isolde. Allerdings geht von der Bikerin etwas anderes aus – ein seltsam vertrautes Gefühl.

Eine halbe Stunde später steht der MINI im Bauch der Fähre, und ich begebe mich mit dem Prince an Deck. Sicher kann man die Menschheit aufteilen in Frau und Mann, Schwarz und Weiß, Arm und Reich, Beatles-Fans und Stones-Fans oder Anhänger von entweder Sylt oder Juist, aber die wahre Trennlinie verläuft zwischen denen, die bei einer Fährfahrt unter Deck bleiben, und denen, die ihre Nase in den Nordwind strecken.

An der Reling steht die Bikerin, eine echte Nordwindnase. Lässig lehnt sie sich an den lackierten Stahl. Ich nähere mich, den Prince als Eskorte. Wieso habe ich das Gefühl, ich kenne diese Frau?

»Kristan?«

Sie hat sich bereits umgedreht. Schneller, als ich gucken kann. Aus der schwarzen Mähne ist ein Gesicht geworden. Scharf geschnitten, mit Schwung in den Abend gemalt, etwas Kajal, aber trotzdem so natürlich wie die salzige Brise.

»Frida?«

Der Name fällt mir schneller aus dem Mund, als die Erinnerung komplettiert ist. Frida. Nur ein langes Wochenende brauchte sie vor vielen Jahren, um meiner verstorbenen Liebsten zur Freundin zu werden. Ein Yoga-Retreat in den hessischen Bergen. Oft haben die beiden sich danach nicht gesehen, aber wenn, dann richtig. Auf der Trauerfeier war sie die Einzige, die für mich die richtigen Worte fand, indem sie so gut wie gar keine benutzte. Anders als die anderen Gäste wollte sie mich nicht »rausholen« aus meiner Paralyse. Daraus, wie ich tatsächlich vollkommen neben mir stand, meinen Körper verlassen hatte, ihn von außen dort am Grab stehen sah und nichts lieber wollte, als nie mehr in ihn zurückkehren. »Wir haben alle Zeit der Welt«, sagte sie, stellte sich einfach neben mich, nahm meine Hand und schwieg. Lange. Sehr lange. Ein paar Jahre später zeigte ich ihr einen ganzen Tag lang auf Sylt Häuser und Wohnungen für »den etwas kleineren Geldbeutel«, wie sie meinte. Menschenleser, der ich bin, erkannte ich damals schon an ihrem Blick bei der Begrüßung, dass sie sich kein einziges der Objekte würde leisten können, ihr aber unbedingt danach war, einen Tag lang so zu tun als ob, und die Insel zu genießen. Ich tat ihr den Gefallen sehr gern. Was ist schon ein Tag ohne angebahnte Einnahmen gegen ein echtes Miteinander-Menschsein?

»Das ist ja ein Ding!«

Ohne zu zögern, umarmt sie mich und drückt mich fest an ihren drahtigen Körper.

»Was treibt dich nach Dänemark?«

»Was treibt dich nach Sylt?«

Frida ist schon vor vielen Jahren nach Dänemark gezogen. So war mein letzter Stand. Eigentlich ist sie in Odense ansässig.

»Ein Auto«, antworte ich.

»Eine Auszeit«, antwortet sie. »Machst du immer noch in Immobilien?«

Ich nicke. Der Prince schnüffelt an ihren Motorradstiefeln und knurrt leise.

»Prince«, ermahne ich ihn, »was soll das denn? Frida ist eine Freundin.«

Ich berichte ihr von der Lage auf der Insel, ohne zu erwähnen, dass mir der Tod im vergangenen Jahr erneut auf traumatisierende Weise begegnet ist. Sie soll sich nicht verpflichtet fühlen, dem Nervenbündel Kristan Dennermann erneut beizustehen.

»Drei Etagen?«, quietscht Frida fast, als ich ihr von der absurden Villa berichte, die ein Milliardär sich am Ende einer der teuersten Straßen von Kampen errichtet hat. »Drei Etagen nach unten?«

»Ja. Nach oben ist es ja immerhin weiterhin verboten.«

»Wow.« Sie greift sich ans spitze Kinn. Um uns herum legt sich immer mehr das Dunkel über die See. Außerdem ziehen dichte Wolken auf. Es sind nur wenige Kilometer bis zur anderen Seite, aber gerade im Moment habe ich das Gefühl, wir würden verloren auf einem endlosen Ozean treiben. Meine Hand umgreift das Geländer fester. Die stabile Kühle hilft. Ein bisschen.

»Der Mann wäre ein Kunde für mich«, sagt sie. »Ich gehe mal davon aus, in seinem Edelbunker ist alles nur elektronisch beleuchtet?«

»Natürlich«, sage ich. »Ist ja kein Rittergut.«

»Sollte es aber sein«, entgegnet Frida, »wenigstens zum Teil. Natürliches Licht ist Balsam für die Seele. So wie natürliches Essen. Oder natürliche Musik. Warst du nicht ein begeisterter Koch und Klassik-Fan? Wie fühlst du dich, wenn du dir irgendein Junkfood reinknallst und im Radio das aktuelle Geplärre hörst? Und wie hingegen, wenn du aus echten Zutaten etwas Feines zubereitest und dabei eine Runde Brahms im Hintergrund läuft. Oder gut, lassen wir es einfach Mozart sein.«

Jetzt erinnere ich mich daran, was sie macht. Wieso sie zwar die Insel liebt, sich aber darauf kaum ein Eigenheim leisten könnte. Frida ist Wachshändlerin. Sie handelt mit verschiedensten Sorten und Formen und designt selbst Kerzen aller Art. Für ihre Webseite hatte ich ihr damals einen Programmierer vermittelt, der die flackernden Kunstwerke schön in Szene setzen sollte. Offenbar ist sie dabei geblieben. Ich habe größte Wertschätzung dafür, wenn jemand seiner Leidenschaft folgt, auch dann, wenn es zufällig eine ist, mit der sich nicht ein solches Vermögen anhäufen lässt wie mit Fußball, Schauspielerei oder Haute Cuisine.

»Alles in Ordnung?«

Fridas Blick wandert zu meiner Hand an der Reling, die nicht nur so verkrampft, dass schon die Adern hervortreten, sondern dabei auch noch demütigend zittert.

»Ja.«

Sie hebt die linke Braue.

Mein Widerstand zerfällt wie eine Sandburg, wenn die Flut einsetzt. Der Prince bellt. Wahrscheinlich will er mich beschützen, der Süße. Davon abhalten, zu schnell zu persönliche Dinge auszuplaudern. Aber es ist Frida.

Frida, die über eine Stunde lang neben mir am Grab gestanden und einfach abgewartet hatte, bis ich langsam, ganz langsam in meinen Körper zurückgekrochen war. Vorübergehend. Bis heute.

»Nein.«

Ich sage es und erzähle ihr von meinen Ängsten, wie sie immer noch da sind, anders, aber wirksam, und wie das Dunkel mich mehr denn je in Panik versetzt. Und wieder greift sie meine Hand, wie damals, nimmt sie einfach von der Reling und hält sie fest, und als ich sage, dass Schweigen heute wohl nicht reicht, erzählt sie mir erst ein wenig von ihren neuesten Kerzen und fragt mich dann wie aus heiterem Himmel nach dem Rezept für eine perfekte, selbst gemachte Remoulade. Als ich mit meinem Vortrag dazu fertig bin, kommt die Küste meiner Heimat bereits in Sichtweite.

Wenig später stehen wir auf dem Asphalt des Parkplatzes vom Lister Hafen wie Cowboys mit ihren Pferden. Im Rücken die kleine Schiffshalle hinter dem Gitterzaun mit ein paar auf Anhängern aufgebockten Booten. Über uns die Laternen, deren große Leuchtbirnen nach unten hängen wie die Blüten trauriger Glockenblumen. Sie vor ihrer wuchtigen Maschine, ich lässig angelehnt an meinen MINI. Es sollte sich lässig anfühlen, doch innerlich muss ich mich erneut beruhigen.

»Wo checkst du ein?«, frage ich.

»Heute besuche ich eine Freundin«, antwortet sie. »Danach schauen wir mal.«

Ich nicke. Alles ist gut, Kristan, sage ich mir innerlich. Es ist der Lister Hafen, alles vertraut, hier auf dem Parkplatz wie drüben auf der Vergnügungsmeile. Die blauen Verkaufshäuschen, der Kinderspielplatz mit dem Klettergerüst, die Beachhäuser mit Wattblick des Projekts HAFEN27, das ich betreut habe. Rauschendes Strandgras, das aus runden, bauchigen Friesenwällen wächst.

»Du kommst klar auf dem Heimweg?«, fragt Frida, und diesmal kann ich halbwegs glaubhaft lügen.

»Ist genug Licht im Auto.«

Sie nimmt es hin, was mich ein wenig erstaunt. Fast könnte man meinen, langsam hätte sie es eilig. Sie steigt auf und lässt ihr schwarzes Haar wieder unter dem Helm verschwinden. Bevor sie den Gurt ganz nah am Kinn verschließt, hält sie kurz inne.

»Das kann so nicht bleiben, Kristan. Das Leben ist zu kurz für einen Käfig aus Ängsten. Weißt du, was? Ich denk mir was aus.« Sagt's, schließt den Clip, lächelt, lässt den Motor aufgrollen und fährt davon.

Wir sehen ihr nach, der Prince und ich. Mensch auf Asphalt und Hund auf Beifahrersitz. Er bellt.

»Ja«, sage ich, »wir fahren jetzt nach Haus.«

KAPITEL 4

Was habe ich mir nur dabei gedacht, Frida einfach so in ihren Abend ziehen zu lassen? *Alles ist in Ordnung, natürlich, fahr ruhig zu deiner Freundin und genieß die Zeit.* Cheyenne möchte ich mit meinen lächerlichen Triggern auch nicht behelligen. Also sitze ich nun hier wie starr, den Prince auf dem Beifahrersitz und den Blick auf den Glockenblumen-Laternen, deren Schein zu schwach ist, um mich zu beruhigen. Wie ein winziger Schuss Milch in einer riesigen Tasse tiefschwarzen Kaffees.

»Dunkelheit ist nur die Abwesenheit von Photonen«, murmele ich vor mich hin im Versuch, mich wissenschaftlich zu trösten. Doch meine Fingerknöchel am Lenkrad bleiben kreidebleich. »Wie albern, oder?«, lache ich verschämt und schaue zu meinem Hund, der besorgt fiept. »Ich habe hier sogar gewohnt, eine ganze Weile.« Der Gedanke hilft mir auch nicht. Eher ärgere ich mich darüber, dass der Weg vom Hafen zu meinem Haus nicht länger bloß ein Katzensprung ist wie noch vor wenigen Monaten, sondern eine richtige Fahrt durch die Finsternis.

»Du bist ein erwachsener Mann, Kristan Dennermann«, schimpfe ich mit mir, »kein Kind, das sich vor dem Klabautermann fürchtet.« Meine Stimme klingt hohl, als würde die Polsterung des neuen MINI sie aufsaugen und für immer schlucken. Ein leises Wuff von meinem Hund bildet die Antwort – der nächste Stupser in die Realität, eine Erinnerung daran, dass ich nicht allein bin. Dieses wunderbare Wesen.

Ich strecke die Hand aus, um ihn hinter den Ohren zu kraulen, und finde etwas Trost in der rhythmischen Bewegung. Die Handschuhe für alte Rennfahrer und Gentlemen kommen mir wieder ins Gedächtnis. Ich spüre das weiche Leder förmlich an meiner Haut. Wieso beruhigt mich das? Was für Verknüpfungen macht mein Gehirn, dass diese Dinger zu einem magischen Talisman werden, der die Dunkelheit in Schach halten könnte?

»Morgen«, sage ich zum Prince mit neu gewonnener Entschlossenheit, »morgen finden wir ein Paar.«

Ich atme tief durch, öffne ein Stückchen das Fenster, ziehe die Luft der Nordsee in meine Lungen. Daumen und Zeigefinger legen sich um den Zündschlüssel. Jetzt drehen, Licht an und los.

Mein Telefon klingelt. Ich zucke zusammen, als wäre im Rückspiegel die Fratze aus einem Horrorfilm aufgetaucht. Das Herzrasen verlangsamt sich, als ich im Display den Namen meiner lieben Assistentin Hella sehe, die manchmal keinen Feierabend kennt.

»Miss Moneypenny«, rufe ich in das Gerät, fast zu auffällig gut gelaunt. Wie ein Mensch, der beim Gang in den Keller Schlagerhits pfeift.

»Jamie«, kontert sie unseren unerschöpflichen Running Gag, »ich weiß, es ist spät, aber ...« Sie stockt. »Alles okay bei dir?«

»Ja, doch!«, antworte ich etwas zu spitz. Eigentlich sollte ich mich darüber freuen, wie viele Menschen sich ganz offenbar um mich sorgen. Lieber aber würde ich mich darüber freuen, nicht mehr als jemand empfunden zu werden, um den man sich sorgen sollte.

»Okay«, nimmt sie meine Unhöflichkeit gerade noch so hin, räuspert sich und fährt fort: »Ich weiß, es ist spät, aber das fand ich so spannend, da dachte ich, du willst das sofort wissen. Ach, was rede ich, ich möchte einfach, dass du es sofort erfährst.«

Jetzt muss ich schmunzeln. Ein einsamer Radfahrer taucht auf der Straße vor dem großen Parkplatz auf und wird schnell wieder vom Lister Dunkel geschluckt.

»Ein Vögelchen hat mir gezwitschert, dass du bald einen Schlüssel aus weiter Ferne erhalten wirst. Aus dem schönen Kanada. Na, magst du raten?«

Ich überlege. Welche Kunden haben wir im Land der unendlichen Wälder und des klebrig-süßen Ahornsirups?

»Ich gebe dir einen Hinweis: Er schließt die Welt der antiken Wunder auf.«

Antike Wunder. Mein Geist schweift über die Insel. Das Altfriesische Haus am Keitumer Kliff wird vom Sölring Foriining verwaltet, einem Verein, der seit fast einhundertzwanzig Jahren die Sylter Kultur bewahrt. Ein berühmter Lehrer und Chronist der Insel hat dort bis 1879 gewirkt. Das Feuerwehrmuseum wird ebenfalls niemand verkaufen. Oder redet meine Moneypenny von einem Ladengeschäft mit alten Dingen? Kaum bin ich auf diesen Pfad eingebogen, sehe ich sie vor mir. Dorothea Hußmann. Meine Lieblingsantikhändlerin auf der Insel. Wie viele Nachlässe habe ich ihr schon vermacht? Wie gern habe ich dabei zugesehen, wenn sie durch die Häuser von Erben schritt, die »all den alten Plunder« loswerden wollten, ohne ein Auge für den Wert der

Dinge. Das Glänzen in Dorotheas Augen, wenn sie eine Uhr, eine Vitrine, eine Vase oder auch nur ein kleines, unscheinbares Holzwerbeschild fand und zu all diesen Dingen eine Geschichte wusste. Jahrzehntelang hat sie ihr großes Antikgeschäft in dem alten Friesenhaus in Keitum geführt, Teil eines großen Anwesens, das zur anderen Hälfte der knorrige Lasse Brodersen bewohnt, im Vergleich zu dem mein alter Freund Simon Beeken noch einen wahren Comedian darstellt. Mein inneres Bild von Dorothea wechselt. Jetzt steht sie nicht mehr zwischen viktorianischen Truhen, unheimlichen Standuhren und alten Fotokameras, sondern zwischen aufgeklappten Koffern in ihrem Schlafzimmer, voller Vorfreude auf ihre große Weltreise mit einem Kreuzfahrtschiff. Erst vor wenigen Tagen pfiffen es auf der Insel zwar nicht die Spatzen von den Dächern, aber die Möwen von den Masten, dass sie ihre Rente etwas früher als geplant antreten und die Enge der tausend Waren unter den niedrigen, historischen Giebeln gegen die Weite der Ozeane unserer Erde tauschen wird.

»Hallo?«, fragt Hella im Handy. »Muss ich einen Euro einschmeißen, oder geht es von allein weiter?«

»Die Welt der Wunder ist die von Dorothea.«

»Richtig!«

»Das uralte Friesenhaus hat einen Eigentümer aus Kanada?«

»Eine Eigentümerin, du alter Macho. Und nein, nicht der ganze Hof, nur das Ladenlokal selbst. Gabrielle Buchanan.«

Ich überlege. Der Laden mag zwar dieser Frau Buchanan gehören, aber wieso muss sie die Mühe auf sich nehmen, uns ihre Schlüssel zu senden?

»Ist Dorothea schon auf Reise?«, frage ich Hella.

»Ich glaube schon.«

»Wieso hat sie den Schlüssel dann nicht einfach im Büro vorbeigebracht?«

»Das ist eine ganz besondere Geschichte. So besonders, wie Dorothea war.«

»Wieso war? Du meinst, wie Dorothea ist.«

»Jamie, du weißt doch, was ich meine. So besonders, wie sie als Händlerin war. Als Flüsterin schöner Dinge. Als jemand, der die Seele in den Sachen sieht. So, wie du die Seele von Häusern erspüren kannst.«

Ich spüre, wie meine Ohren warm werden.

»Ihre eigenen Schlüssel jedenfalls, die wollte sie unbedingt behalten und immer bei sich tragen auf ihrer Weltreise. Als Erinnerung an das Berufsleben, das sie hier geführt hat.«

Ich muss schmunzeln. Der Luxus der Menschen auf Sylt besteht nicht nur aus ihrem Kapital. Sie leisten sich Häuser auf Grundstücken, die allein schon so viel kosten wie der gesamte Baubestand manchen mitteldeutschen Dorfes. Sie leisten sich teure Autos, edle Uhren, feinen Zwirn und Golfbälle, mit denen bei jedem Fehlschlag ins Wasserloch direkt fünf Euro versinken. Aber vor allem leisten sich die Menschen auf Sylt, was unbezahlbar ist – radikale Eigenheiten und Spleens.

»Dann dauert es also noch ein paar Tage, bis ich das Objekt in Augenschein nehmen kann«, stelle ich fest. Selbst mit priorisierter Luftpost braucht der Schlüssel auf seinem Weg über den Atlantik seine Zeit.

»Schon, ja. Aber du kannst dich schon mal darauf vorbereiten. Ganz der Profi, der sie war, entschuldige, der sie ist, hat Dorothea ihren Laden nicht einfach so hinterlassen, sondern wunderschönes Home Staging gemacht. Sie hat der Eigentümerin eine ganze Reihe von Fotos zukommen lassen. Ich schicke sie dir mal. Moment.«

Mein Handy vibriert. Eins nach dem anderen sendet Hella die Bilder über den Messenger.

Ich runzele die Stirn gleich doppelt. Zum einen, weil das Home Staging also das schöne Einrichten einer im besten Fall niemals ganz leer zu verkaufenden Immobilie, eigentlich Sache des Maklers ist. Wir haben das beste Gespür dafür, einen Raum so zu inszenieren, dass er sich der schönsten Zukunftsfantasie der potenziellen Käufer anschmiegt. Zum anderen, weil das Wort zu einem Ladenlokal, in dem sicher viele der Antiquitäten und Möbel noch herumstehen, nicht ganz passt.

Skeptisch und neugierig zugleich, betrachte ich die Fotos. Alle Achtung! Dorothea weiß, was sie tut. Die viktorianischen Vitrinen, die Rokoko-Kommoden und sogar die alte Standuhr glänzen wie eben noch frisch poliert. Überall sind alte Bücher und vor allem nostalgische Kameras drapiert – Dorotheas besonderes Steckenpferd. Selbst als Pächter oder Käufer, der nur das Ladenlokal möchte, um dort etwas Neues zu starten, kann man bei diesem Stillleben Lust darauf bekommen, plötzlich im Leben doch noch ein Antiquitätengeschäft zu eröffnen. Oder zu übernehmen. Mitten im Raum selbst, auf den uralten Dielen des Friesenhauses, dessen Geschichte bis ins 16. Jahrhundert zurückgeht, sind fünf dezente Stehtische platziert, mit jeweils einer Kerze darauf. Ich platziere Zeigefinger und Daumen auf dem Display und zoome heran. Die Kerzen sind kunstvoll mehrfarbig gegossen. Ein dezenter Verlauf von Hellblau,

Weiß, Grün, Beige und dunkleren Blautönen deutet den Himmel, die Wolken, die Dünen, den Strand und das Meer an. Jedenfalls lese ich das Design so. Diese Tische hat Dorothea offenbar gezielt für mich platziert. Ich sehe schon förmlich vor mir, wie die Interessenten mit einer kräftigen Friesenmischung oder einem Kaffee in der Tasse an diesen Tischen stehen, während ich von einem zum anderen wechsle und mich darüber austausche, wie sie demnächst den alteingesessenen Laden mit Leben füllen wollen. Chapeau, Dorothea, Chapeau!

Ich schließe WhatsApp wieder und merke erst jetzt, wie mich das Gespräch mit Hella und die Gedanken an Dorotheas Schatzkiste einige Minuten lang komplett von meiner Situation abgelenkt haben. Meiner misslichen Lage in diesem Auto, umgeben von einem schrecklichen, beklemmenden Dunkel. Der Prince of Wales schnuppert an meinem Oberschenkel. Ich bedanke mich bei Hella für die Neuigkeiten zu später Stunde, verschweige ihr meine Lage und wünsche ihr eine Gute Nacht.

Menschen können viele Ängste haben. Klassiker wie die Angst vor Spinnen, Mäusen oder Schlangen, die so schlimm werden kann, dass es den Menschen nicht gelingt, auch nur ein Foto dieser Tiere zu berühren. Cheyenne hat Probleme mit Gittertreppen. Als wir einmal von einem Ausflug auf dem Festland zurückkehrten und in der Schlange der Autos auf das Boarding des blauen Autozuges warteten, holten wir uns zwei Kaffee und zwei Franzbrötchen im kleinen Sylt-Bistro neben den Fahrspuren. Gut gelaunt, wie ich es immer bin, wenn ich die Kombination aus Koffein und Süßgebäck in den Händen halte, hüpfte ich den kleinen Aussichtsturm hinauf, der neben den Terrassentischen ein paar Stockwerke in die Höhe führt. Erst, als ich schon auf der zweiten Ebene war und mich umdrehte, bemerkte ich, dass Cheyenne immer noch unten stand und sich kaum traute, den Fuß auf die erste der sehr blickdurchlässigen Stufen zu setzen.

Es gibt die Angst vor dem Meer und den Ozeanen – die Thalassophobie – und die Angst vor großen, menschengemachten Objekten im Wasser, die Submechanophobie. Es gibt sogar die Angst vor großen Gebäuden. Menschen stehen vor dem Eiffelturm, dem Reichstag oder dem Burj Khalifa, und statt fasziniert zu sein, werden sie starr vor Angst oder bekommen Panikattacken. Schon ein normales Hochhaus oder eine große Mietburg mit hundert Wohnungen können dafür ausreichen. Für sie ist Sylt besonders geeignet, denn mit Ausnahme von ein paar plattenbauähnlichen Wohneinheiten in Wurfnähe des Weststrandes von Westerland sowie dem schreckliche Funkturm, der wie ein osteuropäischer Lost Place mitten im Paradies aussieht, besteht die Insel ausschließlich aus niedrigen Gebäuden. Und Leuchttürme sind trotz ihrer Höhe einfach zu niedlich.

Hat man eine Angst nicht, kommt sie einem völlig übertrieben vor. Hat man sie, ist man völlig wehrlos, wenn sie einsetzt. Das ganz normale Dunkel außerhalb des Schutzraums meines Hauses fühlt sich für mich so an, als stecke ich in einer engen Höhle fest, in der ich weder vorwärts- noch rückwärtskomme und in der mir langsam die Luft ausgeht. Die Wände umschließen mich bereits ganz und bewegen sich dennoch weiter aufeinander zu.

»Reiß dich zusammen, Kristan«, sage ich laut zu mir.

»Das ist hier keine Höhle, sondern ein MINI Cooper, der MINI Cooper, zwar klein als Auto, aber groß für die Seele. Und da draußen ist überall der weite Horizont, die Nordsee, frische Luft zum Atmen, auch im Dunkeln. Eine Freiheit, nach der sich die meisten sehnen.«

»Wenn Sie etwas finden, das Ihnen hilft«, hat mein Therapeut mal gesagt, »dann ist es ganz egal, wie unlogisch oder seltsam es wirkt – halten Sie sich daran fest!« Mit seinen Worten kommt mir wieder die Fantasie der Rennfahrerhandschuhe in den Sinn. Ich konzentriere mich auf ihren Geruch. Auf das Gefühl des weichen, glatten, sogar etwas kühlen Leders. Ich stelle mir vor, wie ich den metallenen Druckknopf berühre, mit dem man sie schließt. Kalt, glatt und hart schmiegt er sich unter meinen Daumen, während ich kraftvoll drücke und das kleine »Klack!« ertönt.

Es hilft tatsächlich.

Ein bisschen.

Solange die Wirkung anhält, sollte ich schnell los. Ich greife zum Zündschlüssel. Mein Handy klingelt erneut.

Auch diesmal erscheint keine menschliche Monsterfratze im Rückspiegel, sondern das Gesicht einer Möwe. Freundliche Tiere. Aber nur dann, wenn sich an der Stelle der schwarzen Knopfaugen nicht wie jetzt bloß milchig-graue Matschflächen befinden.

Ich schaue aufs Display.

Frida. Ein Videoanruf sogar. Meine alte Freundin erscheint im Dunkeln des Strandes, von hinten beleuchtet durch das orange-goldene Licht aus den Fenstern der Sansibar, dem Kultrestaurant in den Dünen zwischen Hörnum und Rantum, an einer der schmalsten Stellen der Insel. Ich höre Musik und Stimmen. Über ihr flattern im Hintergrund die schwarzen Piratenfahnen mit dem Logo der Bar.

»Na? Hast du Spaß mit deiner Freundin?«

»Ja. Bei uns ist alles in Ordnung. Sie lässt grüßen, ist voll übermütig heute. Nach der ersten Flasche Wein wäre sie schon fast ins Meer gesprungen. Aber deswegen rufe ich nicht an. Ich habe mir Gedanken gemacht seit unserem Gespräch auf der Fähre, und ich glaube, ich habe da eine Idee.«

»Eine Idee?«

Kurz überlege ich, ob sie mich erneut um eine Inseltour bitten möchte, auf der ich ihr spektakuläre Villen in magischer Lage aufschließe. Es gibt Kunden – oder eben Nichtkunden –, die legen es auf dieses Sightseeing an. Sie kleiden sich gut, reisen in der sehr wahrscheinlich geliehenen S-Klasse an und nutzen den Makler als Gratis-Inselguide aus, der ihnen exklusiven Zutritt in die Welt der Reichen und Schönen gewährt. Frida würde ich diesen Gefallen wahrscheinlich ein zweites Mal tun. Es wundert mich nur, dass sie ausgerechnet in die Sansibar geht. Eigentlich ist sie eher der Typ für GOSCH am Kliff oder für das gute, uralte Sünhair in Keitum.

»Kristan, ich glaube, ich habe eine Idee, wie wir dein Problem in den Griff kriegen.«

»Mein Problem?«

»Deine Angst vor der Dunkelheit«, sagt sie, völlig offen und unerschrocken. Da sehen wir uns nach Jahren für eine Stunde wieder, und sie macht sich Gedanken über mein seelisches Wohlbefinden. Im Hintergrund taumeln ein paar Menschen an ihr vorbei, die wohl schon mehr als bloß einen Ice Tonic hatten.

»Es gibt da gerade eine spannende Ausstellung im

Louisiana Museum für Moderne Kunst in Humlebæk. Installationen von Licht und Dunkel, von Helligkeit und Finsternis. Was das Licht mit uns macht, wie es Räume verändert. Hochinteressant und eine gute Gelegenheit, dich deiner Angst zu stellen. Ich nehme dich bei der Hand. Das Schlimmste, was passieren kann, ist, dass du eine gute Portion Kultur abbekommst. Und im besten Fall kommen wir schon einen Schritt weiter.«

Ich höre zwar die Worte, aber es dauert eine Weile, bis sie in mein Bewusstsein gelangen. Lieber befasst es sich mit der Frage, wo genau Humlebæk noch mal liegt. Es schickt mich quer durch Dänemark, an Kolding vorbei über Lillebæltsbroen, Odense hinter mir lassend über den Großen Belt, dann Sjælland, die Hauptinsel unseres nördlichen Nachbarn hinauf bis an Kopenhagen vorbei. Kein Katzensprung, aber das ist ja nicht der Punkt, den mein Bewusstsein meiden möchte, sondern die Konfrontationstherapie, die mir Frida gerade vorschlägt. Mein Unterbewusstsein scheint aber zu wissen, wie dringend ich sie brauche, denn noch bevor mein Geist reagieren kann, höre ich meinen Mund sagen: »Gern! Das machen wir!«

»Prima!«, ruft sie und hüpft auf den Bohlen vor der Sansibar herum wie ein kleines Mädchen, aufrichtig glücklich über meine Entscheidung. Eine Vorfreude, die »au ja!« sagt. Zwei Worte, die wir als Erwachsene viel zu selten empfinden, geschweige denn benutzen.

»Ich melde mich!«, sagt sie und legt auf. Wie in Spielfilmen, wo nie einer auf die Abschiedsfloskel des anderen wartet, damit die Handlung schneller voranschreitet.

Das Gespräch mit dieser alten Freundin und die Aussicht auf einen Ausflug, bei dem ich ja sicher auch die

Option habe, die schlimmsten Räume der Installation auszulassen, frischt das Momentum von vorhin wieder auf. Schnell greife ich zum Zündschlüssel und drehe ihn um. Diesmal stoppt kein Anruf meine Abfahrt.

KAPITEL 5

Können Türglöckchen rosten? Der Klöppel der Glocke jedenfalls lässt den Eintritt nicht mehr so hell und himmlisch erklingen, wie noch vor ein, zwei Jahren, als ich das letzte Mal das kleine Geschäft betrat. Das eigentlich sehr schöne Geräusch erstirbt, kaum, dass es eingesetzt hat.

Das Modehaus Westermann versteckt sich in einem völlig unauffälligen, weiß getünchten Haus in Keitum. Drum herum Wohnhäuser mit Reet und weitere Geschäfte, die auf den ersten Blick niemand als solche erkennt. Viele der teils sehr hochklassigen Boutiquen, Juweliere oder Kunstgalerien jenseits des Zentrums in Westerland warten in den kleinen Gemeinden völlig selbstverständlich auf ihre Kundschaft. Sie müssen keine Werbung für sich machen. Ein Standort auf Sylt ist Werbung genug. Der Laden von Meike Westermann gehört nicht ganz in diese Oberklasse. Mir fällt auf, dass einige der Tücher oder auch der leichten Kaschmirpullover nicht wirklich ordentlich übereinander in den gut sortierten Regalen liegen. Sie sind aber auch nicht absichtlich organisch wild drapiert. Eher erkennt mein geschultes Auge überall das Ergebnis einer gewissen Nachlässigkeit. Eines Schlendrians, der bei Einzelhändlerinnen auf dieser Insel eigentlich nicht einziehen sollte.

»Na gut, dann eben nicht.«

Mit diesen Worten beendet eine Kundin ihr aktuelles Gespräch mit Meike. Das ist nicht gut. Gibt ein Kunde freiwillig auf, wird er auf lange Zeit keine Geschäfte mehr mit seinem Gegenüber machen wollen. Oder eher: nie mehr. Eine Erfahrung, die ich leider auch schon machen musste. Gott sei Dank nicht zu oft. Nicht nur in der Maklerei lautet die oberste Regel: Setze alles daran, die Wünsche deiner Kunden zu erfüllen. Der Weg ist dabei sogar wichtiger als das Ergebnis. Bekommt der Kunde am Ende nicht das Haus, den Wagen oder die limitierte Uhr, um die es ging, weiß aber, dass alle Hebel in Bewegung gesetzt worden sind, kann er damit leben. Blieb auch nur ein Hebel unberührt, wird er unleidlich.

Die Kundin rauscht an mir vorbei zur Tür, mit einem Blick, der mich an den alten, mütterlichen Spruch erinnert: »Ich bin nicht wütend, ich bin nur enttäuscht.« Die heiser gewordene Glocke verschluckt sich ein weiteres Mal und entlässt die Kundin in den sonnigen Keitumer Vormittag.

Mit hinter dem Rücken verschränkten Händen schaue ich mich um, die Nase vorgestreckt wie ein Ameisenbär. Natürlich erwarte ich nicht, ein so seltenes Objekt wie die antiken Rennfahrerhandschuhe einfach so hier zu finden. Aber, auch dieser alte Spruch ist wahr: »Die Hoffnung stirbt zuletzt.«

Nachdem ich ein paar Minuten durch den überschaubaren Laden flaniert bin, unübersehbar in meiner Anwesenheit, drehe ich den üblichen Spieß um. Von schräg hinten schleiche ich mich an Meike heran, die gerade etwas in ihr Smartphone tippt, und sage: »Können Sie mir helfen?«

Meike schreckt auf und steckt schnell ihr Telefon weg. Ganz so, als gäbe es auf dem kleinen Bildschirm etwas Verwerfliches zu entdecken.

»Ich bin auf der Suche nach einem Paar fingerloser Lederhandschuhe.« Ich unterbreche mich selbst und lache verschämt. Was ist das für ein seltsames Gefühl? Als wäre ich ein kleiner Junge, der eine völlig absurde Frage stellt. Dabei ist sie alles andere als absurd auf einer Insel, auf der einige Leute ihren Reichtum sogar in hundert Jahre alte Oldtimer stecken.

»Es dreht sich um historische Rennfahrerhandschuhe. Wissen Sie? Diese fingerlosen Modelle mit Druckknopfverschluss am Handgelenk, wie man sie auf alten Plakaten oder Blechschildern sehen kann. Sie müssen nicht wirklich alt sein. Sie dürfen auch nur so wirken.«

Ich denke an einige der Neubauten alter Friesenhäuser. Der Klinker dafür ist teils wirklich schon alt oder zumindest glaubhaft auf alt getrimmt. Es gibt Sorten, da kostet ein Ziegel 1,35 Euro netto. Zehntausende davon werden für das Sichtmauerwerk benötigt. Bei der Anlieferung sind dreißig Prozent bereits als Bruchware eingepreist.

Meike entsperrt ihr Telefon wieder, gibt etwas ein und hält mir die Ergebnisse unter die Nase.

»So was?«

»Exakt!«, freue ich mich. Ich schöpfe Hoffnung. Viel Hoffnung. Sie weiß ja nicht, dass ich diese Handschuhe nicht aus modischen Gründen erwerbe oder als Geschenk für jemanden, der sich einen 300-SL-Flügeltürer aus den Fünfzigerjahren gönnt, sondern dass sie für mich von allerhöchster seelischer Bedeutung sind.

»Ich glaube nicht, dass ich die besorgen kann.«

»Sie glauben nicht, oder Sie wissen es?«

»Ich schau mal, was ich machen kann.«

Ich habe keine Lust, mich dermaßen abspeisen zu lassen. Auch wenn die Frau nicht ahnt, welch großen Gefallen sie mir mit diesen Dingern täte. Sicherlich könnte ich ins Büro fahren, mir ein Kaffee-Pad in die kleine Maschine legen, mich an den Rechner setzen und bei eBay oder Etsy auf die Suche gehen. Viel lieber aber unterstütze ich den Einzelhandel auf meiner geliebten Insel. Außerdem lasse ich mich im Leben ungern mit Ausreden und Vertröstungen abspeisen.

»Sie kennen doch sicherlich Ihre Lieferanten. Ihre Quellen. Sie können rumtelefonieren.«

»Das werde ich tun«, entgegnet Meike Westermann halbherzig. »Lassen Sie mir einfach Ihre Nummer hier, und ich sage Bescheid, ob ich was herausfinde.«

Ich gebe ihr meine aktuelle Visitenkarte. Ein angesagter Künstler aus Portugal hat sie gestaltet. Er benötigte nur vier Striche, um mit ihnen die Dünen, das Meer und eine Möwe anzudeuten. Ein wenig wie der hier ansässige Siegward Sprotte. Der Minimalismus sorgt für maximale Anregung der Fantasie beim Betrachter. Als kunstinteressierter Mensch zaubert mir die eigene Karte beim Betrachten selbst immer wieder ein Lächeln auf die Lippen. Auch die Augen von Meike werden beim Blick auf die Karte auf einmal wacher. Ihre Brauen heben sich.

»Sie sind Makler? Nur für neue Objekte oder auch für historische Bausubstanz? Sagen wir, für Friesenhäuser hier in Keitum, die schon eine Weile stehen?«

»Gerade dafür«, entgegne ich. »Wenn ein Haus Aura hat und die Lage auch noch hervorragend ist – Jackpot!«

»Ich melde mich!«, sagt sie erneut, und dieses Mal klingt es so, dass ich es glauben kann.

Vor der Tür des Geschäftes steht die Kundin, die es vorhin schmallippig verlassen hat. Den Blick über die

Straße zu den Reetdächern der Nachbarn, zieht sie an einer Zigarette. Eine kleine Wolke aus Qualm steigt auf. Das einzige Blau, mit dem ich hier an der See wenig anfangen kann. Den Glimmstängel zwischen Mittel- und Zeigefinger, deutet sie zurück auf die Ladentür.

»Nicht gerade die motivierteste Händlerin der Insel, was?«

Ich deute ein Nicken an, sage aber nichts dazu. Grundsätzlich versuche ich zu vermeiden, über Menschen zu lästern, höre allerdings immer sehr genau hin, wenn andere dreckige Wäsche waschen. Informationen sind ja ohnehin mein Kapital.

»Aber es ist ja auch kein Wunder, dass sie sich nicht mehr ernsthaft bemüht. Der Frust über den Verlust des Franzosen-Deals sitzt sicher tief.«

»Des was?«

»Ein Label aus Paris. Sie stand kurz davor, den exklusiven Vertrieb für die Insel zu bekommen und einen speziellen Store eröffnen zu dürfen. Es hätte sie im Nu von der kleinen, sympathischen Einzelhändlerin zum Teil der Hautevolee der Geschäftsfrauen auf der Insel gemacht. Und seien wir mal ehrlich – wollen wir im Zweifel nicht alle lieber respektiert werden als für nett befunden?«

Ich mustere die Raucherin, die mich um einen halben Kopf überragt. Spitzes Kinn, ein Hauch zu viel Tom Ford Black Orchid und grobgliedrigen Goldschmuck an den schmalen Handgelenken.

»Was ist geschehen, dass es nicht geklappt hat?«

Sie schmunzelt und scheint offenbar schon Vorfreude darauf gehabt zu haben, es mir weiter zu erzählen.

»Das Label hat ein weit größeres Ladenlokal gefordert – in einem traditionelleren Haus. Vielleicht ahnen Sie, wie schwer so ein Objekt auf der Insel zu bekommen ist.«

»Das ahne ich besser, als Sie denken«, antworte ich und frage mich, ob ich in letzter Zeit zu wenig Werbung für meine Dienste gemacht habe, dass mich hier kaum noch einer als Inselmakler erkennt.

»Ein superpassendes Objekt soll es wohl gegeben haben«, sagt die Frau. »Sie hatte wohl große Hoffnungen. Als sich das auch noch zerschlug, ist der Deal geplatzt. Seitdem können Sie da drin richtig beobachten, wie sie immer mehr die Zügel locker lässt.«

Vor lauter Freude am Tratschen, vergisst die Frau sogar, weiter an der Zigarette zu ziehen. Dafür benutzt sie das Ding weiter als Zeigestab. Meine Neugier bricht sich Bahn.

»Wissen Sie, welches Objekt das war?«

»Nein. Irgendein altes Friesenhaus. Ich weiß, auf dieser Insel keine allzu präzise Angabe. Aber Sie wissen doch, wie das ist mit der stillen Post. Von Ohr zu Ohr feilen sich die Details ab.«

Nun mustert sie mich, als wolle sie prüfen, welches Kleidungsstück an mir dringend der Erneuerung bedarf.

»Haben Sie denn gefunden, wonach Sie gesucht haben?«

»Nein«, antworte ich, »aber sie hat versprochen, sich ernsthaft darum zu bemühen.«

»Wer's glaubt.«

Mittlerweile ist die Zigarette der Frau abgebrannt, und ich sehe, wie sie sich in der Handbewegung bremst, sie einfach vor uns in die Abwasserrinne zwischen Bürgersteig und Straße zu werfen, die ansehnlich aus Kopfsteinpflaster gelegt worden ist. Hektisch schaut sie sich um und erspäht den nächsten Mülleimer erst neben einer Sitzbank unter einer großen Linde, rund hundert Meter weiter, wo sich die Straße aufgabelt und links wie rechts an dem kleinen Ort der Ruhe vorbeiführt. Seufzend macht sie sich auf den Weg und verschwindet mit einem wortlosen Winken.

Ich schaue den Prince of Wales an. Er sieht der Frau nach, als hätte er begriffen, wie sie beinahe die Insel verschmutzt hätte. Der Filter einer einzigen Zigarette verseucht um die fünfzig Liter Grundwasser mit seinen Giftstoffen, und es dauert ewig, bis er sich zersetzt. Ganz anders als die Haufen meines besten Freundes, die in jedem Sinne »bio« sind, die ich aber immer gewissenhaft mit dem schwarzen Beutel entferne.

»So sind die Menschen, mein Lieber«, sage ich. »Aber es gibt auch viele Gute unter ihnen. Die Dorothea zum Beispiel. Die kennst du doch. Bei ihr im Laden gibt's für dich immer ein paar Leberwurstkekse von Lilo.«

Der Prince quittiert meine Anmerkung mit einem freudigen Schwanzwedeln. Die hochpreisigen Hundeleckerli der guten Lieselotte erfreuen sich weiterhin großer Beliebtheit unter den Betuchten. Oder unter denen, die richtige Prioritäten setzen. Man mag mich für verrückt erklären, aber manchmal glaube ich durchaus, dass mein Hund jedes Wort von dem, was ich sage, versteht.

»Weißt du, was? Genau da fahren wir jetzt hin! Aber Kekse gibt's wahrscheinlich nicht, denn die Dorothea ist längst auf hoher See.«

Trotz dieser kleinen Enttäuschung wedelt der Schwanz immer noch, und der Prince trabt gelassen zur Beifahrertür.

KAPITEL 6

Das uralte Friesenhaus in Keitum, in dessen Hauptgebäude Dorothea ihren Laden betrieben hat, steht inmitten eines dicht bebauten Viertels, in dem man die Privathäuser und die Geschäfte noch weniger auseinanderhalten kann als bei Meikes Modegeschäft. Doch was heißt hier schon »dicht bebaut«? Dicht bebaut heißt, dass all die kleinen, traditionellen Gebäude sich derart organisch in die Wege und Gassen schmiegen, dass man trotz der schmalen Straßen, in denen sich hier und da zwei Autos nur mit Müh und Not aneinander vorbeinesteln können, immer noch den Eindruck hat, vollkommen frei atmen zu können. Heller oder roter Klinker, weißer bis sandfarbener Außenputz, winzige Fenster in alten Holzrahmen, blühende Pflanzen in großen Terrakottatöpfen – alles hier wirkt so freundlich und leicht, als stamme der Ort aus dem Pinsel eines Künstlers, der ausschließlich in Pastellfarben malt.

Beinahe fahre ich am Haus vorbei, um den Wagen wie üblich ein paar Straßen weiter abzustellen. Sanft steige ich in die Bremse und umgehe die Macht der Gewohnheit. Zum einen, weil ich die Vertretung des Objektes mit dem Schlüssel aus Kanada ja bereits wörtlich in der Tasche habe. Zum anderen, weil alle auf der Insel es gewohnt sind, dass Kristan Dennermann immer mal wieder dieses Geschäft betritt, um Dorothea Nachlässe zu vermitteln.

Die Geschichte des alten Friesenhauses geht bis ins 16. Jahrhundert zurück. Der Gedanke fasziniert mich immer wieder. Als der Grundstein für dieses Gebäude gelegt wurde, war es noch fast zweihundert Jahre hin, bis Goethe überhaupt geboren wurde. Selbst Johann Sebastian Bach ließ noch knappe hundert auf sich warten. Händewaschen war unbekannt. Auf den Tellern lagen noch lange keine Tomaten, nicht einmal Kartoffeln, denn selbst dieses vermeintlich urdeutsche Gemüse kam erst später nach Europa.

Der Teil, in dem Dorotheas Antikladen liegt, ist das wirklich historische Gebäude. Die zweite Hälfte wurde später angebaut. Seit Jahrzehnten beherbergt sie den Pelzladen von Lasse Brodersen. Trotz des Reichtums auf Sylt ein in modernen Zeiten hoffnungslos veraltetes Konzept. Außer einer in jeder Hinsicht gewissenlosen Dame wie Eleonore Gosejohann, unter der Cheyenne als Angestellte so sehr gelitten hat und dank der wir beide jetzt erst recht mit dem Namen Isolde spielen, den die Millionärin ihr damals aufgezwungen hat, ist mir niemand mehr auf der Insel bekannt, der heute noch einen echten Nerz kaufen würde. Zwar tragen wir die Haut toter Tiere immer noch mindestens in Form von Lederschuhen an den Füßen, aber mit Ausnahmen ein paar älterer Ladys ist die Mode, bei der früher sogar hier und da noch der Kopf des Tieres das Ende einer Stola bildete, gesellschaftlich längst verpönt. Ganz sicher hält Brodersen den Laden inzwischen nicht mehr aus wirtschaftlichen, sondern eher aus emotionalen Gründen. Wobei sich bei ihm seit dem Tod seiner Frau vor über zehn Jahren eigentlich keine Emotionen mehr ausmachen lassen. Sie hat das Geschäft einst gegründet. Zurückgezogen lebt Brodersen in der kleinen Wohnung hinter dem Ladenlokal mit den hohen Fenstern, wo ihm noch ein Teil des Hinterhofs mit zwei Garagen gehört. Sie sind nicht, wie so viele Zweckgebäude auf der Insel, mit Reetdächern bedeckt, sondern lassen auf den flachen Dächern wilden Wuchs von Moos und Blühpflanzen sprießen, um die herum es dort hinten vor Insekten ständig ein wenig brummt.

Zu der Zeit, als die Menschen sich noch ganze Tiere um die Hälse hingen, war das Ehepaar Brodersen eine große Nummer der High Society. Auf der Insel, aber auch hinauf bis nach Kopenhagen und hinab bis nach Hamburg. Heute sieht man Lasse Brodersen nur noch dann in der Öffentlichkeit, wenn es für ihn unverzichtbar ist, bei gewissen gesellschaftlichen Anlässen strategische Kontakte zu knüpfen. Sie dienen dem, was er seit dem Verlust seiner Frau wie besessen betreibt – kaufen, kaufen, kaufen. Er mag noch hier leben, hinter dem düsteren Ladenlokal, doch er besitzt Immobilien und Grundstücke verstreut auf der ganzen Insel. Eine graue Eminenz, der vieles gehört, von dessen Existenz selbst ich nicht einmal wusste. Geschweige denn davon, dass es überhaupt zum Verkauf steht. Uralte Kapitänshäuser, die so renovierungsbedürftig sind, dass andere sie abreißen und das Grundstück neu bebauen würden. Eine Halle mit Lagerräumen in Tinnum. Eine Autowerkstatt. Ein Bootskontor in Munkmarsch. Nichts Großes oder Spektakuläres, aber lauter Einrichtungen, die Gewinn abwerfen und die die Menschen wirklich brauchen. Würde Lasse Brodersen Monopoly spielen, er ließe Schlossallee und Parkstraße grundsätzlich links liegen, hätte aber Turmstraße, Badstraße und Chausseestraße mit einfachen Gasthäusern und Gewerbeimmobilien zugepflastert … und sicher auch gern Wasser- und Elektrizitätswerk in der Hand. Einen Makler lässt er grundsätzlich nicht an seine Geschäfte heran. Lasse handelt immer auf eigene Faust.

Als ich den Schlüssel aus der Tasche ziehe, um die Tür von Dorotheas Laden aufzuschließen, zucke ich schon wieder zusammen. Reglos steht Lasse Brodersen zwischen den ausgestellten Pelzmänteln in der UV-Licht-geschützten Auslage seines verlorenen Ladens. Wie eine dritte Schaufensterpuppe zwischen den augenlosen Mannequins. Die gruseligste, die man sich überhaupt vorstellen kann. Ein knorriger, groß gewachsener Achtzigjähriger mit ebenso leerem wie scharfem Blick. Um es böse zu sagen – eine lebendige Leiche zwischen unverkäuflich gewordenem toten Tier.

In all den Jahren, in denen ich mit Dorothea nach gelungenen Geschäften noch eine halbe Stunde lang unter der Sonne Keitums bei zwei Tassen Tee vor der Tür stand, habe ich mit Brodersen kaum mehr als drei Worte gewechselt. Abseits der Geschäfte, die er macht, ist Lasse Brodersen das Mensch gewordene Schweigen. Das Gesicht im Rückspiegel, das einen anstarrt und nichts sagt, bevor es innerhalb einer Millisekunde nach vorn schießt und einen ganz verschlingt.

Ich schüttele mich und fröstle, als sei es plötzlich kalt geworden, und schließe die Tür auf. Der Prince of Wales huscht ins Haus. Schnell schreite ich hinterher, schließe die Tür hinter mir und lehne den Hinterkopf an wie jemand, der einer Gefahr entkommen ist. Erst jetzt bemerke ich, dass es in Dorotheas Laden stockdunkel ist. Offenbar hat sie bei ihrer Abreise alle Fensterläden geschlossen, sodass kaum ein Streifen Licht in die Räume fällt. Ich spüre förmlich, wie die dicken Giebel auf meine Schultern drücken. So gern ich mit Dorothea handelte und ihre liebevollen Vorträge über die Dinge genoss – diese niedrigen Decken machten mir schon im Hellen etwas zu schaffen. In die Tiefe hinein ist das Haus allerdings unerschöpflich. Wie das magische Zelt bei Harry Potter, das von außen wie ein ganz normales 4-Personen-Tipi aussieht und von innen ganze Burgsäle enthält.

Ich greife hinter mir nach der Klinke und möchte die Tür wieder öffnen, um das Licht des Keitumer Tages hineinzulassen, doch die Tür klemmt. Was ist das denn jetzt? Ich ziehe, zerre. Etwas muss sich hier von innen unter die Tür geschoben haben.

Ich gehe in die Hocke und taste auf dem alten Holzboden vor der Türritze herum. Statt zu finden, was ich suche, spüre ich das zarte Kitzeln von acht Beinen an meinen Fingerkuppen. Ein würdeloses Quietschen entfleucht meiner Kehle. Zwar habe ich vor Spinnen nicht so viel Angst wie vor der Dunkelheit, aber Spinnen in der Dunkelheit, das muss nun wirklich nicht sein.

Atmen, Kristan, atmen.

Atmen und überlegen.

Das hier ist zwar ein uraltes Haus, aber wir sind nicht mehr im 16. Jahrhundert. Du hast eine Fackel in deiner Hosentasche, eine Öllampe, eine Gaslaterne, ganz ohne Feuer, ohne Gas, ohne Öl. Eine Fackel, die dich zum nächsten, verdunkelten Fenster führen kann oder noch besser, zum Lichtschalter.

Ich greife nach meinem Handy, ziehe das obere Menü nach unten und tippe auf das Symbol für die Taschenlampe. Nichts. Der Akkustand reicht nicht aus. So viel zur Fackel, zur Öllampe, zur Gaslaterne. Das Licht des Displays selbst muss reichen.

Der Lichtschalter befindet sich, so weit kann ich mich erinnern, nicht etwa direkt neben der Tür, wie man es üblicherweise erwartet, sondern einige Meter weiter irgendwo zwischen den ausgestellten Möbeln. Vorsichtig taste ich mich im fahlen Licht meines Displays im Energiesparmodus voran. Meine Hand fährt über das seidenglatt lackierte Holz eines Sekretärs und die rauen Fasern einer brusthohen, unbehandelten Kommode mit kühlen Griffen aus Messing. Ich höre die Krallen des Prince of Wales auf den Dielen tapsen. Ein zartes, klackerndes Geräusch, das mich umso ängstlicher machen würde, wäre mir sein Ursprung nicht vertraut. Mein Gedächtnis läuft auf Hochtouren und versucht zu rekonstruieren, wo die Elektriker, Jahrhunderte nach dem ersten Bau des Hauses, erstmals den Schalter hingesetzt haben. Erst kürzlich las ich davon, dass unser Gedächtnis mitnichten wie ein Videorekorder funktioniert oder ein Computer, in dem wir die Dateien unserer Erinnerungen immer wieder unverändert öffnen können. Ganz im Gegenteil, setzt unser Gehirn die Erinnerungen jedes Mal wieder neu aus einzeln abgelegten Puzzleteilen zusammen, sodass sie sich bei jedem Mal ein kleines bisschen verändern.

»Prince«, frage ich, »kannst du mir keinen Hinweis darauf geben, wo der Schalter ist?«

Höchstwahrscheinlich könnte er das nicht – mir ist schon klar, dass ich meinen Hund vermenschliche. Doch in diesem Fall ist er mir auch deshalb keine Hilfe, weil er sich offenbar nicht länger im selben Raum befindet. Das Geräusch der süßen Krallen auf den Dielen entfernt sich von mir und ertönt nun in einem der hinteren Zimmer. Hier bei mir tickt nur eine große Standuhr in der Schwärze, lispelnd und bauchig zugleich. Solange ich den Laden kenne, steht das Ding da, denn die Zeit der Standuhren ist lange abgelaufen. Ich spüre wieder die frische Panik aufsteigen. Das Dunkel umhüllt mich wie eine pechschwarze Verpackungsfolie. Bleibt es noch länger bestehen, saugt irgendwann jemand die Luft heraus. Wild taste ich weiter, beginne zu hyperventilieren, und in dem Moment, in dem ich schon gar nicht mehr erhoffe zu finden, was ich suche, spüre ich das Bakelit unter meinen Fingern. Richtig, kein Schalter wartet hier darauf, gedrückt zu werden, sondern ein Drehknauf mit schwerem Wirkpunkt, den zu drehen allerdings eine einzige Freude ist.

Klack!

Was für ein Geräusch!

Was für eine Befreiung!

Im frischen elektrischen Licht stehe ich zwischen dem historischen Mobiliar und den vier brandneuen Stehtischen mit den friesischen Kerzen darauf. Erleichtert atme ich aus, gehe zu einem der Tische und verspüre den Impuls, die Nase an den Docht zu halten. Es handelt sich tatsächlich um Duftkerzen, und sie riechen unglaublich. Als hätte man die Frische des Meeres in Wachs eingefangen.

Schweißperlen kleben auf meiner Stirn. Neugierig zu sehen, was die Tür daran gehindert hat, sich zu öffnen, gehe ich zu ihr zurück und ziehe ein kleines Stofftaschentuch unter ihr hervor. Es muss auf dem Boden gelegen und sich genau unter dem Spalt aufgerollt haben. Ich falte es auf. Der feine weiße Zwirn ist bestickt mit einem symmetrischen Symbol aus Hunderten ineinander verschlungener Kreise. Irgendwie kommt es mir bekannt vor. Ich glaube, es hat mit Esoterik zu tun, irgendwas mit dem Geheimnis des Lebens. Seltsam. Dorothea spürt zwar die Seele in den Dingen, aber eine sonderlich spirituelle Person war sie nie. Ob sie die Dinger verkauft hat? Einem Impuls folgend, stecke ich das Tuch ein.

Erleichtert, mir die Folie der Finsternis wieder von der Haut gerissen zu haben, schaue ich mich um. Es ist immer wieder faszinierend, wie ein Raum gleichzeitig so groß und so klein sein kann. Die niedrigen Deckenbalken kitzeln mir gefühlt an den Haaren. Ich stelle mir vor, wie die Welt dort draußen vor den Fenstern aussah, als dieses Haus ursprünglich errichtet wurde. Ich höre Pferdehufe und zwei alte Bauern, die laut in Sölring, dem Sylter Friesisch, miteinander klönen.

Ich ziehe mein Handy erneut aus der Tasche und aktiviere die Kamera. Um ehrlich zu sein, kann ich hier vor Ort kaum bessere Bilder schießen als die, die ich bereits von Dorothea mit Umweg über Kanada erhalten habe, aber irgendwie braucht meine Maklerseele das Gefühl, auch diese Vorbereitung selbst getroffen zu haben. Nachdem ich einige der Möbel, die alten Fenster, die im Hellen wunderschönen Deckenbalken und den immer noch hervorragend in Schuss seienden Dielenboden abgelichtet habe, schieße ich auch ein Bild der weißblausandfarbengrünen Kerzen und schicke es aus Spaß an Frida, der Fachfrau für Wachskunst. Ich stecke das Telefon wieder ein und rufe erneut meinen Hund, der schon eine Weile verdächtig ruhig geworden ist.

»Prince? Wo bist du denn?«

Ich lege den Kopf schief und horche. Draußen auf der Straße rauscht ein Auto vorbei. Ein wenig zu schnell für den Dorfverkehr. In die frisch einsetzende Stille hinein ertönt ein leises Knuspern. Ein Knarpsen. Knackig und feucht. Ich folge dem Geräusch. Die Dielen knarzen unter meinen Sohlen. Selbst über dem Durchgang zum nächsten Raum fand sich noch Raum für ein einzelnes Regalbrett mit alten Fotokameras.

»Prince? Frisst du etwas?«

Was soll hier noch herumliegen, das meinen Kleinen interessieren könnte? Ich betrete den nächsten Raum, den kleinen Saal, der wieder im Dämmerlicht liegt. Sofort keimt meine Angst wieder auf, doch diesmal bremse ich sie sofort. Laut sage ich mir: »Kristan! Hör auf! Im Dunkeln wartet nicht immer nur der Schrecken!«

Augenrollend taste ich mit der linken Hand direkt neben dem Durchgang nach dem Drehschalter. Wahrscheinlich haben sie ihn damals auch in diesem Raum nicht an die nahe liegende Stelle montiert. Zu meiner Überraschung haben sie doch. Schnell packe ich den Schalter zwischen Daumen und Zeigefinger, als könne er mir sonst weglaufen, drehe ihn, flute den Raum mit Licht und sehe vor mir auf dem Boden den Prince of Wales, wie er Lilos Leberwurstkekse knabbert, die Dorothea ihm früher immer gegeben hat. Wie er die Kekse knabbert, die Dorothea aus der Tasche ihrer Seidenstrickjacke gefallen sind. Einer Seidenstrickjacke, die sich immer noch an Dorothea befindet, die dort starr auf den Dielen liegt, den Kopf zur Seite gedreht und die Lider aufgerissen. Trüb liegen die Augen in ihren Höhlen, schauen nicht auf den Horizont an der Reling eines Kreuzfahrtschiffes, durften nicht in die Weite gehen,

sondern sind bereits etwas in die Tiefe des Schädels ge-
sunken, in die Höhlen hinab.

Ich weiß nicht, welcher Teil von mir das alles ganz
klar und ruhig wahrnimmt, während ein anderer längst
in Panik schreit und ein dritter alles daransetzt, sich
durch Ohnmacht augenblicklich aus der Situation zu
entfernen. Damals, bei Hinnerk Petersen, da gewann
dieser Teil, und er hat alles andere als eine Flucht ermög-
licht. Denn als ich nach dem Fund des armen Mannes
wieder zu mir kam, da lag ich ja direkt neben der Leiche
und war somit noch näher dran an der wächsern-dünnen
Haut, den kantigen Knochen, den starren Augen und
dem beginnenden Verfall. Noch dazu längst umgeben
von Blaulicht und Gelblicht und besorgten, herumwu-
selnden Figuren. Das darf nicht noch mal geschehen.
Unter keinen Umständen.

»Prince!«, röchele ich, während sich mir der Magen
umdreht. »Komm! Jetzt!«

Und ich drehe mich um, mit aller Kraft, verzeih mir,
Dorothea, verzeih mir den Ekel, dieses Mal nutze ich die
Angst und die Panik, damit sie mich heraustreiben aus
dem Raum und durch den nächsten, an den Vitrinen und
der Standuhr und den Stehtischen für die potenziellen
Interessenten vorbei, raus auf den Vorhof, nur raus, bis
vorn ans Ende des Geländes, das nur ein ganz flacher
Friesenwall von der Straße trennt, auf dem ich mich nun
abstütze und in dessen Bepflanzung aus jungem Buchs-
baum und klein gehaltener Eibe ich mich nun ausweglos
übergebe.

KAPITEL 7

Es ist widerlich. Mein Blick klebt auf den Bröckchen, die ich aus meiner Kehle auf die perfekt beschnittene Bepflanzung des kleinen Friesenwalls katapultiert habe. *Das kann so nicht bleiben*, denkt mein verstörter Geist. Wenn hier wenigstens nur Blumen wachsen würden in ganz normaler körniger Erde, das Erbrochene ließe sich schnell und unauffällig verscharren. Ein kleiner Regen, und es wäre endgültig nicht mehr zu bemerken. So aber werde ich die ganzen Pflanzen schneiden lassen müssen, und der Gärtner hätte alles Recht der Welt, den doppelten Preis zu nehmen. Wie eklig, wenn ihm im Grünschnitt mein Erbrochenes entgegenkommt, da helfen alle Handschuhe nichts.

So einen Unsinn denkt mein Geist, sucht schon den passenden Gärtner aus, reguliert Preise, rechnet sie gegen mit der möglichen Provision und all das nur, damit er sich nicht dem stellen muss, was ich soeben gesehen habe.

Dorothea Hußmann.

Tot.

Tot und starr.

Auf den Dielen ihres geliebten Ladens, den sie über vierzig Jahre lang mit Leben füllte. In dem kein einziger Tag verging ohne Kunden, ohne Besuch, ohne Flaneure aus der ganzen Republik. Wie oft habe ich an sie gedacht, seit ich hörte, dass sie sich die Rente gönnt und sich die Welt ganz weit machen wird. Wie oft habe ich mit ihr darüber gesprochen, welche Ziele sie anzupeilen gedenkt. Wie viel Vorfreude sah ich in ihren Augen, als sie von all den Küsten der Weltreisekreuzfahrt sprach, die nur der Einstieg sein sollte zu weiteren Abenteuern. Bloß ein Warm-up. Ein Warm-up für Wanderungen am Nanga Parbat, wenigstens an dessen Fuß. Für das Schwimmen in der Blauen Lagune auf der Reykjanes-Halbinsel in Island. Die antike Felsenstadt in Petra in Jordanien wollte sie sehen und die Exponate von Direktor David Schwartz im Camera Heritage Museum in Staunton, einer behaglichen Kleinstadt im Schatten der Blue Ridge Mountains in den USA.

An all diese schönen Orte zu denken, ist für das innere Auge besser als das Bild der Leiche im hinteren Ausstellungsraum. Für die Seele ist es allerdings noch schlimmer, wird mir doch schmerzlich bewusst, wie viel Leben dort verloren ging, wie viele Erlebnisse, die Dorothea so sehr verdient gehabt hätte.

»Ist alles in Ordnung mit Ihnen?«

Ich hebe den Kopf. Wenn hier einer mit mir spricht, so hätte ich gedacht, dann müsste es Lasse Brodersen sein, der zwischen seinen Pelzen hervorgeschossen ist, als er gesehen hat, wie ich, mich übergebend, aus dem Haus taumele. Doch die Stimme kommt nicht von hinten und auch nicht von einem alten Herrn, sondern von zwei Fahrradfahrern, die ihre Trekkingräder auf der kleinen Straße vor mir zum Stehen gebracht haben. Keine Einheimischen, sondern Urlauber. Das sehe ich sofort. Die Sportschuhe sind frisch vor der Abreise gekauft, und die Fahrräder haben einen zusätzlichen Elektromotor. Vor allem aber hat der Mann sein Smartphone in einer Halterung auf dem Lenker festgeklemmt und eine Routenplaner-App geöffnet.

»Passt schon«, sage ich keuchend. »Leider kann man nicht bei jedem Fischbrötchen von absoluter Tagesfrische ausgehen.«

Der Mann lacht, die Frau verzieht das Gesicht und zuppelt ihm mit Daumen und Zeigefinger am linken Ärmel seines Polohemds. Einen kurzen Augenblick lang scheint der Mann zu überlegen, ob mit mir wirklich alles in Ordnung ist, oder ich ihn, wie es ja auch der Fall ist, tatsächlich nur abwimmele. Doch schließlich entscheidet er sich dafür, Ersteres zu glauben, und gibt dem Zupfen nach.

»Na dann«, sagt er, »gute Besserung. Und das nächste Mal besser zu einer anderen Fischbude.«

Ich lache kurz, atme schwer und hebe die Hand.

Die Urlauber radeln davon. Erst jetzt bemerke ich, dass der Prince of Wales offenbar schon seit einer Weile mit der Nase an meinen rechten Oberschenkel stupst. Er macht sich Sorgen. Schnell beuge ich mich herunter und kraule ihn beruhigend hinter den Ohren.

»Alles gut, mein Süßer, alles gut«, lüge ich, drehe mich um und sehe das Schaufenster von Lasse Brodersen verlassen vor mir. Oder besser gesagt, nur noch mit wirklich toten Puppen ausgestattet. Ob er sich nicht gewundert hat, nichts mehr von seiner Nachbarin zu hören? Wahrscheinlich dachte er das, was wir anderen auch glaubten: Sie ist abgereist.

Ich richte mich wieder auf und atme die Sylter Luft ein, die in allen Lebenslagen nur helfen kann. Ein paar Schritte trete ich von dem bekotzten Busch zurück, gehe mit zitternden Beinen und noch zittrigeren Händen zurück zur Tür des Hauses, ziehe sie zu und schließe vorsichtig ab. Nicht, dass noch irgendein Tier oder ein neugieriges Kind sich unbemerkt hier hinein verirrt.

Ich ziehe mein Telefon aus der Tasche. Nun ist es also wieder so weit, Kommissar Kröger anzurufen. Sicher haben wir uns im vergangenen Jahr rund um den Tod von Hinnerk Petersen über den ganzen Fall hinweg angefreundet. Unseren Einstieg als holprig zu bezeichnen, wäre hingegen noch untertrieben. Seither darf ich ihn durchaus einen sehr guten Bekannten nennen, aber dennoch hätte ich mir gewünscht, ihn nie mehr aus beruflichen Gründen anrufen zu müssen. Zumindest nicht aus jenen, die seine Profession betreffen.

Seufzend öffne ich das Menü und wähle die Nummer des Kommissariats in Westerland. Das Telefon tutet durch. Einmal, zweimal, dreimal.

Eine nächste Gruppe Urlauber fährt vorbei. Sie tun nicht mal mehr so, als würden sie selbst strampeln. Ihre Räder werden komplett vom Elektromotor angetrieben. Das kollektive Surren ist durchsetzt von plappernden und plaudernden Stimmen. Es hört sich an, als zöge ein Schwarm von Gänsen an mir vorbei. Gänse mit Akku.

Es klingelt das sechste Mal, das siebte Mal. Schließlich geht der Anrufbeantworter an.

»Sie haben das Kriminalkommissariat Westerland erreicht. Leider sind wir zurzeit nicht persönlich erreichbar. In dringenden Fällen wenden Sie sich bitte rund um die Uhr an die allgemeine Polizei unter der Telefonnummer 04651 55570. Bitte hinterlassen Sie nach dem Signalton Ihren Namen, Ihre Telefonnummer und den Grund Ihres Anrufs. Wir melden uns zeitnah bei Ihnen. Vielen Dank.«

Ich lege auf. Ob Mord wirklich nicht so dringend ist? Obwohl, eigentlich müsste ich ohnehin zunächst die Polizei anrufen. Sie würde kommen, den Tatort absperren und dann, je nach Einschätzung, von sich aus den Kommissar verständigen. Wieso gehe ich eigentlich davon aus, dass es Kommissar Kröger in dieser Sache braucht? Was ist bloß los mit mir, dass ich automatisch eine Gewalttat annehme? Habe ich da drinnen etwa eine Blutlache gesehen? Eine Tatwaffe? Irgendeinen Anblick grober Gewalt? Kann es nicht viel eher sein, dass Dorothea kurz vor ihrer Abreise einem Schlaganfall oder einem Herzinfarkt erlag, unbemerkt von ihrem zurückgezogenen, maulfaulen Nachbarn und von Kunden, die nach dem Schluss des Ladens natürlich nicht mehr vorbeikamen?

Bin ich schon so verdorben, überall automatisch Bosheit zu sehen, Mord und Totschlag und Schuld? Immer und überall untilgbare Schuld? Nein, ich spüre es tief in mir, dass Kröger, dem ich seit unseren gemeinsamen Erlebnissen im vergangenen Jahr vertraue, die Sache zuerst erfahren muss. Vor jedem Polizisten, vor jedem Feuerwehrmann, Sanitäter, Bestatter, oder wer sonst noch zuständig sein könnte.

Ich tippe die Buchstaben K, R und Ö in mein Adressbuch ein. Nichts. Kein Name vervollständigt sich. Ich weiß noch, wie er mir damals seine Visitenkarte mit der Handynummer gab, als wir uns gegenseitig sogar noch misstrauten und er vom bad cop auf den good cop umschaltete. In der Zwischenzeit habe ich das Telefon gewechselt. Theoretisch weiß ich, wie man alle Kontakte sauber und restlos von einem aufs andere Modell überspielt. Praktisch fallen bei mir jedes Mal ein paar Daten auf den Boden, als würde ich sie wie kleine Legosteine von Gerät zu Gerät umfüllen.

Ich gehe noch einmal zur Tür zurück und ruckele daran, um sicherzustellen, dass sie wirklich verschlossen ist. So, wie zwanghafte Menschen immer wieder ins Haus zurückkehren, bevor sie in den Urlaub fahren, um sich zehnmal hintereinander zu vergewissern, dass der Herd aus ist, obwohl sie ohnehin schon seit Wochen nicht mehr selbst gekocht haben. Da sieht man es ja, sage ich zu mir selbst, eben hast du diese Tür nicht umsonst als Erstes abgeschlossen. Dir war schon klar, dass du nicht hier warten willst, bis irgendwelche Polizisten kommen, die du nicht kennst und die selbst auf dieser kleinen Insel alle paar Monate wechseln. Nein, es muss einfach Kröger sein.

Wenige Minuten später sitze ich hinter dem Steuer des MINI Cooper und fahre, so schnell ich kann, die Keitumer Landstraße in Richtung Westerland. Als ich Tinnum erreiche, ziehen die Gebäude des praktischen Lebens links an mir vorbei. Das Futterhaus für die Bedürfnisse der Hunde, Katzen, Nager und Fische. Der Discounter mit der gelbroten Schrift und der große Biosupermarkt. Burger King. Rewe.

Der Prince hat sich auf dem Beifahrersitz eingerollt, als wenn nichts wäre. Wie sorglos er die Leberwurstkekse fraß, die Dorothea immer noch in ihrer Tasche gehabt hat. Ob Tieren wirklich nicht klar ist, was der Tod bedeutet?

Eine Ampel kommt in Sicht und schaltet auf Gelb. Ich bremse langsam ab. Rechts von mir auf der Festwiese ist eine riesige Zeltstadt aufgebaut. Hunderte von Punks und Klimaaktivisten teilen sich mittlerweile den Platz inmitten des Ortes, auf dem ansonsten das Dorffest stattfindet oder wo Menschen mit einem Stück Kuchen auf der Pappe über den Flohmarkt schlendern. Scheppernde Musik tönt durch das auch auf des Prinzen Seite halb geöffnete Fenster. Oder besser gesagt das, was diese oft gar nicht mal so jungen Leute Musik nennen und was mir als Klassik-Fan so vorkommt wie eine Bratwurst von einer Imbissbude auf dem Parkplatz eines Baumarktes, die der Betreiber den ganzen Tag über auf dem Grill vergessen hat. Sogar die charakteristische Duftmischung aus Bier, Schweiß und günstigem Deo meine ich, bis hier herüber zu riechen. Zwischen Bäumen und Zelten spannen sich Protestplakate. Müll liegt auf den Zugängen und zwischen den übrig gebliebenen Grashalmen.

Links neben mir an der Ampel, an der ich nun zum Stehen gekommen bin, schiebt sich ein schwarzer Jeep Avenger mit Allradantrieb in mein Blickfeld. Aus dem dort ebenfalls halb heruntergelassenen Fenster ertönt eine etwas angenehmere Musik. Queen. *We are the Champions*. Auch nicht gerade Klassik, aber bedeutend näher dran als das Gebelle der Berufsjugendlichen mit dem Hygieneproblem. Hinterm Steuer des wuchtigen Wagens, der nicht so genau weiß, ob er ein Auto geworden Bizeps oder doch eher eine Familienkutsche sein will, sitzt Jan Kröger. Lauthals singt er den Song mit, den Blick nach vorn auf die Straße gerichtet. Somit bemerkt er weder mein Rufen noch mein Winken rechts durch sein Beifahrerfenster. Vielleicht sitze ich aber in meinem MINI auch einfach nur zu niedrig. Die Ampel springt wieder auf Grün, und mit einem kraftvollen Brummen setzt sich Krögers Gefährt samt dem Champion hinter dem Steuer in Bewegung. Die Richtung stimmt wenigstens schon einmal, denke ich, und hoffe sehr, ihn gleich im Kommissariat persönlich anzutreffen.

KAPITEL 8

In den meisten Städten auf dem Festland wäre das Kommissariat von Westerland die Attraktion des Ortes. Ein malerisches Kapitänshaus mit weißen Fensterrahmen, Reetdach und einem kleinen runden Fenster, das in der Mitte des vorgesetzten Dachbodens klebt wie das Auge eines freundlichen Zyklopen. Die geschwungenen Scheiben der Eingangstür erinnern an Wellenbewegungen. Zwischen den Fenstern rechts und links des Haupteingangs ranken sich zwei Rosenstöcke die Hauswand hinauf. Vor allem aber blühen überall Hortensien. In Kübeln aller Größe. In Pflanzkästen an den Seitenfenstern. In der Rabatte rund um das Haus. Ein Farbgewitter aus Rosa, Rot, Violett, Weiß und Blau, das Krögers Assistentin Frau Lütken zu verantworten hat. Kein Wunder, dass hier mitten am Tag keiner ans Telefon geht. Die Pflege der Botanik ist offensichtlich wichtiger. Krögers neues Fahrzeug steht auf der kleinen Zufahrt neben der Gartenschau. Er war deutlich schneller als ich. Zügig schreite ich durch den Vorgarten. Die Tür des Gebäudes steht bloß angelehnt. Ich stürme hinein und finde den Kommissar gemütlich an Frau Lütkens Schreibtisch gelehnt, offenbar in einem Plausch statt in dienstlichen Besprechungen.

»Haben Sie mich vorhin nicht gesehen? An der Ampel?«

Kröger zeigt, die Kaffeetasse in der Hand, zur Tür.

»Herr Dennermann! Wie sind Sie hier reingekommen?«

»Wie ich …? Ernsthaft? Ihre Tür steht offen, als würden Sie auf der Insel bloß den Kommissar spielen.«

Wir sind immer noch beim Sie, obwohl ich ihn in dieser Lage gern im Du beschimpfen würde. Dazu ist es trotz einiger gemeinsamer Weinverkostungen und sogar einer Reihe frisch gezapfter Biere in der Tränke in De Kök in der Friedrichstraße immer noch nicht gekommen.

»Ist ja nicht so, dass auf unserer schönen Insel die Mörder ein- und ausgehen«, lacht er, als hätten wir im vergangenen Jahr nicht genau das erlebt und als hätte ihm seine Stelle hier im Paradies nicht ausgerechnet der damalige Täter höchstselbst verschafft.

»Offenbar doch«, entgegne ich und muss dabei mittlerweile anders wirken als noch vor ein paar Sekunden bei meiner ersten Empörung. Kröger senkt die Brauen und stellt die Tasse ab.

»Machen Sie keine Scherze mit mir, Herr Dennermann.«

»Ich wünschte, ich würde.«

Der Prince umgarnt in der Zwischenzeit Frau Lütkens Beine und entlockt ihr zahllose »So ein Süßer, ja so ein Süßer!«-Rufe in hochtoniger Folge.

»Herr Dennermann …«

Jan Kröger kommt auf mich zu und berührt meine Schulter. Wie sein Blick sich in Sekunden verwandelt hat, das ist zu viel für mich. Diese Sorge und Fürsorge im Gesicht des immer noch recht jungen, aber trotzdem schon wie ein Kapitän wirkenden Mannes, der ganz wunderbar in dieses Haus passt. Diese Sorge und Fürsorge, die ich ganz und gar nicht verdient habe.

»Wieso, verdammt, geht hier keiner ans Telefon?«, fluche ich, von Gefühlen überwältigt, die mich davonspülen wie die Flut das Treibgut. Tränen schießen mir in die Augen, und ein klagendes Gurgeln entrinnt meiner Kehle. Ich hatte keine Ahnung, wie sehr ich Dorothea mochte, bis ich sie seit einer guten Stunde tot weiß.

Tot.

Alle Ziele umsonst, alle Vorfreude, alle Mühen.

Tot.

Keine Reise mehr, auf nichts hingearbeitet, sosehr sie ihren Beruf auch mochte. Wir sind nur einmal hier auf Erden, sehr wahrscheinlich, und wir machen so wenig daraus.

Kröger schiebt mir seine Hände unter die Arme wie ein Krankenpfleger einem alten Menschen, der zu stürzen droht. Das Weinen schüttelt mich willenlos durch, die Suppe läuft mir aus den Augen.

»Mein Gott, Dennermann, setzen Sie sich erst mal. Frau Lütken, bringen Sie uns ein Wasser. Und Taschentücher.«

Die Assistentin zieht ihre Hände aus dem Fell meines Hundes und bezeugt nun auch durch ihre blasse Miene den Ernst der Lage. Schnell trägt sie ein großes Glas Wasser herbei und reicht mir ein kleines Paket Taschentücher. Es handelt sich um die Werbepackung, die man erhält, wenn man am Terminal des Autozuges die Insel verlässt. Sie sind an eine kleine Pappe geklebt, auf der steht: »Kein Grund für Abschiedstränen«. Ich schnäuze mich, fülle das Einwegtuch und tupfe mir mit einem zweiten das Salz aus den Augen. Kröger wartet ab, bis ich fertig bin. Langsam hebe ich den Blick. Ganz ohne Bass, ohne Stimme, krächze ich: »Sie ist tot.«

»Wer?«

»Dorothea Hußmann.«

»Die Antikhändlerin?«

Frau Lütken reißt die Hände vor den Mund. Hinter den Fingern ertönt es dumpf und dringt nur dickflüssig durch die Ritzen: »Die Dorothea?«

Ich nicke. Sinnlos zeige ich zur Tür. Keine Ahnung, ob ihr Haus in diese Richtung liegt.

»Ich habe sie gefunden. Vor rund einer Stunde.«

»Herr Dennermann! Sie wissen schon, dass es seit Hinnerk Petersen keinen weiteren Mord auf dieser Insel gegeben hat, und nun sitzen Sie hier und sind schon wieder Zeuge beim nächsten?«

Ich weiß nicht, ob er mich durch seinen morbiden Humor aufmuntern möchte oder ob nun alles wieder von vorn beginnt. Die Zweifel. Das Misstrauen. Ich als latent Verdächtiger, weil ich derjenige bin, der den Toten findet.

»Wieso gehen Sie davon aus, dass jemand sie umgebracht hat?«, fluche ich plötzlich, zu meiner eigenen Überraschung, und zeige schon wieder zur Tür. »Wieso sollte überhaupt jemand diese wunderbare, gütige Frau töten wollen?«

»Ja, aber Sie sind doch hier zu mir in die Kriminalkommission gekommen! In die MORD-Kommission.«

Ich sacke wieder zusammen. Blödsinnig gut gelaunt blühen die Hortensien vor dem Fenster. An der Wand des Büros hängen ein Kunstdruck von Marc Chagall, ein großer Kalender mit rotem Schieberechteck für das aktuelle Datum und ein Poster mit der fast schnurgeraden Silhouette der Insel Juist. Was ist los mit diesem Mann?

»Dorothea Hußmann liegt also tot und, wie Sie ganz offenbar vermuten, ermordet, in ihrem Geschäft?«

»Ja«, krächze ich wieder. »Und das wahrscheinlich schon ein, zwei Tage, wenn man nach den Augen geht.«

»Die Bewertung lassen Sie mal unsere Sorge sein.«

Jetzt klingt er wieder wie der Kröger, den ich einst kennengelernt habe. Mit den Fingern seiner linken Hand schnippt er in Richtung Frau Lütken, die immer noch den Kopf schüttelt und »die arme Frau« flüstert.

»Polizei, Spusi, Gerichtsmedizin. Das volle Programm.«

Frau Lütken reagiert nicht. »Die arme Frau ...«

Kröger klatscht in die Hände: »Na los!«

Frau Lütken schreckt auf: »Ja, Chef. Läuft.« Sie klemmt sich ans Telefon und beginnt, wie auf Knopfdruck in einem trockenen, förmlichen Tonfall, die zuständigen Instanzen zu informieren.

Kröger schnappt sich seine Tasse wieder, zieht einen Stuhl heran und setzt sich neben mich.

»Dennermann, Dennermann, Dennermann.«

Eine Weile sitzen wir so da. Der Kommissar, der nach Monaten mit ausschließlich Kleinkriminalität erstmals wieder richtig ins Arbeiten kommen muss, und der Makler, der das zweite Mal ein Todesopfer findet. Wir leben nicht auf einer von Grund auf blutigen Insel. Kommen hier Menschen zu Tode, dann in ganz eigenen Milieus, die hier ebenso neu entstehen wie überall im Land oder die ihre kleinen Kriege mit auf die Insel tragen. Ein italienischer Mafia-Killer arbeitete inkognito als Masseur in einem der besten Hotels der Insel, bis Spezialkräfte das Haus stürmten und ihn rausholten. Und der furchtbar zugerichtete polnische Handwerker in einem mit

Löschschaum gefüllten Auto auf einem Feldweg nahe dem Westerländer Campingplatz? Wahrscheinlich auch ein Opfer des organisierten Verbrechens, wie man munkelt, und etwas, das die Mordkommission Flensburg in ihre Hände genommen hat.

»Dorothea Hußmann war keine Kriminelle«, sage ich, als hätte Kröger mitbekommen müssen, was sich die letzten Minuten in meinem Kopf abgespielt hat. »Sie hatte keine Feinde, soweit ich weiß, und nie jemanden übervorteilt.«

»Jeder, der getötet wird, hat Feinde«, entgegnet Kröger trocken. »Falls Dorothea Hußmann denn ein Mordopfer ist«, schiebt er nach, wohl aus Angst, ich könnte gleich wieder entweder einen Wein- oder einen Wutanfall bekommen.

»Alle sind auf dem Weg«, sagt Frau Lütken, die keine schlechte Person sein kann, so wie der Prince of Wales sie weiterhin umgarnt. Vielleicht hofft er aber auch einfach nur auf weitere Leberwurstkekse.

»Dann wollen wir wohl auch mal.« Kröger legt die Hände auf die Knie, stemmt sich aber noch nicht in die Höhe. Er dreht den Kopf zu seiner Assistentin.

»Sie kannten die Hußmann also auch gut?«

»Na ja, was heißt gut? Ich konnte mir kaum was leisten von dem, was sie in ihrem Laden ausstellte, aber ich war gerne dort. Sie war wirklich zauberhaft. Konnte eine winzig kleine Porzellanfigur zur Hand nehmen oder eine ihrer alten Fotokameras und dann eine Viertelstunde darüber reden, ohne dass es auch nur eine Minute langweilig wurde. Man spürte einfach, wie sie die Dinge liebte. Und die Menschen, glaube ich, auch. Ach ja, und ihr Privathaus in Braderup, das haben Sie noch nicht gesehen. So was Schönes! Mit dem Blick direkt auf den Beginn der Dünenlandschaft und mit einem der schönsten Gärten der Insel. Nicht zu viel und nicht zu wenig. Ich weiß, ich mache hier eigentlich zu viel, aber ich mag nun einmal die Hortensien so sehr, und für ein Haus, in dem es um so schreckliche Dinge geht, bilden sie doch einen guten Kontrast.«

Kröger runzelt die Stirn, als höre er dem Redeschwall seiner Assistentin nicht ganz so gern zu wie sie den Vorträgen der Verstorbenen.

»Sie kennen das Privathaus?«

»Bin einmal mit dem Fahrrad dran vorbeigefahren und habe sie im Garten gesehen.«

»Angehörige?«

Kröger ist wirklich kein Mann unnötiger Satzteile.

»Das weiß ich nicht.«

»Gut«, seufzt er und stemmt sich nun doch endgültig in die Höhe. »Oder besser: schlecht. Wollen wir?«

Nein, denke ich mir, ich will nicht. Was ich will, ist Frieden finden, auf ganz vielen Ebenen. Seufzend stehe ich auf, rufe den Princen und folge dem Kommissar, der sich seine Mütze vom Haken im Flur lupft, hinaus in die brutale Pflicht.

KAPITEL 9

Rund um das Antiquariat Hußmann hat sich wieder das rhythmische Geflacker versammelt, das mich am Abend oder gar in der Nacht wieder in Panik versetzen würde. Jetzt bei Tage bedrückt mich die hektische Geschäftigkeit von Polizisten und Spurensicherern nur in der Sache selbst. In dem weiterhin unerträglichen Gedanken, dass jemand der guten alten Doro das Lebenslicht ausgeschaltet hat, und das ausgerechnet, kurz bevor es noch mal richtig hell aufleuchten wollte.

Kröger und ich haben den Jeep und den MINI hintereinander geparkt und betreten das Gelände jetzt, als wären wir nicht Kommissar und Zivilist, sondern ein eingespieltes Team. Wieso schmeichelt mir das einen Augenblick lang? Wieso findet es der kleine Junge in mir irgendwie cool? Was für unpassende Gefühle in diesem Moment. Was für ein verwerflicher Anflug.

Auf der Straße stehen mittlerweile Anwohner und Touristen. Tuschelnd stecken sie die Köpfe zusammen. Manche deuten mit den Fingern auf das Haus und auch irgendwohin in die Ferne. Andere schielen skeptisch zu uns herüber, als fragten sie sich, wieso der Mann in Zivil da einfach so mit dem Ermittler unter dem Absperrband hindurch auf das Gelände treten darf, das nun allen Ernstes ein junger Polizist nach oben hält, wie man es aus den Fernsehkrimis kennt. Fast entschuldigend schaue ich ihn an, als wolle ich sagen, dass er das nicht tun müsse. Er zuckt bloß müde mit den Schultern, ein Statist des Schicksals.

Im Fenster zwischen den Puppen steht wieder Lasse Brodersen und schaut herüber. Sein Blick trifft den des Kommissars, und wüsste ich es nicht besser, würde ich Erkennen darin lesen. Wobei das auch wieder nicht wundert, denn Brodersen kennt wohl jeden auf der Insel, wenn auch umgekehrt nicht alle ihn.

»Dieser Stoffel.«

Das Wort fällt Kröger aus dem Mund wie ein altes Kaugummi, von dem er nicht genau weiß, wohin er es ausspucken soll.

»Sie kennen sich?«

»Den Brodersen? Kennen ist zu viel gesagt, aber wer auf der Insel weiß nicht, was das für ein harter Brocken ist?«

»Na ja«, sage ich, »ehrlich gesagt, weiß ich nicht allzu viel über ihn.«

»Ernsthaft? Gerade Sie als Makler müssten den Mann doch nahezu als Konkurrenz betrachten, so, wie er sich die halbe Insel unter den Nagel reißt.«

»Ja, aber keine Privathäuser. Nur so Gewerbesachen, Funktionsgebäude, ganz seltsame Objekte.«

»Das stimmt wohl«, räuspert sich Kröger und muss beinahe husten. Er fängt sich wieder und sagt, den Blick weiter auf Brodersens Schaufenster: »Es wird jedenfalls kein Vergnügen, ihn zu befragen.«

Im Haus wirkt schon wieder alles dämmerig, obwohl der Tag draußen noch lange nicht alle viere von sich streckt. Nicht alle der Fensterläden sind schon geöffnet. Kröger ist längst drin, nachdem ich aufgesperrt habe, doch mein Fuß stockt kurz hinter der Schwelle. Muss ich da wirklich wieder rein? In die Räume, in denen sie liegt, tief wie die Augen in den eigenen Höhlen? Und wer sagt mir, dass sich die Tür nicht gleich wieder hinter uns schließt, der Strom ausfällt und die Dunkelheit dieses Mal uns alle erstickt?

»Worauf warten Sie?«

Kröger verzieht einen Mundwinkel. Am gegenüberliegenden Auge erscheint ein Grübchen.

»Ich …«

»Was? Sagen Sie jetzt nicht, Sie machen sich in die Hose, hier wieder reinzugehen?«

Ist das schon wieder Taktik, dass er so grob mit mir spricht? Irgendeine umgekehrte Psychologie?

»Dennermann! Sie haben neben Hinnerk Petersens Leiche gelegen und sind im Wattenmeer bei der Flut fast umgekommen, den Lauf von Atzorns Pistole auf Sie gerichtet. Vorhin haben Sie die Ruhe gehabt, hier sogar abzuschließen, damit in der Zwischenzeit niemand den Tatort durcheinanderbringen kann. Sie sind keine Memme, also hören Sie auf, sich das selbst einzureden.«

Wie spricht der Mann mit mir?

Ich muss an meine Mutter denken, die bis heute darüber den Kopf schüttelt, dass ich zum Therapeuten gehe. Für sie gibt es kein PTBS und keine Trigger und schon gar nicht so etwas wie Hochsensibilität. Alles Mumpitz. Alles Memmentum. »Wohin geht der Mensch in der Zeit sowieso, ob er will oder nicht?«, fragt sie immer und gibt selbst die Antwort: »Nach vorn!« Um dann anzufügen: »Und wie geht das besser? Indem man dabei nach hinten schaut?« Sie würde sich mit Kröger verstehen.

Im hinteren Verkaufsraum hockt der Forensiker im weißen Overall und mit hellblauen Handschuhen über

Dorotheas Leiche. Der Mann trägt einen dunklen Pferdeschwanz, den gleich mehrere Haarbänder eng zusammenhalten und der ihm über den weißen Rücken fällt. Die Schultern wirken schmal, fast grazil. Der Forensiker ist keiner mehr, sondern eine Frau.

»Augenblick.«

Sie sagt es, ohne sich umzudrehen, und tastet weiter an der toten Dorothea herum. Ich muss daran denken, wie ihr Kollege es im vergangenen Jahr bei Hinnerk getan hat. Gefühllos, mitleidsfrei, viel zu sachlich. Diese junge Frau wirkt mindestens genauso kompetent, aber die Art, wie sie Dorothea berührt, hat etwas Behutsames an sich, etwas Respektvolles. Sie kommt zum Ende und steht lediglich mit der Kraft ihrer Beine auf, ohne sich auch nur irgendwo festhalten oder hochstemmen zu müssen. Oh, selige Zeit der Jugend. Mit einem Schnappen zieht sie die Handschuhe ab.

»Kommissar Kröger? Hallo. Rübsamen, Forensik, aber das wissen Sie ja. Wer ist das?« Sie taxiert mich mit einem schnellen Blick, der sich dennoch wie ein Ganzkörperscan anfühlt.

»Der Mann, der die Tote gefunden und mich verständigt hat. Wir kennen uns von einem früheren Fall. Er hilft mir hier und da mit Informationen auf der Insel. Hat den Auftrag, diesen Laden hier auf den Markt zu werfen. Nun ja, das wird sich jetzt erst mal ein paar Tage verzögern, denke ich.«

Ich helfe ihm mit Informationen? Habe ich was verpasst? Der erwachsene Kristan weiß nicht so recht, was er davon halten soll, als eine Art inoffizieller Ermittlungshelfer vorgestellt zu werden. Der kleine Kristan wird immer stolzer.

»Ein Makler?«, fragt die Forensikerin Rübsamen. »So, so …«

»Was haben wir?« Kröger deutet auf Dorothea. »Sagen Sie mir bitte, dass es ein natürlicher Tod war und wir die Akte schließen können, ehe wir sie überhaupt öffnen.«

»Kann ich leider nicht«, erwidert Frau Rübsamen.

Scharf wie ein Blitz schießt mir die Erinnerung an die erste forensische Analyse von Hinnerk Petersens Leiche wieder in den Kopf. Erinnerungen als Puzzle. Da ist es, dieses eine kleine Stück, und wabert als Wort schimmernd vor meinem inneren Auge.

»Sagen Sie jetzt nicht, da ist Blut am Os occipitale. Also am Hinterhauptbein.«

Jetzt drehen sich beide Köpfe, die der jungen Forensikerin und die des Kommissars, zu mir herum wie zu einem Naturschauspiel.

»Woher wissen Sie das?«, kiekst Rübsamen fast und wendet sich wieder Kröger zu. »Woher weiß er das?«

Der Kommissar stemmt die Hände in die Flanken, schüttelt den Kopf und lässt den Blick über meinen ganzen Leib gleiten. »Ich habe keine Ahnung.«

»Weil's beim Hinnerk auch so war. Dumpfer Schlag auf den Hinterkopf oder fieser Sturz. Hier sieht's ja auch nicht aus wie nach einer Messermetzelei oder so, als hätte jemand ihr in den Kopf geschossen.«

»Ist er wirklich Makler?«, fragt die Forensikerin.

Kröger kratzt sich an der Schläfe.

»Die Rechtsmedizin klärt alles ab«, sagt Frau Rübsamen. »Aber ich denke, jemand hat das Opfer entweder von hinten mit etwas relativ Stumpfem überrascht oder sie vor irgendeine Kante gestoßen. Und sie wurde bewegt, wahrscheinlich post mortem. Die linke Schulter ist ausgekugelt. Jemand muss sie mit aller Kraft an einem Arm hierhergezogen haben. Das kommt nicht vom Tragen.«

»Wann?«

Da ist sie wieder, Krögers Sparsamkeit mit Worten.

»Vor rund sechsunddreißig Stunden, achtundvierzig höchstens.«

»Da wollte sie eigentlich abgereist sein«, sage ich.

»Wohin?«

»Auf die große Weltreise, mit der sie ihr Leben krönen wollte. Erst die große Kreuzfahrt, dann die Einzelabenteuer.«

»Und das sagen Sie mir jetzt?«

»Wieso? Habe ich doch vorhin, im Kommissariat.«

»Haben Sie nicht. Vielleicht haben Sie es gedacht, hinter Ihrem Schleier aus Tränen, aber ausgesprochen haben Sie es nicht.«

Da könnte Kröger sogar recht haben.

»Was spielt das für eine Rolle für die Tat?«

»Na, was weiß ich? Vielleicht fährt jetzt jemand mit ihren Tickets um die ganze Welt, unter ihrem Namen. Es haben schon Leute für weit weniger getötet als einige Monate guter Erlebnisse.«

Da hat Kröger einen Punkt. Vielleicht gab es niemanden, der Dorothea gehasst hat, aber jemanden, der ihr das Glück neidete.

»Sie scheinen ja auf jeden Fall mehr über die gute Frau zu wissen, als bislang auf den Tisch gekommen ist.«

Wieso fühlt sich dieser Satz jetzt so an, als sei ich vom Assistenten wieder zum Verdächtigen mutiert?

Kröger reibt sich die Hände und schaut sich um. Sein

Blick verändert sich, als sei ihm gerade eben eingefallen, dass es Abläufe gibt und Regeln. Vor allem aber schaut er zum Haupteingang, wo mit einem Mal Lasse Brodersen im Türrahmen aufgetaucht ist. Wie ein Schattenriss steht er vor dem Licht, das von außen hineindringt. Eine seltsame Kohlezeichnung auf grellweißem Papier.

»Gut«, sagt Kröger, »ich muss in Ruhe mit der Spurensicherung sprechen und gleich noch mit dem Herrn Nachbarn.« Kurz nickt er in Brodersens Richtung. »Frau Rübsamen, an Sie habe ich auch noch ein paar Fragen.«

Er reicht mir recht förmlich die Hand, die vorhin im Kommissariat noch umsorgend auf meiner Schulter lag.

»Herr Dennermann, ich danke Ihnen, dass Sie uns den Fund der Leiche gemeldet und so umsichtig gehandelt haben. Wenn ich weitere Fragen habe, weiß ich ja, wo ich Sie finde.«

»Schon, aber …«

»Danke sehr«, wimmelt er mich ab und schiebt mich in den Hauptraum, an den Kerzentischen und an Brodersen vorbei, der zur Seite tritt. »Wir hören uns.«

Dann legt er den Arm kurz auf Brodersens Rücken, nickt den fleißigen Bienchen im Haus ein »Bin gleich wieder da« zu und schiebt den nach Pelzstaub und Rasierwasser riechenden Brodersen sanft, aber bestimmt, in Richtung seiner Hälfte des Anwesens.

KAPITEL 10

Das Wasser der Nordsee glitzert unter einem feinen Schleierwölkchenhimmel, als ich den kleinen Löffel durch den Kaffee treibe. Einen Hauch Milch und Zucker rühre ich in das glänzende Schwarz. Irgendwie ist mir gerade nicht nach der vollen Ladung Bitterkeit.

Auf den Fensterscheiben des Restaurants Zur goldenen Möwe ist ebendiese als Handmalerei angebracht. Wie auch auf dem Holzschild über dem Eingang, der sie als sanfte Silhouette auf Holz zeigt, schaut das Tier lässig zur Seite, damit der lange Schnabel gut zur Geltung kommt. Nur wenige sitzen schon draußen an diesem Vormittag, der das glasklare Licht der Sonne mit einer verbindlichen Kälte kombiniert. Sie klirrt nicht, diese Kälte, eher rasselt sie nur ein bisschen mit den Ketten, was gut zur harschen Umgebung passt. Ein paar Meter vor mir bilden schwere, glatte Granitsteine die Wellen der Nordsee nach. Die Musikmuschel wirkt kalt in ihrem Beton, wenn sie nicht gerade bespielt wird, ebenso wie die vielen, mit weißen Sitzbänken bestückten Stufen, die eine Ebene nach oben führen, wo sich die über hundert Zimmer und Balkone des Hotels *Monbijou* erheben, dessen Betreiber schon gut wissen, wieso sie ihr schmuckloses Gebäude auf der Webseite nur von innen zeigen. Ein weißer Klotz aus symmetrischer Wucht, eine Mietburg, mit guten Zimmern und herausragendem Meerblick, natürlich, zu der es aber passt, dass die Gastronomie in ihrem Bauch den Namen *Luzifer* trägt.

Die meisten haben es sich in der Goldenen Möwe drinnen gemütlich gemacht. An den Tischen vor und unter den alten Surfbrettern, die Wände und Decken schmücken, oder in der mit Kissen und einem dicken Sitzpolster ausgestatteten Sitznische über der Heizung im Fenster.

»Ein Wetter für Insider, was?«

In Latzhose und schwarzem Pulli steht Dirk Seidel vor seinem eigenen Bistro und schaut mit einem Teeglas in der Hand aufs Meer hinaus. Der Endvierziger mit den immer leicht zerstürmten Haaren und dem ständigen Zweitagebart könnte genauso gut in einem großen Atelier zwischen Leinwänden stehen. Es hat der Promenade gutgetan, dass das Häuschen, in dem früher die Firma Kölln ihr Müsli verkaufte, jetzt mit der Stimmung von Promenaden wie in Bordeaux oder Biarritz und echten kleinen Delikatessen bespielt wird.

»Ein Sturm zieht auf«, antworte ich wohl zu pathetisch und bedeutungsschwanger, denn Daniel lacht, dass die Hosenträger beben.

»Das nun nicht. Aber vielleicht eine kleine Sommerpause.« Über sein eigenes Wortspiel erfreut, schlendert er den Kopf schüttelnd wieder hinein.

Ich nehme einen Schluck vom Kaffee und denke an die Worte Krögers, bevor wir gestern Dorotheas Laden betreten haben.

Sie sind keine Memme, also hören Sie auf, sich das selbst einzureden.

Mache ich das?

Rede ich mir das nur ein?

Könnte ich auch ganz gelassen hier sitzen und ein Leben führen, das sich auch so anfühlt, wie diese Insel aussieht? Ich kann wieder mit Leuten umgehen, ihnen vertrauen, wenigstens so tun, als fühlte ich mich für den Tod von Laura nicht länger schuldig. Gestern Abend habe ich gleich mehrere Nachrichten an Cheyenne verfasst. *Tristan und Isolde*, Teil 176 bis 182, an einem Stück. In keiner davon habe ich die tote Dorothea erwähnt. Bei jeder Einzelnen wollte ich es, und wieso sollte ich auch nicht? Wir haben uns kennengelernt rund um einen Mordfall. Sie hat mir das Leben gerettet damals, als ihr schlechtes Bauchgefühl sich mit ihrem scharfen Verstand verbündete und ihr eingefallen war, dass Moneypenny und der Kommissar mich über die Tracking-App finden könnten, die Cheyennes ehemalige Chefin und meine Ex-Kundin Eleonore heimlich auf meinem Handy installiert hatte. Aber gerade deshalb kann ich ihr nicht die Wahrheit sagen, was hier los ist. Womöglich eilte sie sonst sofort zum nächsten Flughafen und käme wieder nach Hause. Wie gern hätte ich das, aber ich liebe sie auch so sehr, dass ich ihr die ganze Auszeit gönne, die sie so dringend braucht.

Eine Memme bin ich, meint Kommissar Kröger und meint auch meine Mutter. Oder besser gesagt: Eine Memme will ich offenbar sein und hätte die Wahl, es ebenso gut zu lassen.

Haben sie nicht wirklich ein wenig recht?

Soll das so bleiben?

Lang gereift und kurz entschlossen, greife ich zu meinem Telefon und öffne den Messenger. Heute Morgen allerdings nicht, um Teil 183 des digitalen Briefwechsels zwischen Tristan und Isolde zu verfassen, sondern um auf das Angebot einzugehen, das Frida mir gemacht hat. Konfrontationstraining mit der Angst, in einer interaktiven Ausstellung hoch oben in Dänemark. Weit weg von Sylt. Weit weg von der neuesten Toten, die Krögers Job ist, sosehr ich sie auch mochte, und die nun nicht auch schon wieder mein ganzes Leben bestimmen darf wie damals, als ich selbst zum Kreis der Verdächtigen gehörte. Diesmal wird Jan Kröger das schließlich nicht ernst meinen. Oder?

Ach, was soll das mit den Nachrichten? Ich habe ein paar Worte verfasst und mich dreimal dabei vertippt, als ich aus einem Impuls heraus einfach Fridas Nummer wähle. Viele Menschen halten das ja gar nicht mehr aus, angerufen zu werden. Ein witziges Meme in den sozialen Medien unterstreicht dieses Phänomen durch die erste Zeile in einem alten Hit von ABBA: *I don't wanna talk.* Ich will schon reden, zumindest mit Frida.

Es klingelt.

Einmal.

Zweimal.

Sie geht ran.

»Kristan!«

Der Segen gespeicherter Nummern. Man wird sofort erkannt, und wer rangeht, hat sich wirklich dafür entschieden.

»Frida, moin. Alles gut bei dir?«

Das Rauschen im Hintergrund klingt eher wie beim Autofahren als wie beim Spaziergang am Meer. Ich kann mich aber auch täuschen, schließlich ist meine alte Freundin immer nur mit dem Motorrad unterwegs.

»Alles bestens. Danke für das Foto dieser Kerzen neulich. Wo hast du diesen Kitsch denn abgelichtet?«

Einen Augenblick lang muss ich überlegen, wovon sie überhaupt spricht. Natürlich. Die Kerzen auf den Stehtischen bei Dorothea. Ich habe sie abgelichtet und ihr geschickt, als ich erleichtert darüber gewesen war, den Lichtschalter zu finden, und voller Vorfreude darauf, den Laden zu besichtigen, den ich bald gewinnbringend vermittle, noch unwissend, was mich gleich erwartet.

»Na ja, die Idee ist nicht schlecht, aber die Ausführung wirkt ein wenig schlampig. Nein, nicht schlampig, eher gewissenlos, weißt du?«

»Gewissenlos.«

»Ja, ohne Selbstverpflichtung zu wirklich gutem Geschmack. So, als würdest du ein ernsthaftes Jazzalbum aufnehmen wollen und spielst am Ende doch nur Musik für die Hotel-Lobby und den Fahrstuhl.«

Ich muss schmunzeln.

»Bin eher so der Klassik-Typ.«

»Okay«, sagt sie, »dann so, als spielst du Bach-Variationen, aber auf dem Synthesizer als Entspannungsmusik für Massage-Sessions.«

Jetzt lache ich laut auf. So laut, wären die goldenen Möwen auf den Fenstern und der Tasse lebendig, sie würden sich von Glas und Keramik lösen und davonflattern.

»Wo hast du diese Schrecklichkeiten gefunden?«, fragt Frida, und das Rauschen wird leiser. Offenbar spaziert sie doch am Meer und bewegt sich nun wieder tiefer in die Dünen hinein.

»Bei einer Bekannten«, antworte ich und merke, wie ich auch ihr nicht von dem Mord berichten möchte, ebenso wenig wie Cheyenne. Ich möchte diese Dinge jetzt mit mir selbst ausmachen. Aber dafür trainieren, dass dies auch gelingt, möchte ich mit Frida.

»Dann sag ihr mal, sie braucht bessere Ware. Kannst ihr gerne meine Nummer geben.«

»Das mache ich«, sage ich und spüre ein saures Gefühl im Magen. Doch es muss sein. Schnell kippe ich einen Schluck Kaffee nach und ziehe mir eine Ladung Weststrand-Luft in die Nase.

»Hattest du einen bestimmten Grund, mich anzurufen? Nicht, dass ich ungern plaudere, aber …«

»Humlebæk«, antworte ich. »Ich möchte das machen.«

Eine Sekunde lang scheint Frida selbst überlegen zu müssen, was dieses dänische Wort bedeutet. Als es ihr wieder einfällt, begleitet sie es mit einem Ausruf der Freude.

»Mein Coaching für dich? Gegen die Angst in der Dunkelheit? Du lässt dich wirklich darauf ein?«

»Ja. Das kann so nicht weitergehen mit mir.«

»Wundervoll!«

»Schickst du mir ein, zwei Tage, an denen du kannst? Und fahren wir dann zusammen hin, mit meinem neuen MINI? Direkt hier von der Insel?«

»Kann sein, dass ich zwischendurch noch mal nach Hause muss, Kristan. Meine Auszeit kurz unterbrechen. Es sind ungeplante Dinge geschehen. Vielleicht treffen wir uns dann auch direkt dort. Ich sage dir Bescheid, sende dir Nachrichten, ja?«

»Gut.«

»Hach, ich bin stolz auf dich, dass du dich drauf einlässt, wirklich.«

»Wir werden sehen«, entgegne ich bescheiden.

»Wir lesen uns«, antwortet sie.

»Ja, wir lesen uns.«

Ich lege auf und lege das Telefon auf den Tisch zurück, das Display nach unten. Ich habe gelesen, dass man anderen und sich selbst damit mehr Ruhe und Aufmerksamkeit signalisiert. Dass man zeigt, nicht nur daran interessiert zu sein, was auf dem Bildschirm gleich wieder aufflackern könnte.

Im Stuhl der Goldenen Möwe zurückgelehnt, blicke ich aufs Meer. Vor vielen Jahrtausenden, in der Weichseleiszeit, war ein großer Teil des Wassers im Eis der skandinavischen Gletscher gefangen, und der Meeresspiegel lag einhundertzwanzig Meter tiefer als heute. Die Nordsee war größtenteils Festland. Man konnte zu Fuß vom europäischen Festland zu dem laufen, was heute die Britischen Inseln sind. Erst vor zehntausend Jahren füllten die geschmolzenen Gletscher die Tiefen des Elbe-Urstromtals und erschufen das Wattenmeer, dieses unglaubliche Wunderwerk der Natur. Ein Weltkulturerbe der UNESCO, zu dem der schöne Spruch existiert: »Ein Ort, an dem sich Himmel und Erde eine Bühne teilen.«

Nur ein paar Tausend Jahre. Ein Wimpernschlag in der Zeitrechnung der Erde.

Mein Telefon vibriert und bewegt sich langsam auf dem Tisch seitwärts. So viel zur Ruhe. Ich hebe es an wie ein Pokerspieler seine Karten, bis ich den Namen des Anrufers erkenne. Eine Festnetznummer von der Insel. Das Kommissariat Westerland.

»Herr Kröger.«

»Herr Dennermann, ich grüße Sie.«

Auf einmal ist er wieder freundlich, nachdem er mich

gestern so rüde aus der Szenerie geschoben hat, kaum, dass Lasse Brodersen sie betrat.

»Gleichfalls. Haben Sie gestern noch was rausbekommen?«

»Nein«, antwortet er wie aus der Pistole geschossen und ohne große Scham. »Es war wirklich stumpfe Gewalteinwirkung. Sie muss in einem anderen Raum des Hauses geschehen sein, und der Täter hat Frau Hußmann eilig nach hinten gezogen. Allerdings nicht so eilig, dass er nicht hervorragend sauber gemacht hätte. Wir haben nur minimale Spuren weggewischter Blutstropfen in dem Hauptraum gefunden, wo die Standuhr und diese komischen Stehtische stehen.«

»Die sind nicht komisch«, sage ich, »die sollten schon den Gästen der Besichtigung dienen. Dorothea hat mitgedacht.«

»Wie dem auch sei. Ein paar Blutspurreste, fast vollständig entfernt. Keine Schäden an irgendwas. Keine Fingerabdrücke, außer von Frau Hußmann selbst und von Ihnen. Jedenfalls, soweit wir sie in der Datenbank haben.«

»Sie haben meine Fingerabdrücke in Ihrer Datenbank?«

Kröger ignoriert die Frage.

»Der ganze Rest da drin stammt sicherlich von Kunden. Damit können wir nichts anfangen, zumal es ja nichts über den Tathergang sagt, wer alles die Möbel und die Verkaufsobjekte angefasst hat. An nichts von dem, was da rumsteht, war entsprechend ebenfalls Blut, wie es nach dem Schlag gegen den Hinterkopf hätte sein müssen. An keiner Kamera, keinem Kerzenständer, keiner Holzschnitzfigur. Was immer die Waffe war, der

Täter hat sie mitgenommen und gut hinter sich aufgeräumt.«

Ich versuche, mir vorzustellen, wer am Vorabend
ihrer Rentenreise gezielt zu Dorothea geht und sie ermordet. Und wieso.

»Deswegen rufe ich Sie an, Herr Dennermann. Ist
Ihnen nichts weiter aufgefallen? Oder fällt Ihnen nicht
noch was ein zu der Frau? Sie haben sie doch offenbar
gut gekannt.«

Noch vor einem Jahr hätte mich die Frage nervös gemacht. Jetzt macht sie den kleinen Kristan in mir schon
wieder stolz. Ich bin wohl doch noch Krögers Ermittlungshelfer. Wieso stört es mich so, in der Zwischenzeit
geglaubt zu haben, ich könnte es nicht mehr sein?

»Gut kennen ist vielleicht zu viel gesagt. Wir waren
ein eingespieltes Team. Ich habe ihr Nachlässe vermittelt
oder Dinge aus Häusern, welche die neuen Käufer nicht
übernehmen wollten. Die Provision daraus gebe ich übrigens immer an einen guten Zweck. Dorothea konnte
stundenlang über alte Kameras sprechen, über Zwischen-
linsenverschlüsse und Objektivplatten, über die Her-
kunft kleiner Schatullen oder holländische Chipschnit-
zerei. Aber fragen Sie mich was zu ihrem Privatleben,
und, ja, das merke ich jetzt erst, dazu kann ich nichts
sagen.«

»Ja, wir sind alle immer nur unsere Berufe«, seufzt der
Kommissar beinahe philosophisch.

»Was hat denn Brodersen gesagt?«, frage ich, doch
Kröger ignoriert es völlig.

»Halten Sie sich jedenfalls verfügbar, in Ordnung?
Aber nun, Sie sind ja sowieso immer auf der Insel.«

Nicht immer, denke ich mir und fahre im Geiste bereits nach Dänemark, sage aber nichts weiter als »ja« und greife wieder nach meinem mittlerweile von der kühlen Luft traurig-erkalteten Kaffee, bevor wir das Gespräch beenden.

KAPITEL 11

»Ich war immer kurz vor Weihnachten bei ihr.«

Hella schüttelt ihren Kopf mit den karottenroten Haaren und spannt den Siebträger in die Maschine ein, bevor sie den Hebel herunterdrückt. Ich sitze am Schreibtisch in meinem Maklerbüro und sortiere die Post, die sich seit einer Woche angesammelt hat. Hauptsächlich Rechnungen und eine Menge Werbung. Kurz denke ich an die Zeit zurück, in der Menschen sich tatsächlich Briefe geschrieben haben. In Ruhe, kultiviert. Jedes Wort so setzend, wie ein Komponist seine Note. Das, was Cheyenne und ich gerade mit unseren nummerierten Nachrichten über den Messenger versuchen. Vielleicht sollten wir unsere Korrespondenz irgendwie noch ein wenig aufmotzen. Ein bisschen kultivierter machen.

»Du kennst das doch auch, Jamie.«

Hella, meine Miss Moneypenny, setzt sich mit einer Pobacke auf meine Tischkante und stellt mir meinen Kaffee hin. Ihren hat sie schon zuvor abgefüllt. Mit einem leisen Pling stoßen wir an.

»Ende August, wenn die ersten Kult-Zimtsterne in der Bäckerei Abeling zu haben sind und sich die Schlange dort am Sonntagmorgen noch weiter über die Maybachstraße zieht, nehmen wir uns alle vor, dieses Jahr die Weihnachtsgeschenke eher zu besorgen. Dieses Jahr aber wirklich. Wir drehen uns um, blinzeln einmal, schließen den Kofferraum mit den Alltagseinkäufen, schauen wieder auf, und plötzlich ist es Dezember und die Dünen zwischen Rantum und Hörnum liegen da wie die Skipisten.«

Das Bild bringt mich gleich doppelt zum Schmunzeln. Zum einen, weil Hella auf den Punkt bringt, wie es wohl allen Menschen im Land von der nördlichsten Spitze hier in List bis hinunter zum südlichsten Zipfel im Haldenwanger Eck geht. Zum anderen, weil ich mich jetzt schon darauf freue, wie die Landschaft hier auf unserer Insel aussieht, wenn tatsächlich einmal richtig Schnee fällt.

»Mitte Dezember bin ich dann immer in Dorotheas Laden rein, habe mich ein paar Minuten ergebnislos umgesehen, sie dann hilflos angeschaut und gesagt: ›Doro, zeig mir drei Sachen für unter hundert Euro.‹«

»Na komm«, entgegne ich, »so schlecht bezahle ich dich auch nicht.«

»Unter hundert Euro pro Teil«, erwidert sie und schiebt sich wieder von meinem Tisch. »Man denkt es nicht, wenn man so bei ihr im Laden steht, aber sie hatte immer irgendwas, das sogar passte für all die Leute, die ich zu beschenken hatte. Ach, Dorothea …«

Hella seufzt schwer. Ich denke an die Bitte Krögers, mich erreichbar zu halten und darüber nachzudenken, ob mir noch irgendwas einfallen könnte.

»Was war eigentlich mit ihrer Familie? Weißt du da was? Man kennt sie nur solo, oder? Ohne Mann, ohne Kinder. Nur Dorothea und ihre Antiquitäten.«

Hella legt den Zeigefinger ans Kinn.

»Jetzt, wo du es so sagst … ich habe keine Ahnung.«

Ich nehme einen Schluck aus der Tasse, die das Logo von *Radio Schleswig-Holstein* zeigt. Während der Kaffee meine Kehle hinabrinnt, habe ich die Stimmen von Carsten Köthe und Frank Bremser in meinen Ohren. Für Friesentee oder einen gelegentlichen Pharisäer hingegen greife ich zur Tasse von *Antenne Sylt* und höre dabei augenblicklich Annette Radüg sprechen.

Hella nimmt den Finger wieder vom Kinn.

»Ist ja verrückt, wie viel man über die Menschen zu wissen glaubt und wie wenig man tatsächlich weiß, oder? Was ich wohl vor Augen habe, ist ihr wahnsinniges Haus in Braderup. Und das soll jetzt nicht pietätlos klingen, so von wegen, das sollten wir auf jeden Fall vermitteln oder so. Ich meine, irgendwann wird es eine Testamentseröffnung geben, und dann wissen wir ja, ob sie Verwandte hatte und wer irgendwas erbt oder nicht. Falls sie ein Testament geschrieben hat.«

»Wieso kennen alle dieses Haus in Braderup?«, frage ich und sehe die strahlenden Augen von Frau Lütken vor mir.

»Na ja«, sagt Hella, »eine bessere Lage kann es kaum geben. Jedenfalls abseits von Kampen. Du kennst es auch, wenn du es siehst. Bist bestimmt schon hundertmal daran vorbeigefahren und hast dich gefragt, wem es wohl gehört und ob man es eines Tages ins Portfolio packen könnte.«

»Ich sehe die Welt nicht nur durch die Geschäftsbrille, Hella.«

Meine Assistentin verzieht die Mundwinkel. Kurz steckt sie den gebeugten Zeigefinger zwischen ihre Zähne, überlegt und zieht ihn wieder heraus. Draußen auf der Straße zieht eine Schulklasse vorbei. Ein paar

Sekunden greller Kinderlärm, lauter kleine Krachflöhe auf Ausflug.

»Um das Objekt werden jedenfalls jetzt schon die Geier kreisen«, sagt Hella. »Wer immer Dorothea kannte, mit ihr verwandt ist, mit ihr zu tun hatte – jeder wird sich als Erstes fragen: Was ist mit diesem Haus? Mit diesem Grundstück? Mit dieser absoluten Sahnetorte? Nein, mit diesem absoluten Stückchen feinster Sahne plus echter Kirsche auf der größten Torte von Insel, die dieses Land, ach was, die dieser Kontinent kennt?«

Hellas Worte heben mich förmlich aus dem Stuhl.

Die Post ist noch lange nicht erledigt und die Kaffeetasse weiterhin fast voll. Dennoch beschließe ich, diesem ominösen Grundstück sofort einen Besuch abzustatten. Nicht aus geschäftlichen Gründen oder der Hoffnung, dass, wer auch immer dafür zuständig ist, uns die Vermittlung überträgt, sondern weil ich einfach wissen will, was hier passiert ist, und mir ein Blick auf Dorotheas Privathaus als die nächste, naheliegende Aktion erscheint.

»Wo willst du hin?«, fragt Hella. »Ich dachte, wir wollten noch den aktuellen Stand der Geschäfte besprechen?«

»Später«, sage ich, »du hast mich auf eine Idee gebracht.«

»Und die kann nicht warten?«

»Nein, Moneypenny, die kann tatsächlich nicht warten.«

KAPITEL 12

Als ich das Privathaus von Dorothea Hußmann in Braderup erreiche, verstehe ich, wieso alle davon dermaßen verzückt und begeistert sprechen. Der mächtige Reetdachgiebel wölbt sich über den leuchtend roten Klinkerwänden wie ein schützender Mantel. Die kleinen, dunkel gerahmten Fenster blicken aus dem Gemäuer wie Augen, die jeden Besucher freundlich, aber wachsam mustern. Vor dem Haus zieht sich ein Friesenwall entlang, kunstvoll aus alten, abgerundeten Findlingen geschichtet. Einige Unternehmen auf der Insel haben sich auf diese traditionelle Bauweise spezialisiert. Manche von ihnen sorgen als Garten- und Landschaftsbauer nach der Errichtung auch gleich für die üppige, knallgrüne Vegetation, die sich darüber wie ein samtiger Teppich ergießt. Natur und Architektur verschmelzen miteinander zu einem einzigen Kunstwerk.

Das kleine Vogelhäuschen, das über der Mauer thront, wirkt wie ein liebevoller Gruß an all die Vorüberfahrenden und die Menschen, die gegenüber ihren Tag in den Dünen beginnen. Hella hat recht – es kann kaum eine bessere Lage geben als in dieser sanft geschwungenen Kurve, der gegenüber sich die riesige Heidelandschaft erstreckt.

Jeder, der die Hügel gegenüber dem Haus als Wanderer auf den schmalen Pfaden oder als Radfahrer auf den in ihr angelegten Bohlenwegen betritt oder befährt, bekommt augenblicklich einen Ausdruck tiefen inneren Friedens.

Vor dem Friesenwall steht ein Fahrzeug, das mir mittlerweile sehr vertraut ist. Der Avenger von Jan Kröger, dem Champion der Kriminalistik. Einen kleinen, echten Notizblock in der Hand, steht er im Garten von Dorothea Hußmann und macht sich Notizen. Sogar das kleine weiße Törchen hat er wieder hinter sich geschlossen. Ich öffne es. Leise quietschen die Scharniere. Durch die saftig grünen Rasenflächen führt ein geschwungener Weg zur Tür, wie ein Bachlauf aus feinstem Kies. Meine Sohlen knirschen auf den kleinen Steinen. Kröger dreht sich um.

»Herr Dennermann, jetzt legen Sie es aber drauf an, oder?«

»Worauf?«

»Dass ich doch wieder glauben muss, Sie haben mit den Morden auf dieser Insel zu tun. Zumindest dann, wenn die Opfer derartig lukrative Immobilien hinter sich haben.«

Erst in dem Moment, als er den Satz ausgesprochen hat, wird Kröger die Doppeldeutigkeit des Hinter-sich-Habens bewusst. Leicht verschämt kratzt er sich an der Unterlippe. Mit dem rechten Daumen lässt er zweimal die Mine des Kugelschreibers klicken.

»Es ist ja schon auffällig, dass immer wieder Leute umkommen, deren Immobilien zum Wertvollsten und Seltensten gehören, was auf dieser Insel zu kriegen ist.«

»Aha«, sage ich, immer noch im Unklaren darüber, ob der Mann tatsächlich nur scherzt und durch derben Männerhumor unsere latente Freundschaft festigen möchte. »Dann gehe ich Ihrer Ansicht nach also hin, ermorde Dorothea Hußmann kurz vor ihrer Abreise und hole Sie als Ermittler direkt frisch nach der Tat hinzu?«

»Natürlich.« Kröger schaut kurz über den Friesenwall hinweg in die Dünen, aus denen zahlreiche Köpfe von Fußgängern und Radfahrern hinausragen, wie Gänsehälse aus einem Winterquartier. »Das ist doch der Klassiker, Herr Dennermann. Am besten versteckt man ein Verbrechen vor aller Augen. Als Täter selber auf die Tat aufmerksam zu machen, den Zeugen zu geben – das ist schon fast so naheliegend, dass man es eigentlich wieder vermeiden sollte.«

Ich schließe das Türchen hinter mir und nähere mich Kröger auf dem Kies. Fachmännisch fliegt mein Blick über das Gebäude. Ich kann nicht anders, wenn ich vor einem Haus stehe. Ganz egal, ob ich es vertrete oder nicht. Dorothea hat das Objekt unglaublich gepflegt. Nicht das kleinste bisschen Lack ist von den Fensterläden abgesprungen. Kein einziger Halm des Reets hebt sich vom Dach ab, wirkt ausgeblichen oder brüchig. Den Rasen hat sie noch ein letztes Mal so knapp heruntergemäht, dass er weiterhin gut nachwachsen kann, aber nicht allzu schnell eine neue Wildnis bildet. Für den Fall, dass er außer Form gerät, hat sie mit Sicherheit einen Gärtner beauftragt. Nie und nimmer würde sie selbst dann, wenn sie monatelang unterwegs ist, ihr Gelände auch nur um einen winzigen Grad verkommen lassen.

»Sag ich's doch«, feixt Kröger. »Das ist er, der Maklerblick. Da sehe ich schon die Eurozeichen in den Augen.«

»Jetzt hören Sie doch mal auf. Sie sehen doch selber,

dass man dieses Gelände nur bewundern kann. Völlig unabhängig davon, ob man es verkauft oder nicht.«

Einen Augenblick schweigen wir und bewundern die Sorgfalt und Liebe, die Dorothea in ihr Zuhause gesteckt hat. Dann fragen wir zeitgleich: »Was machen Sie eigentlich hier?«

Kröger ist in seiner Empörung über die Frage schneller.

»Was fragen Sie mich das? Ich bin der Chefermittler in dieser Sache. Das ist mein Beruf, hier zu sein.«

»Ja, aber, können Sie denn schon in das Haus rein? Dürfen Sie das? Haben Sie einen Schlüssel gefunden?«

»Nein, jein und nein«, antwortet Kröger.

Ich runzele die Stirn. Auf der Straße vor dem Friesenwall ertönt eine Fahrradklingel.

»Ich kann noch nicht rein, weil wir zu meiner Verwunderung nirgendwo an der Leiche oder im Antikladen den Schlüssel für dieses Haus gefunden haben.«

»Sie meinen, der Mörder hat ihn sich geschnappt und ist schon dort drinnen gewesen?«

»Möglich. Also, möglich, dass er den Schlüssel hat. Aber in den Tagen seit der Tat hat niemand dieses Gelände betreten.«

»Woher wissen Sie das?«

Kröger deutet auf die benachbarten Häuser.

»Die Anwohner. Sie wissen doch, Herr Dennermann, in solch noblen Vierteln achtet man aufeinander. Tag und Nacht. Zumindest jetzt, wo es nicht so verwaist ist wie im November. Neighbourhood Watch heißt das in Amerika, oder? Da macht man es ganz offiziell und hängt sogar entsprechende Schilder auf. Hier geschieht es einfach so, wie selbstverständlich. So gut können Sie ein Haus gar nicht beschatten lassen, wie es die Leute selbst gewährleisten. Wenn hier einer kommt, der nicht hergehört, wird es bemerkt. Und alle hier versichern, dass niemand aufgetaucht ist.«

»Hat Dorothea auch keinem Nachbarn einen Schlüssel gegeben? Um drinnen die Blumen zu gießen oder mal durchzulüften?«

»Nein. Einer der Nachbarn hat den Auftrag, regelmäßig den Garten zu wässern. Hat er sogar schon, seit sie weg ist. Außerdem hat er einen Hund, geht ständig Gassi, sogar in den frühesten Morgenstunden, wenn es noch stockfinster ist, also genau zu der Zeit, wo Diebe üblicherweise einsteigen würden.«

»Und die anderen beiden Antworten?«

»Bitte?«

»Ihre anderen beiden Antworten eben. Das Jein und das zweite Nein.«

»Ach so. Ja. Darf ich in das Haus? Theoretisch ja, praktisch nein. Ohne richterlichen Beschluss kann ich das Ding nur aufbrechen bei Gefahr im Verzug, oder wenn es der Tatort wäre. War es aber nicht. Bevor ich mit einem Richter über die Ermessensentscheidung diskutiere, warte ich lieber, bis wir Angehörige gefunden haben. Das geht im Zweifel schneller.«

»Und wenn Sie die nur finden, indem Sie da drinnen nach Hinweisen auf sie suchen?«

»Hußmanns Tod und der Verdacht eines Verbrechens machen doch schon die Runde. Die Presse hat die Füße stillgehalten, weil der Täter noch frei rumläuft, aber in den sozialen Medien verbreitet es sich bereits. Wenn es Angehörige gibt, wird es sie anziehen wie das Licht die

Motten. Die sehen das Haus nur vor ihrem inneren Auge und gucken dann schon so wie Sie vor ein paar Minuten.«

»Wann sind Sie eigentlich so zynisch geworden?«

»Ist angeboren. Wäre sonst Schmetterlingszüchter geworden statt Verbrechensbekämpfer.«

Mit der Schuhspitze schiebt Kröger ein wenig Kies durchs trockene Bett des Weges. Nach ein paar Sekunden schaut er wieder auf.

»Die Gerichtsmedizin konnte bereits den Todeszeitpunkt eingrenzen. Es war ungefähr vorvorgestern Abend.«

Ich denke daran, was ich zu diesem Zeitpunkt gemacht habe. Das Lenkrad meines MINIS kommt mir in den Sinn. Und die frische Luft des Lister Hafens, die mich aber ob der Dunkelheit trotzdem nicht trösten kann. Vorvorgestern Abend, da habe ich mit Frida einen Videocall gehabt. Ich sehe sie vor mir auf dem Display, auf den Bohlen vor der Sansibar, die schwarze Flagge im Hintergrund, das orangefarbene Licht in Richtung Strand schwappend.

Kröger verlässt den Kiesweg und macht ein paar Schritte auf dem fast golfplatzkurz geschnittenen Rasen. Den Hals reckend, den Kopf vorgestreckt, lugt er um die rechte Ecke des Hauses. Ich schaue nach, was er sieht, mich kaum trauend, Dorotheas Rasen mit meinen Schuhen zu schänden. An der rechten Flanke des Hauses tut sich eine malerische Terrasse auf. Der Boden besteht aus großen Natursteinplatten. An den Rändern wachsen rund geschnittene Buchsbäume in großen, hellen Terrakottatöpfen. Das Teakholz der Sitzgarnitur aus vier Stühlen und einem Tisch ist dermaßen gut geölt und gepflegt, dass nicht einmal die salzige Luft der Nordsee ihm etwas anhaben konnte.

»Ich denke, sich hier draußen hinzusetzen, benötigt keinen richterlichen Beschluss«, sagt Kröger, stiefelt auf die Terrasse und zieht knarrend einen Stuhl vom Tisch, ohne ihn dabei richtig anzuheben. Ich setze mich in behutsamerer Weise. Wieder schweigen wir ein paar Sekunden, dann muss ich lauthals lachen. Tut mir leid, denke ich, liebe Dorothea, tut mir leid, doch ich kann einfach nicht aufhören zu kichern wie ein Schuljunge.

»Haben Sie einen Schlaganfall?«, fragt Kröger.

Mein Lachen läuft aus wie ein Motor, der nur langsam erstirbt. Ich reibe mir das linke Auge.

»Ich dachte nur gerade daran, was zwei Männer in dieser Lage in einem Krimi tun würden.«

Kröger hebt eine Braue.

»Sie würden irgendwo im Garten ein Schälchen oder einen unbepflanzten Topf suchen, ihn auf das Teakholz stellen, sich zwei Zigaretten anzünden, den Kopf in den Nacken legen, den Qualm auspusten und erst dann mit dem Dialog fortfahren.«

Kröger sieht mich an, als frage er sich, ob ich wirklich nur ein Makler bin oder womöglich doch aus irgendeinem Sanatorium ausgebrochen. Ich schmunzle wieder, froh darüber, diesem Laster nie gefrönt zu haben, und ebenso froh, dass mein Kommissar mich ebenfalls nicht damit belästigt.

Kröger legt den Kopf in den Nacken und atmet die frische Luft ein, die durch Qualm zu ersetzen gerade hier an der Küste wirklich ein Frevel wäre.

»Was hat denn der Nachbar berichtet?«, frage ich. »Der Brodersen?«

Fast schon erwarte ich, dass Kröger nun aufspringt und ihm ein ganz dringender Termin einfällt. Zu meiner Überraschung bleibt Kröger sitzen, richtet nur den Kopf wieder auf und dreht ihn zu mir herum.

»Angeln Sie?«

»Äh … nein. Nie gemacht.«

»Schade. Sonst wüssten Sie zum Beispiel, wie viel Geduld es braucht, einen Hecht zu fangen. Es kann alles stimmen. Das Equipment, das Wetter, der Köder. Aber er beißt nur an, wenn er es will. Und meistens will er es nicht.«

»Er hat also die Aussage verweigert?«

»Nein. Er hat mir erzählt, was er am vermutlichen Abend von Dorothea Hußmanns Tod gemacht hat. Und jetzt halten Sie sich fest – er war spazieren. Allein. Im Wald.«

»Wie bitte?«

»Das Morsumer Wäldchen. Er sagt, er fahre regelmäßig dorthin, um zwischen den Bäumen zu verschwinden. Der Strand helfe ihm nicht, meint er, und ich denke, mit dem Helfen spielt er darauf an, dass er immer noch unter dem Tod seiner Frau leidet. Wahrscheinlich war er immer mit ihr im Watt unterwegs.«

»Und Sie glauben ihm das? Ich meine, warum sagt er nicht einfach, wenn er schon allein war, dass er abends vor dem Fernseher saß, sodass Sie ihn fragen können, was gelaufen ist?«

»Dennermann, bitte. Wer sieht denn heute noch fern und dann in Echtzeit?«

»Alte Männer wie Lasse Brodersen?«

»Er hat gar keinen Fernseher. Er liest, wenn er daheim ist. Aber wissen Sie, was interessant ist?«

Natürlich wartet Kröger meine Antwort nicht ab.

»Ganz spät in der Nacht, fast schon am Morgen, da war er kurz auf, weil die Blase eines Achtzigjährigen kein Durchschlafen mehr erlaubt. Und er sieht draußen, wie Dorothea Hußmann letzte Dinge in ihren Wagen packt. Es fällt ihm auf, weil sie ein seltenes Auto fährt. Einen alten, restaurierten Lada. Was natürlich auch seltsam ist, da sie ja schon lange wusste, dass sie auf Reisen geht. Kurz habe er überlegt, rauszugehen und sie zu verabschieden, aber dann dachte er, so mitten in der Nacht könne er sie nur unnötig erschrecken.«

»Wieso? Wie spät war es denn?«

»Er weiß es nicht mehr so genau. Wahrscheinlich so vier, halb fünf am Morgen.«

»Hm«, murmele ich. Der erste Autozug geht schon um kurz vor sechs. Mit ein bisschen Pufferzeit kommt das hin.

»Schon seltsam, dass sie so früh aufbricht. Aber sie konnte ja gar nicht aufbrechen. Zu dem Zeitpunkt lag sie doch bereits tot auf den Dielen.«

»Theoretisch. Es sei denn, Brodersen verwechselt die Abende. Was durchaus sein kann.«

Krüger nickt und schaut dabei auf die Buchsbäume in den Terrakottakübeln. In einem davon erkenne ich nun doch einen ganz feinen Haarriss.

»Wieso sagen Sie das so sicher?«

»Er spaziert nicht nur viel in dem Wäldchen, seit seine Frau tot ist.«

»Was meinen Sie damit?«

»Wie soll ich sagen, Dennermann? Seither haben die Einzelhändler auf Sylt relevante Umsatzsteigerungen bei hochgeistigen Getränken zu verzeichnen?«

»Der Brodersen ist ein Trinker?«

Kröger lehnt sich im Stuhl zurück und macht nun Schritte auf dem Teakholztisch, Zeigefinger und Mittelfinger als Beine eines gedachten Männchens. Wieso habe ich das Gefühl, dass er über Brodersen noch viel mehr weiß, als er mir sagen will? Hatten wir diese Geheimnistuerei seit der Sache mit Atzorn nicht hinter uns?

»Sagen Sie, Dennermann, haben Sie hier in diesem Haus eigentlich eine Garage gesehen?«

Kurz überlege ich. Wir sind die Straße von Süden gekommen. Dort gab es nur den Blick auf das wunderschöne Antlitz des Hauses und den Friesenwall.

Ich schüttele den Kopf und springe dabei auf.

»Eigentlich nicht, aber lassen Sie uns doch mal nachsehen.«

Wir verlassen die Terrasse und umrunden das Haus einmal komplett auf dem Gelände. Tatsächlich führt auf der Rückseite ein kleiner Weg zu einer Abfahrt in die wie eine Höhle angelegte Erdgarage.

»Sieh mal einer an«, sagt Kröger.

Wie schon bei der Terrasse, denkt er diesmal nicht an richterliche Beschlüsse, fehlende Gefahr im Verzug oder abzuwartende Erlaubnis etwaiger Verwandter. Mit seiner großen Faust umschließt er den Drehknauf des Garagentors und zieht daran. Fast fällt er hintenüber, denn zu seiner eigenen Überraschung ist die Garage nicht abgeschlossen. Das Tor schwingt auf, und in dem gut sortierten Raum, an dessen Wänden glänzend geputztes und poliertes Werkzeug für Haus und Garten hängt, steht ein ebenso gepflegter alter Lada in einem Beige, das zwischen Strandsand und ausgelaufenem Eigelb changiert. Wenn sie abends noch mal mit dem Wagen an ihrem Laden war, dann offenbar nicht, um mit dem Fahrzeug die Insel zu verlassen. Kröger, mittlerweile von frischem Selbstbewusstsein und Regelübertretungslust getrieben, versucht es nun auch mit dem Öffnungsknopf des Kofferraums. Mit einem dummen, blechernen Bellen springt auch diese Klappe auf. Der Kofferraum ist leer, bis auf einen Verbandskasten und ein knallorangefarbenes Abschleppseil.

»Tja, was immer sie in der Nacht noch schnell gepackt hat, sie hat es offenbar nach Hause gebracht und noch eben sorgfältig ins Haus geräumt.«

»Oder eben auch nicht«, erinnere ich ihn wieder, »denn wenn unser Trinker Lasse die richtige Nacht im Gedächtnis hat, kann sie es ja überhaupt nicht gewesen sein.«

»Richtig«, sagt Kröger und kratzt sich hinter dem rechten Ohr. »Aber wer fährt denn auf der Insel noch so ein Modell? Ach, Dennermann, manchmal wünscht man sich doch, in einer großen Stadt zu leben, wo mittlerweile jede Straßenecke von Kameras überwacht wird, oder?«

Im konkreten Fall des Rätsels um Dorothea Hußmanns Tod stimme ich ihm zwar zu, bin ansonsten aber froh darum, noch in einer Welt zu leben, die sich trotz gelegentlicher Morde ihre Unschuld und ihr Vertrauen bewahrt hat.

KAPITEL 13

Wüsste ich es nicht besser, würde ich sagen, dass dem Prince of Wales schon jetzt das Wasser im Munde zusammenläuft. Die Nase im Wind, weiß er scheinbar, in welche Richtung ich gerade fahre.

Ich befinde mich auf dem Weg zu Lieselotte, die vormittags im Café Leysieffer das Süßgebäck und meinen Lieblings-to-go, den Latte Macchiato mit einem Extrashot Espresso, serviert, daheim aber mit stetig wachsendem Erfolg ihr selbst gemachtes Bio-Hundefutter *Lilos Happy Belly* herstellt. Die Leberwurstkekse fraß der Prince der guten Dorothea einst aus der Hand und zuletzt aus der Tasche.

Die frische Luft eines mittlerweile wieder etwas wärmeren Tages fährt mir und dem Prince durch Haar und Fell. Ich habe das Union-Jack-Dach geöffnet und den MINI Cooper wieder zum Cabrio gemacht.

In der Anlage spielt Mozarts *Kleine Nachtmusik* mitten am Tag. Nicht gerade das Anspruchsvollste, was ich mir als Klassik-Fan geben kann. Ist das Thema in jedem der vier Sätze einmal vorgestellt, wiederholt es sich ohne große Variation oder Verarbeitung. Es gibt Stellen, da dreht sich die Sache fünfzehnmal in fünf Minuten im Kreis, und der einzige Pfeffer ist das einmalige Anspielen der Subdominante.

Ein Prinzip, das dafür sorgt, dass jeder schnell mitpfeifen kann, aber genau das Richtige für eine Überlandfahrt, auf der ich so tun möchte, als sei mein Leben sorgloser, als es ist.

Es gelingt. Seit einigen Kilometern spüre ich wieder, dass ich auch so etwas wie ein Privatleben habe, das nicht jede einzelne Minute von den Gedanken daran bestimmt sein muss, Kunden zu treffen oder auch einen Mordfall aufzuklären. Auch ich habe ein Leben, ob verdient oder nicht, und zumindest den Prince zu verwöhnen, fällt mir immer leicht. Das Telefon habe ich mit dem modernen Radio verbunden, das die Vorbesitzerin dem etwas älteren Modell gegönnt hat. Schroff unterbricht daher mein Klingelton die vordergründigen Töne des alten Großmeisters, der seine ersten Kompositionen schon mit fünf Jahren schrieb, also in einem Alter, in dem manche der heutigen Schüler noch weitere sechs Jahre brauchen, bis sie überhaupt ordentlich rechnen, lesen und schreiben können. Zumindest, wenn man den Erhebungen zum Bildungsstand in den meisten Regionen des Landes Glauben schenkt, die nicht gerade am Ufer der Meere oder malerischer Seen liegen. Ob es mit dem Wasser zu tun hat?

Ich drücke die Taste für die Rufannahme.

»Moneypenny, was gibt's?«

»Ich habe deinen Anzug aus der Reinigung geholt«, sagt sie, und ich erinnere mich kaum daran, ihn ihr zu diesem Zweck überreicht zu haben. Ihre neckische Sprechpause deutet an, dass sich mit dieser Nachricht etwas anderes verbindet, das mir nun von selbst einfallen soll.

»Wofür haben wir ihn frisch machen und aufbügeln lassen? Na, Jamie? Keine Erinnerung?«

Ich krame in meinem Gedächtnis. Puzzleteile. Die Theorie scheint wirklich zu stimmen. Anzug, Anzug,

Anzug. In meinem Arbeitsalltag trage ich derlei förmliche Kleidung kaum noch. Es erwartet auch niemand von einem Makler auf einer friesischen Insel. Im Grunde wollen selbst die wohlhabendsten Kunden den Eindruck bekommen, dass ich unterm Strich auch nur ein verkappter alter Walfänger bin, der den Kragen gegen den Sturm hochschlägt und sich in der knarrenden Kajüte eine Pfeife stopft. Daher reichen Chinohose, Schurwollhemd und Norwegerpulli oftmals schon völlig aus.

»Ich gebe dir einen Tipp«, will Hella das Spiel immer noch nicht beenden. »Tanzen und pflanzen.«

»Tanzen und pflanzen?«

Ganz leicht klingelt was. Aber noch leiser als das defekte Glöckchen in Meikes Modeladen.

»Wofür könnte Tanzen stehen? Du schnürst dir dafür schließlich nicht selbst die Schuhe.«

»Ich soll eine Veranstaltung besuchen?«

»Es wird wärmer.«

Puzzlestücke, Puzzlestücke. Ah!

»Das Verdensballett!«

»Bling! Bling! Bling!«

Hella simuliert Gewinnspiel-Laute. Das Verdensballett. Natürlich. Wie konnte ich das vergessen? Seit über zehn Jahren kommen prominente Solotänzer und dänische Opernsänger abseits ihrer üblichen Arbeitsstätten zusammen, um auf dem Benen-Diken-Hof vor reetgedeckten Häusern inmitten eines kultivierten Gartens zu spielen. Vielen sieht man regelrecht an, wie sehr sie die Umgebung erleichtert und die kindliche Lust an ihrer Kunst, ihrem Sport, wieder entflammt. Das Publikum gibt sich da untereinander förmlicher. Mag sein, dass einige von ihnen dort sind, um wirklich die Aufführung zu genießen. Viele jedoch wollen eher nur sich präsentieren oder nutzen das Ereignis, um Netzwerke aufzufrischen.

»Das Pflanzen zum Tanzen«, rate ich weiter entlang Hellas kryptischer Worte. »Treffe ich da neue Kunden, um den Samen kommender Geschäfte zu säen?«

»Jetzt hast du's, Jamie. Es sind die Ottls. Aus Bayern.«

Ich seufze. Das Münchener Ehepaar Frauke und Heiner Ottl verspricht zwar brillante Geschäfte, gehörte aber bislang schon am Telefon zu jener Kategorie der Superreichen, die denken, dass man mit Geld alles kaufen und möglich machen kann. Und natürlich treffen sie sich nicht einfach so mit einem bei einem netten Essen, sondern es muss gleich das Drumherum des Verdensballetts sein.

Wir verabschieden uns, und Hella sendet mir eine frische Nachricht direkt mit dem Termin für meinen digitalen Kalender hinterher. Derweil hat sich der MINI unter meinen Händen wie ein Autopilot zum Haus von Lilo vorgearbeitet.

Als ich bei Lieselottes Haus vorfahre, legt der Prince of Wales sofort aufgeregt die Pfoten auf den Türrahmen des Cabrios. Als zögen die köstlichen Gerüche, die bei Lilo in der Luft hängen, bereits bis hinaus auf die Straße und in seine im Vergleich zum Menschen ungleich feineren Sinne. Ich steige aus, gehe um den Wagen herum und öffne die Tür. Der Prince ist sofort draußen, schnuppert und wuselt eifrig umher.

Lilo steht bereits im Eingang, ein Lächeln auf den Lippen, die Hände an einem Küchentuch abwischend.

»Sag nicht, wenn ich vorbeikomme, stehst du gerade am Ofen und machst frische Ragouts.«

»Wieso?«, lacht sie. »Sind derlei Zufälle zu idyllisch?«
Der Prince rennt zu ihr. Schwanzwedelnd legt er die Pfoten auf ihre Knie.

»Na, da kann's einer kaum erwarten, was?« Sie beugt sich zu ihm hinunter und krault ihn unter der Schnauze.

»Nicht nur der Prince freut sich«, antworte ich und hebe die Tüte mit den leeren Vorratsgläsern. »Wenn ich ihn frisch verwöhnen kann, ist auch meine Woche gerettet.«

Sie tritt zur Seite und lässt uns eintreten. Die rustikalen Möbel wirken wuchtig und leicht zugleich, da sie allesamt aus hellen Hölzern hergestellt sind. Auf den Fenstersimsen stehen kleine Figuren, die alte Matrosen darstellen. In der großen, offenen Küche, die den Mittelpunkt des Hauses bildet, hängt der Duft von frischem Gemüse und Fleisch schwer in der Luft, das auf dem Herd leise vor sich hin köchelt.

»Setz dich doch, Kristan. Kaffee?«

»Gern.«

Ich lasse mich auf einen der gemütlichen Küchenstühle fallen und beobachte, wie der Prince derweil schon in der Ecke bei seiner Schale wartet, mit vorfreudig zitternden Ohren. Lieselotte füllt das frische Ragout in seinen Napf. Eine Sekunde später erfüllt eine Mischung aus Schmatzen und einer euphorischen Mischung aus Knurren und Gurren den Raum. Lilo serviert uns beiden Zweibeinern jeweils einen ausladend großen Pott des schwarzen Goldes.

»Du hast es gehört, nicht wahr?«

Lilos Blick wird ernst. Sie muss Dorotheas Namen nicht aussprechen.

»Schlimm. Ganz schlimm. Wieder ein Mord? Auf unserer unschuldigen Insel?«

»Na ja, Sylt ist vieles, aber unschuldig fiele mir als Eigenschaft nicht unbedingt zuerst ein«, sage ich und denke daran, dass so viel Geld, wie sich auf der Insel versammelt, auch ohne Mord nicht bloß aus dem Verkauf von Benefiz-Keksen stammt.

»Da hast du recht«, sagt Lilo. »Jeder Ort hier, jedes Grundstück, jedes Haus – es ist, als sitzen alle auf einem Schatz. Die Frage ist nur immer, wie groß er ist. Und wie selten die Stücke, aus denen er besteht.«

Ich stelle den Becher ab, lehne mich zurück und kneife die Augen zusammen. »Was meinst du?«

»Dorotheas Antikladen hat Begehrlichkeiten geweckt. Das ist dir doch klar, oder? Allein für Lasse Brodersen muss es doch unerträglich gewesen sein, dort zu leben und nur eine Hälfte des Anwesens zu besitzen. Ausgerechnet die, die nicht gerade das Kuchenstück ist.«

Ich spitze die Lippen und schiebe die Zunge vor die untere Zahnreihe. Irgendwas wirkt schief mit diesem Brodersen, das stimmt schon. Aber ich kann nicht greifen, was.

»Und dann Meike Westermann. Unvergesslich, dieser Wutanfall.«

Meine Zunge hört augenblicklich auf, an den Zähnen herumzuspielen. Ich lehne mich vor.

»Wie, Wutanfall? Die Meike? Von dem kleinen Modelädchen in Keitum, schräg gegenüber der großen Linde?«

»Genau die. Dorothea muss sie zur Weißglut gebracht haben.«

»Wieso? Woher weißt du das?«

»Vor ein paar Monaten stiefelt Meike bei uns ins Café,

den Kopf knallrot. In einem Zeichentrickfilm wären ihr Dampfwölkchen aus Nase und Ohren geschossen. Sie bestellt einen Irish Coffee mit doppeltem Whiskey-Anteil, stampft vor der Theke auf und ab. Man merkt, sie kann im Grunde nicht an sich halten, und schließlich platzt es aus ihr heraus. *Ich bin nicht verantwortlich für Ihre Geschäfte*, hat sie Dorothea ganz offenbar nachgeäfft. *Jede ist ihres eigenen Glückes Schmiedin.* Nach dem Zitat ist sie dann ganz ausgerastet. Hat einen Aufsteller mit unseren Angebotskärtchen von der Theke gefegt und gebrüllt: Ja, Frau Hußmann, nutzen Sie die weibliche Form, wenn Sie mich zerstören, das hilft mir weiter! Dann hob sie den Aufsteller wieder auf, sortierte die Karten rein, stellte ihn wieder hin und hat sich entschuldigt.«

Ich schaue Lilo an. Was für eine Geschichte. Mein Gespräch mit der schmallippigen Raucherin vor Meikes Laden kommt mir wieder in den Sinn. *Das Label hat ein weit größeres Ladenlokal gefordert – in einem traditionelleren Haus. Vielleicht ahnen Sie, wie schwer so ein Objekt auf der Insel zu bekommen ist. Ein superpassendes Objekt soll es wohl gegeben haben.*

»Das superpassende Objekt«, denke ich laut, den Blick auf den Kaffeebecher. »Das war Dorotheas Laden.«

»Bitte?«

Ich hebe den Kopf.

»Meike brauchte unbedingt ein größeres und feineres Ladenlokal als Bedingung für einen Exklusiv-Deal mit so einem angesagten französischen Label. Sie wollte von Dorothea pachten. Oder untermieten?«

»Wieso untermieten?«

»Weil man das Haus nicht von ihr hätte kaufen können. Es ist nicht ihres, sondern gehört einer Eigentümerin aus Kanada.«

»Ja. Klar. Du weißt doch, was die Eigentümer angeht, ist unsere Insel auf der ganzen Welt verteilt.«

Lilo steht auf, rührt im Ragout, prüft behutsam einen Bissen mit dem Holzlöffel.

»Wie mag Meike sich das vorgestellt haben? Selbst, wenn Dorothea sich drauf eingelassen hätte – wo sollte sie mit ihren ganzen Antiquitäten in der Zwischenzeit hin?«

»Vielleicht wusste Meike, dass sie ohnehin bald in Rente gehen will, und für das Label hätte schon die Zusage gereicht, dass sie das Objekt als Mieterin danach bekommt.«

»Das wäre möglich. Wenn Dorothea ihr selbst diese Aussicht verweigert hat, könnte man verstehen, dass Meike sauer war. Sehr sauer.«

Und dass sie sich innerlich vielleicht gefragt hat, ob Erben von Dorothea nicht leichter rumzukriegen sind, denke ich, spreche es aber nicht aus. Dafür sage ich: »Ja, aber Lasse hatte keinen Grund, auf ihr Ableben zu hoffen. Der Mann mietet nicht. Der kauft. Und sie war eben nicht die Eigentümerin.«

Lilo legt den Holzlöffel wieder ab. Der Prince hat den ganzen Napf leer geputzt und steht mit großen Augen neben ihr, als wolle er sagen: »Das war's?«

Lilo sagt: »Er muss es doch nicht gewusst haben.«

»Wie?«

»Brodersen. Er kann doch die ganze Zeit der Auffassung gewesen sein, dass das alte Friesenhaus mit dem Antikladen, den Dorothea Hußmann über Jahrzehnte betrieben hat, ihr gehört.«

Ich überlege. Offenbar sieht Lilo mir meine Skepsis an.

»Hast du es gekannt?«, fragt sie. »Das wahre Eigentumsverhältnis?«

Ich reibe mir mit der rechten Hand über das Auge. »Nein. Erst, als Miss Buchanan aus Kanada sich gemeldet hat, damit ich das Objekt vertrete. Vor dem Mord, wie ich wohl anmerken möchte.«

»Siehst du. Selbst dir war es nicht bekannt, und dabei ist es dein Job. Wieso sollte Brodersen es gewusst haben?«

»Sie waren Nachbarn.«

»Ja, und auf dieser Insel kommt es auch nie vor, dass jemand eine Annahme der anderen einfach so im Raum stehen lässt, ohne sie zu seinem Nachteil richtigzustellen.«

Da hat sie auch wieder recht. Wenn alle dachten, dass der besten Antikhändlerin der Insel ihr Ladenlokal auch gehört, machte das mehr her, als wenn sie nur gemietet hätte.

»Ganz genau.«

Lilo nimmt den Topf vom Feuer. »Bevor wir abfüllen, muss es noch etwas abkühlen. Es sei denn, ihr habt's eilig und nehmt ein paar fertige Gläser aus der letzten Marge.«

Ich überhöre das Angebot. Zu sehr sind meine Gedanken bei der Frage, ob Meike Westermann oder Lasse Brodersen fähig und willens wären, eine alte Dame mit einem stumpfen Gegenstand zu erschlagen.

»Je mehr man erfährt, desto dichter wird der Nebel«, sage ich schließlich und lege den Kopf in die Hände. »Aber du hast recht. Diese beiden könnten durchaus

Motive gehabt haben.« Mein Blick schweift durch die gemütliche Küche. So viel Geborgenheit um uns, doch derlei düstere Gedanken.

»Gerüchte können töten«, sagt Lilo. »Aber ja, es könnte genauso gut alles ganz anders sein.«

Ich nicke und seufze.

»Du kannst jedenfalls immer vorbeikommen und dir eine Auszeit gönnen«, sagt Lieselotte mit einem warmen Lächeln.

»Und du willst immer noch einen Nachschlag?« Lilo wendet sich an den Prince.

»Nein, nein!«, wedele ich mit den Händen, denn ich muss nicht nur auf meine Linie achten.

Lilo lacht.

Mag ich auch mittlerweile von potenziellen Mördern umgeben sein – diese Küche als Fluchtort zu wissen, tut gut. Ich nehme den Prince hoch, halte ihn im rechten Arm, stelle mich neben Lilo und schieße ein Selfie für meine nächste Nachricht an Cheyenne.

KAPITEL 14

Eigentlich ist es verrückt. Über dreihundertsechzig Kilometer sind es vom Hafen in List bis zu meinem Ziel am oberen nordwestlichen Ende von Dänemarks Hauptinsel. Eine absurd lange Strecke für den Besuch eines Museums. Aber das ist ja gar nichts. Es ist viel mehr. Der Versuch, meine letzten Ängste loszuwerden, die mich dermaßen quälen, mich verunsichern, mich immer wieder zu einem hilflosen Nervenbündel machen. Dafür könnte es sich lohnen. Und ich muss sagen, auch wenn es ein Klischee ist – der Weg ist heute auch schon wie das Ziel.

Quer durch Jütland, jenem Teil von Dänemark, der keine Insel ist und der direkt nördlich an Deutschland anschließt. Flache, weite Felder gleiten an meinen Fenstern vorbei, unterbrochen von vereinzelten Höfen, die mit ihren roten Ziegeln wie kleine Leuchtfeuer in der stillen Landschaft liegen. Hier und da drehen sich ein paar Windräder bedächtig im Takt des Windes. Die friedliche Region war früher ein Ort harter Kämpfe. 1864 erstürmten die Preußen hier erfolgreich die Düppeler Schanzen. Eine entscheidende Schlacht des Deutsch-Dänischen Krieges. Mehr als hundertfünfzig Jahre ist das her, sicherlich, aber just in diesem Augenblick versuchen woanders auf der Welt einige Armeen etwas Ähnliches.

Der Union Jack auf dem Dach ist geöffnet. Der Fahrtwind trägt Noten von Feldern und Salzwiesen mit sich.

Ich lasse Kolding hinter mir und wechsele nach einer Weile den Landesteil. Als ich die Brücke nach Fünen überquere, verändert sich die Landschaft merklich. Fünen hat etwas Sanfteres, beinahe Märchenhaftes an sich, passend zu seinem berühmtesten Sohn aus Fridas derzeitigem Zuhause Odense – dem Märchenautor Hans-Christian Andersen. Die Hügel sind runder, die Felder grüner, und die kleinen Dörfer, die ich passiere, wirken wie aus einer anderen Zeit. Sanft schmiegen sich Fachwerkhäuser in die Landschaft. In den Orten, die ich passiere, bleibt kaum ein Garten ohne eine solche Pracht an Blumen, dass Frau Lütken verzückt die Hände zusammenschlagen würde. Herrenhäuser wachen über Grundstücke, die in zigster Generation dänischen Adelsfamilien gehören.

Ein paar kurze Pausen.

Gassi.

Kaffee.

Ein Müsliriegel, der auch nicht gesünder ist als direkt die gerösteten Erdnüsse in der Karamellschokolade, aber gut dazu taugt, sich selbiges einzureden.

Ich bin früh losgefahren, sehr früh. Zu einer Zeit, in der Brodersen Dorothea vermeintlich dabei beobachtet hat, letzte Dinge in ihren Lada zu räumen.

Da sind sie wieder, die Gedanken, die ich die vergangenen zweihundert Kilometer gut vergessen konnte, begleitet von abwechslungsreichen dänischen Landschaften und den Neueinspielungen aller Brahms-Sinfonien durch Yannick Nézet-Séguin und das Europäische Kammerorchester. Derlei anspruchsvoller Stoff kann auch hervorragend die Gedanken binden. Manchmal werde ich zum Musikkritiker dabei, stelle mir vor, wie ich einen

Text formulieren müsste, würde ich darüber schreiben. Ich würde wohl Worte wählen wie »zügig«, aber »weniger gravitätisch« als bei Bernstein. Vielleicht auch »stringent« und »wuchtig«, nein, eher »dynamisch«, denn es geht immer vorwärts durch die Noten, ohne Eile allerdings, wie meine Fahrt.

Als ich die Großer-Belt-Brücke überquere, schließe ich das Dach. Es wird zu windig auf diesem baulichen Wunderwerk, das Fünen mit der Insel Seeland verbindet, zumindest auf dem Hängebrückenteil. Was Menschen erschaffen können, ist immer wieder erstaunlich. Doch am Anfang von allem steht immer ein einzelner Gedanke. Ein Funke, ohne den nichts von dem beginnt, was dann eines Tages zum Ergebnis wird. Am Anfang von Brücken, von Häusern, von Raumstationen ... und von Morden.

Kristan!

Beherrschung.

Rausgucken. Hören. Beobachten.

Rausgucken, wie die Landschaft an mir vorbeirauscht. Feld um Feld, Ort um Ort.

Hören, wie Clara Andradas im Finalsatz der Vierten ein Flötensolo spielt, wie es die Welt selten gehört hat. Beobachten, wie sich nach einer weiteren guten Stunde Kopenhagen nähert, ich auch noch dieses Herz der Insel durchquere und schließlich endlich, nach einem halben Tag, der immer noch jung ist, das Ortsschild von Humlebæk passiere.

Mit dem Ziel kommen die Zweifel. Frida meint es gut, ist sicherlich überzeugt von der Idee, anderenfalls würde sie mich dafür insgesamt nicht knapp achthundert Kilometer fahren lassen. Doch kann eine Ausstellung, ein

Kunstwerk aus Licht und Dunkelheit, wirklich meine tief verwurzelte Panik heilen?

Das Louisiana Museum für moderne Kunst liegt malerisch am Öresund, umgeben von weitläufigen Gärten, das Gebäude selbst bildet eine Sinfonie aus Licht, Glas und Natur. Frida wartet bereits auf dem Parkplatz, die Arme verschränkt, das dunkle Haar vom Wind zerzaust. Sie lächelt, als ich aussteige, aber in ihren Augen liegt auch eine ernste Note.

»Bereit?«, fragt sie, während wir uns umarmen und ein paar angedeutete Wangenküsse verpassen.

»So bereit ich eben sein kann«, antworte ich und zeige auf den Prince. »Was ist mit ihm? Ich möchte ihn ungern lange im Wagen lassen.«

»Alles schon geklärt«, erwidert Frida zu meiner Überraschung und winkt uns, ihr zu folgen. Als wäre sie hier Kuratorin oder zumindest in das Haus investiert, übergibt sie der Frau an der Kasse meinen Prince.

Der erste Raum, den wir betreten, ist in sanftes Dämmerlicht getaucht. Verschiedene Farben strahlen durch geometrische Installationen, erzeugen Reflexionen und Schatten, die sich über die Wände und den Boden bewegen. Dazu ertönt eine minimalistische Musik aus wenigen brummenden und knisternden Tönen, gegen die sich der Soundtrack meiner Hinfahrt ausnimmt wie eine Aufführung von *Herr der Ringe* in einem 3-D-Kino.

»Das ist … angenehm«, sage ich zögerlich. Bliebe es bei derlei Effekten, darf sich zwar mein nervöser Geist entspannen, doch therapeutisch wäre die Reise umsonst gewesen.

»Warte ab«, antwortet Frida leise und führt mich in den zweiten Raum.

Schlagartig ist es dunkler. Viel dunkler. Die Tür schließt hinter uns dicht ab. Kaum ein Lichtstrahl fällt in den Raum, aus den Ecken ertönen statt Musik Geräusche, flüsternde Stimmen, leises Trappeln. Man könnte lachen und lästern, es nur mit einem besseren Spukhaus zu tun zu haben, aber es ist viel besser gemacht. Nicht so, als huschten Mäuse oder Geister um mich herum, sondern so, als würde sich die Dunkelheit selbst um mich herum bewegen. Ich spüre, wie sich meine Nackenhaare aufstellen, als die Geräusche näher kommen – erst von der einen, dann von der anderen Seite. Das Flüstern verstärkt sich, keckerndes Getrappel huscht über den Boden, ein Raunen liegt in der Luft, das sich mir bis in die Ohren frisst.

»Frida …«, flüstere ich, doch sie geht unbeirrt voran.

Ich folge ihr, meine Schritte werden schwerer, und als wir schließlich die letzte Tür erreichen und öffnen, stockt mir endgültig der Atem.

Der dritte Raum ist völlig finster. Nicht mehr ein Funken Licht, nicht mal das fahle Leuchten eines winzigen Feueralarmknopfes.

»Frida?«

Keine Antwort. Sie könnte direkt neben mir stehen, und ich würde sie nicht sehen. Sie könnte mich aber auch allein gelassen haben, weil sie mit der verfluchten Konfrontationstherapie auf einen Schlag übertreibt.

»Hallo? Wo bist du?«

Ich greife in das pechschwarze Dunkel. Nicht einen Millimeter wage ich, meine Beine zu bewegen. Selbst den Blick wende ich nur ganz langsam. Als hätte man mich in einen Tank voller Teer gesperrt, in dem ich unerklärlicherweise zwar noch atmen, mich aber kaum regen kann.

Die Dunkelheit umschließt mich voll und ganz, belegt jeden Zentimeter meiner Haut. Sie dringt in meine Ohren, meine Nase, meinen Mund, kaum, dass ich ihn öffne und zitternd, voller Panik anfange zu krächzen.

»Wo bist du?«

Keine Reaktion.

Niemals hätte ich mich auf die Sache einlassen sollen. Niemals auch nur daran denken, die letzten Grenzen meines Lebens wieder einzureißen. Das habe ich jetzt davon. Keine neue Freiheit. Keine weite Sicht auf frische Horizonte. Nur ein alles durchdringendes, alles verschlingendes, sich nun auch in mir selbst ausbreitendes Schwarz. Und obwohl ich ohnehin nichts sehen kann, scheint nun auch in meinem Inneren ein Dunkel aufzusteigen. Es füllt von innen meine Augen, unaufhaltsam steigt der Pegel eines noch dichteren Dunkels als dem, was mich umgibt.

Ich laufe voll.

Ertrinke von innen.

Finde mein Ende in der Dunkelheit, wo ich hingehöre.

»Hier«, tönt Fridas Stimme auf einmal neben mir, und ich spüre ihre Hand in meiner, doch da zucken wir beide zusammen, denn völlig unerwartet erhellt ein Blitz den Raum. Oder besser – grelle, abrupte Ausleuchtung, die für eine halbe Sekunde währt und danach sofort wieder erlischt. Offenbar stehen Skulpturen im Raum, oder sind es doch bloß andere Besucher? Nach dem Licht jedenfalls zeichnen sich Gestalten auf meiner Netzhaut ab. Unbeweglich, verzerrt, wie im Sprung erstarrt. Gestalten, die mich anstarren, umzingeln, auf mich zeigen. Gestalten zwischen Stehtischen mit Kerzen in Dorotheas Laden. Gestalten rund um ihre Leiche, die heruntersehen auf den Tod und hämisch lachen.

Die Panik, die in mir aufsteigt, ist ohne Worte. Ich reiße meine Hand aus Fridas und renne einfach nur nach vorn. Zwei Besucher, die ich umstoße, geben mir Hoffnung, in Richtung Ausgang unterwegs zu sein, den ich nicht nur deswegen dringend benötige, weil die Panik mich völlig übermannt, sondern auch, weil alles aus mir herauswill.

»Kristan«, höre ich Frida noch rufen, doch ich patsche, taste, rempele und schreie sogar, bis ich die Tür finde, aufreiße und durch helle Flure, deren Inhalt ich gar nicht mehr richtig wahrnehme, voranstürze, bis ich kurz den Empfang erkenne, meinen Corgi im Arm der Rezeptionistin, *raus, nur, raus,* denke ich, stürze vor den Glasbau, stolpere, fange mich mit den Händen ab und gehe ein Stück auf allen vieren wie unsere Vorfahren, bis ich mich einfach auf den Weg werfe. Ein paar Besucher, die vom Parkplatz kommen, schauen besorgt, nähern sich aber nicht. Aus dem Eingang des Museums eilt dafür Frida herbei. In wenigen Schritten ist sie bei mir, hockt sich neben mich und tastet besorgt an mir herum.

»Es tut mir so leid«, sagt sie. »Ich denke, das war zu schnell für das erste Mal.«

Ich huste.

»Als hättest du mich mit Höhenangst direkt ohne Sicherung auf den Eiffelturm gestellt. Oder mit Spinnenangst in eine Wanne voller Taranteln geworfen, wie im Dschungelcamp.«

Sie muss lachen.

Ich tue so, als ob ich mitlache, denn innerlich ist mir soeben etwas klar geworden. Und genauso klar, wie mir das wurde, wurde mir auch, dass ich Frida damit weiterhin nicht behelligen werde. Sie ist jetzt mein Safe Space, selbst dann, wenn sie sich gerade eher nach dem Gegenteil angefühlt hat. Klug, wie sie ist, scheint sie zu ahnen, dass gerade mehr in mir vorgeht als das langsame Abschwellen der Angst.

»Was ist los?«

»Nichts«, lüge ich und lenke mit dem eben Erlebten ab, indem ich aufs Museum zeige. »Was war das da drinnen? Alle nur anderen Leute? Oder auch irgendwelche Figuren?«

Sie runzelt die Stirn. »Ganz ehrlich? Da bin selbst ich mir nicht sicher.«

Sie hilft mir auf, und wir kehren ins Museum zurück. Der Prince springt an mir hinauf und leckt mich ab. Er spürt, dass es Grund gibt, sich Sorgen zu machen.

Frida lädt mich auf einen Cappuccino und einen großen Berg Kuchen ins Café des Museums ein. Ich könnte das alles genießen und mich auf das Zimmer freuen, das ich für heute gebucht habe, ein pittoreskes Bed & Breakfast in abgelegener Landschaft. Aber mit jedem Schluck des heißen Cappuccinos und der süßen Kirschtorte denke ich nur an das, was mir das schockhafte Blitzlicht erstmals im wahrsten Sinne des Wortes vor Augen geführt hat: Auf den Fotos, die Dorothea kurz vor ihrer Reise nach Kanada gesendet hat, sind fünf Stehtische mit Kerzen zu sehen. Im Laden standen, als ich ihn zuletzt betrat, nur noch vier.

KAPITEL 15

Bei der Einfahrt in den Hafen von List stehe ich an Deck mit den Händen tief in den Taschen vergraben. Der Prince stupst mir bereits an die Beine, als wolle er sagen: Was ist los mit dir? Wir müssen zum Auto! Doch ich brauche meine Zeit nach der Rückfahrt heute Morgen, die sich länger und zäher anfühlte als der Hinweg, ganz entgegen dem Klischee. Es sollte sich beruhigend anfühlen, nach Hause zu kommen, doch auf der Insel läuft weiterhin ein Mörder frei herum, und obwohl es nicht meine Aufgabe ist, ihn zu fangen, zerrt sie an mir. Was Lilo mir kürzlich über Meike erzählt hat und ihr Anliegen, für den Fashion-Deal dringend Dorotheas Laden unterzumieten, habe ich beim Kommissariat auf den Anrufbeantworter gesprochen. Die Hoffnung, dass dort jemals einer live ans Telefon geht, habe ich aufgegeben. Und daran, mir die Mobilnummer von Kröger frisch einzuspeichern, denke ich immer nur dann, wenn wir uns gerade nicht gegenüberstehen.

Nachdem ich auf den letzten Drücker im Bauch der Fähre in den MINI Cooper gestiegen bin und ihn von Bord gefahren habe, flitze ich nur schnell um die Ecke und halte auf dem Parkplatz zwischen der Schiffshalle und dem Erlebniszentrum Naturgewalten wieder an. Am Kreisverkehr vorbei laufe ich zurück in den Hafen mit seinen vielen Attraktionen, der mich manchmal an eine Erlebniswelt in einem Themenpark erinnert. An der

Ecke der ersten Halle von GOSCH stehen die zwei Hälften eines durchgeschnittenen Bootes aufrecht, ausgebaut als Sitzecken für die Gäste, die den »nördlichsten Imbiss des Landes« besonders rustikal genießen wollen. Vor der Alten Tonnenhalle gegenüber liegt eine grüne Boje schräg aufgebockt. Am Rande des großen Einkaufszentrums steht Samuels Kiosk, wie ein schüchternes Kind, das sich an die großen Beine des Vaters lehnt. Am Regenrohr zwischen seinem mobilen Lädchen und dem ersten Schaufenster der Halle, hängen zwei knöchelhohe Gummistiefel herunter, die jemand mit den Schnürsenkeln über einen Arm der Ladenmarkise geworfen hat. Werfen sie in den USA nicht auf diese Art Schuhe über Stromleitungen, wenn ihr Träger in einem Gang-Krieg ermordet wurde?

Im Fenster des drei Quadratmeter fassenden Kiosks auf Rädern, das in der Sommersaison die ganze Zeit hier steht, strahlt Samuel wie stets, wenn er mich sieht. Ach, was sage ich da? Er lächelt immer. Bei jedem Menschen. Aufrichtig, bis in die Augen. Ihm dieses winzige gewerbliche Gebäude im Hafen vermittelt zu haben, gehört zu den wenigen Dingen auf der Insel, bei denen ich das Gefühl habe, wirklich etwas Gutes bewirkt zu haben. Der junge Lebenskünstler passt eigentlich so gar nicht in die Welt der Millionäre und auf der anderen Seite dann wieder doch. Er kam mit nichts auf die Insel außer mit dem Traum, hier zu leben und zu schauen, was der Tag ihm bringt. Er brachte ihn mir, als ich ihn an meinem geheimen Lieblingsstrand hinter dem Weg zum Himmel entdeckte. Seelenruhig wusch er sich am Morgen im Meer, als sei die Erde kein Flickenteppich fremden Eigentums, sondern schlichtweg und wie selbstverständlich für uns alle da.

»Kristan! Mal wieder die Wikinger besucht?«

»Zwei Tage«, antworte ich und schnippe in Richtung der riesigen, klassischen Filterkaffeemaschine, die er sich für absurd kleines Geld aus der Auflösung eines Bürogebäudes besorgt hat.

»Ich brauche jetzt erst mal deinen legendär schrecklichen Kaffee.«

»Kommt sofort«, lacht Samuel.

Ich setze mich auf einen der beiden Holzstühle am einzigen Tischchen neben dem Kiosk. Zu meinen Füßen rollt der Prince sich zusammen.

»Was hast du im Norden gemacht?«

Samuel reicht mir die Tasse nach draußen. Ich stehe auf, beuge mich vor und strecke die Hand aus, um an das begehrte, bittere Gesöff zu gelangen.

»Eine alte Freundin besucht«, halte ich mich bedeckt und lasse mich wieder in das knarrende Holz fallen. Samuel fragt nicht nach Dorothea, nach Kröger oder aktuellen Gerüchten. Offenbar hat er noch nichts von dem Mord gehört. Gut möglich, denn er meidet die »Panikmaschine«, wie er alle Nachrichten nennt. Kaum dreißig Jahre jung, hat er nur ein altes Nokia-Handy in Betrieb. An seiner Bude gibt's keine Zeitungen.

Er öffnet die Tür, kommt hinaus auf den Platz und schaut über den Platz mit dem kleinen Denkmal für Wolfgang von Gronau, der 1930 von hier mit einem Wasserflugzeug Richtung New York abhob, zum Kreisverkehr herüber. Langsam rollen dort die Autos für die nächste Verladung der Fähre entlang. Ich folge seinem Blick.

Zwischen charakterlosen SUVs, einem Transporter und zwei Wohnmobilen schleichen ein wunderschöner

Strich-Achter-Mercedes und ein BMW 1500 aus den Sechzigerjahren in Richtung Boarding.

»Ich sehe immer mehr Oldtimer hier«, sagt Samuel. »Und alle gepflegt, als wären sie Dreck abweisend. Oder als würden die Leute sie bei jeder einzelnen Rast putzen und polieren.«

Ich nippe am Kaffee. Mein Gesicht verzieht sich. Samuel schmunzelt.

»Keks dazu?«

»Um Himmels willen. Deine Kekse sind noch schlimmer.«

Er greift neben sich zur Schachtel mit Würfelzucker und wirft ein Stück nach mir. Der Prince hebt kurz den Kopf. Samuel zeigt wieder auf die alten Autos.

»Neulich habe ich sogar einen Lada gesehen. Eine Farbe hatte der, das gibt's auch nicht mehr.«

Ich halte mitten im Schluck inne, Nase und Mund im Becher.

»War er zufällig beige mit sandgelb?«

»Kann man so sagen. Vielleicht eher sandbeige mit gelb.«

»Weißt du noch, wann das war?«

»Vor Kurzem erst. Ein, zwei Tage her. Wieso?«

Ich verbleibe mit dem Gesicht hinter der Tasse und schüttele leicht den Kopf.

»Ach, nichts. Eine Bekannte besitzt so einen.«

Ich möchte ihm die Geschichte nicht erzählen, solange der Inselwind sie ihm nicht von selbst zuträgt. Überhaupt müssen nicht alle immer alles wissen. Wieso, zum Teufel, hat er einen Lada in den Farben von Dorotheas kürzlich auf die Fähre fahren sehen? Sie ist tot, und ihr Auto steht in ihrer gepflegten Erdgarage.

Ich trinke zügig aus, unruhiger geworden, als der Trank mich machen sollte, und gebe meinem jungen Bekannten den Becher zurück.

»Das nächste Mal noch stärker, bitte. Der Löffel muss stecken bleiben.«

Samuel kichert. Zufrieden schaut er mir nach, als ich an dem hellblauen Holzhaus gegenüber wieder Richtung Kreisverkehr und Parkplätze gehe. Wenig später lasse ich den Prince reinhüpfen und umfasse den Zündschlüssel. Bevor ich ihn ganz drehen kann, klingelt mein Handy. Was ist das bloß mit dem Lister Hafen und der Unmöglichkeit, hier einfach mal geschmeidig davonzufahren? Ich schaue aufs Display. Eine dänische Nummer. Frau Senger. Eine halbe Sekunde lang flammt in mir die Angst auf, dass die Frau ihr Auto zurückwill. *Ihr* Auto … was für ein Unsinn. Du hast es regulär gekauft, Dennermann. Wie viele unnütze Ängste willst du noch entwickeln?

»Hej, Frau Senger«, begrüße ich sie in saloppem Dänisch, als müsse ich mich beliebt halten.

»Herr Dennermann, ich hoffe, es geht Ihnen gut! Ich rufe an wegen des MINI Coopers.«

Mein Herz bleibt einen Moment stehen. Doch keine Paranoia? Sie hat es sich wirklich anders überlegt und will den Wagen zurückkaufen?

»Ich glaube, ich habe einen Schlüssel im Wagen liegen lassen. Den Zweitschlüssel für mein Gartenhaus. Es ist nicht wahnsinnig dringend, aber ich bräuchte ihn schon wieder.«

Ein Schlüssel?

Mein Herz beruhigt sich wieder, während meine Hände bereits beginnen, den Wagen zu durchsuchen.

Ich öffne das weiterhin handschuhfreie Handschuhfach, ohne Ergebnis. Mit der linken Hand stochere ich in dem Türfach der Fahrerseite herum. Mir wird klar, dass ich das ersehnte Auto trotz der vielen Fahrten noch gar nicht vollständig erforscht habe. Im Fach der Mittelkonsole ertaste ich liegen gelassene Dinge. Taschentücher, eine Dose Kaugummis, etwas Metallenes mit scharfem Rand. Ich packe es und ziehe daran. Ein Schlüssel mit einem Anhänger daran, der die scharfen Kanten aufweist.

»Und?«

Ich ignoriere die Stimme im Hörer, denn ich starre auf das kleine Ding aus gebürstetem Stahl. Laura und ich haben uns damals ganz ähnliche Anhänger machen lassen. Die Silhouette von Australien, in zwei Hälften zerbrochen. Weil es ein Ziel war, das wir noch ansteuern wollten. Sicher zeigt dieses Ding nicht den zerbrochenen Kontinent, sondern bloß eine beliebige, asymmetrische Form, die ihm ähnelt. Ich sehe Gespenster.

»Herr Dennermann? Haben Sie ihn gefunden?«

»Ja, ja, ich hab ihn«, antworte ich schnell. »Mit einem Anhänger. Ich werde ihn Ihnen so schnell wie möglich zuschicken.«

»Oh, wunderbar. Vielen Dank! Und mit dem Auto sind Sie glücklich?«

Glücklich, denke ich und schaue hinaus in den Lister Himmel. Das müsste ich eigentlich sein.

»Aber sicher«, antworte ich, packe den Schlüssel samt dem Anhänger wieder in das kleine Staufach und warte darauf, dass Frau Senger sich endlich verabschiedet.

KAPITEL 16

Langsam fühlt sich der Weg zum Kommissariat schon wie Routine an. Weniger kann ich mich daran gewöhnen, dass die Kriminalistik hier in alte, idyllische Mauern und blühende Hortensien gekleidet ist, als handele es sich beim Zentrum des Schreckens um ein harmloses Heimatmuseum. Vor dem Haus hockt Frau Lütken zwischen den riesigen Blumen und knipst winzige verblühte Stellen ab.

»Er ist nicht da.«

Sie dreht sich nicht einmal um. Jedenfalls nicht, bevor sie fertig geknipst hat.

»Wo?«, frage ich zurück, auf dem Gelände schon ganz die wortkarge Art des Kommissars annehmend. Wahrscheinlich weil sie es gewohnt ist, antwortet Frau Lütken ganz gelassen: »In Braderup. Bei Dorotheas Privathaus. Sicher wird er sich freuen, Sie dort zu sehen. Vor allem, falls Sie Neuigkeiten mitbringen.«

Ich sehe die Frau an, die blauen Augen, die bunten Handschuhe, die Rosenschere. Habe ich verpasst, eingestellt worden zu sein und für Ermittlungen bezahlt zu werden?

Vorm Haus am Watt in Braderup sehe ich den Avenger des Kommissars schon von Weitem parken. Halb schräg ragt er in die Kurve hinein. Jedem Zivilbürger, der sich dermaßen schlampig aufgestellt hat, würde die Polizei ein Ticket verteilen. Eine Gruppe Radfahrer manövriert, nahezu überrascht über das plötzliche Hindernis, um das Fahrzeug herum. Hinter dem Wagen des Kommissars steht, winzig wie eine Blattlaus gegen einen Borkenkäfer, ein dunkelblauer Kleinwagen mit dem Ortskennzeichen HG.

Ich parke hinter der alten Kugel, gegen die selbst mein MINI Cooper noch das breite Kreuz eines Bodybuilders hat, und spaziere mit dem Prince im Schlepptau durch den Garten auf das Haus zu. Um die Ecke an der Terrasse höre ich Stimmen. Die breiten Türen sind geöffnet, und Kröger steht mit zwei Frauen im Wohnzimmer, das von innen eher wie ein Wohnsaal wirkt. Wie im Antikladen scheint das Haus von innen größer zu sein als von außen. Womöglich hatte Dorothea auch noch übernatürliche Kräfte.

»Herr Dennermann!«

Kröger bemerkt mich als Erster. In wenigen Worten erläutert er den Frauen, wieso ich einfach so hier hereinstiefeln darf. Als das Wort »Immobilienmakler« fällt, heben beide wie synchron die Augenbrauen.

»Darf ich vorstellen?«, wendet Kröger sich nun an mich. »Das sind Petra und Mina Hofacker. Die Nichte und die Großnichte von Frau Hußmann.«

»Erfreut«, sage ich und drücke die Hände der beiden Frauen. Petra scheint ein paar Jahre älter als ich. Mit ihren nussbraunen Augen und dem schulterlangen Haar, das seidig auf die schmalen Schultern fällt, ist sie eigentlich sehr attraktiv, aber das Leben hat deutliche Spuren hinterlassen. Die Haut ist leicht gegerbt, scharfe Falten um die Augen erzählen von Nächten, die nicht aus schönen Gründen schlaflos sind. Ihre Schultern hängen ein wenig. Die Jeans und das Top stammen von hochwertigen Marken, sind aber ganz offenbar schon sehr lange im Einsatz. Am rechten Ärmel fransen Fäden aus. Die Farben sind ausgeblichener als ein Handtuch, das jemand im Hochsommer auf der Wäschespinne vergisst. Selbst ihrer Tochter, schlank wie ihre Mutter, hat das Dasein bereits im Gesicht gekratzt. Trotz ihrer jugendlichen Züge hat sie was Hartes an sich. Die Lippen hält sie unnötig zusammengepresst. Ihre immer noch mädchenhaften Augen tragen eine Schärfe im Blick, von der man nicht ganz genau weiß, ob sie einfach nur aufmerksam die Welt um sich herum scannt oder allem und jedem misstraut.

Auf dem riesigen Wohnzimmertisch, den ich eher eine Tafel nennen würde, stehen die ersten paar Objekte herum, welche Dorotheas Verwandten bereits aus Regalen und von Fensterbänken geklaubt haben, um sie zur Prüfung aufzureihen.

»Entschuldigen Sie uns einen Moment«, sagt Kröger, tritt mit mir heraus auf die Terrasse und macht ein paar Schritte ums Haus.

»Sehen Sie«, sagt er leise, »wie ich's angekündigt habe. Sobald sich herumspricht, dass die Tante tot ist, kommen die Motten zum Licht.«

»Keine eigenen Kinder?«, frage ich. »Und was ist mit der Schwester? Oder dem Bruder? Die muss es ja geben, wenn das da drinnen Nichte und Großnichte sind.«

»Alle verstorben«, klärt Kröger mich auf.

Ich kratze mich am Kinn und zeige aufs Haus. Der Prince of Wales steht unschlüssig auf der Terrasse. Gern würde er sich auch von Petra und Mina bekuscheln lassen, doch die sind zu beschäftigt damit, schon jetzt das Haus auszuwerten.

»Da haben wir also unsere neuen Besitzer?«, frage ich. »Und somit die Erlaubnis, das Haus zu betreten und zu durchsuchen?«

»Ja. Sie haben ein Testament mitgebracht, hinterlegt in einem Bankschließfach von Frau Hußmanns hessischer Heimat.«

Ich denke an das Kennzeichen des kleinen Wagens. HG.

»Bad Homburg«, beantwortet Kröger meine innere Frage. »Reiche Gegend. Und nein, natürlich war auch Dorothea Hußmann keine Ur-Sylterin, sondern kam vor rund fünfundvierzig Jahren her. Vorher hatte sie einen kleinen Laden in ihrer Heimat.«

Bad Homburg. Vor vielen Jahren war ich mal dort und bin eine Weile durch den Kurpark spaziert. Unter einem kleinen Dach kann man dort an einem Hahn eine der örtlichen Heilquellen probieren. Selten habe ich Wasser mit einem strengeren Geschmack getrunken.

»Danke übrigens für den Hinweis zu Meike Westermann neulich«, sagt Kröger. »Interessant, dass sie der Hußmann wegen des Ladens auf die Pelle gerückt ist.«

Mir fällt ein, dass ich noch Krögers Handynummer brauche, doch er stupst mich an und zeigt auf Petra, die in gespielter Gelassenheit aus dem Haus geschlendert kommt. Ich sehe so was, ich kann Schauspiel detektieren. Sie weiß nicht, wohin mit ihren Händen, und schaut abwechselnd auf den Rasen, die Buchsbäume in den Terrakottatöpfen und die Aussicht auf das Watt hinter dem Friesenwall. Schließlich hebt sie den Blick und betont ihre Frage so, als hätte sie schon gar nicht mehr damit gerechnet, mich so schnell wiederzusehen. Mit Daumen und Zeigefinger der rechten Hand knetet sie ihre linke.

»Sie sind tatsächlich der Inselmakler, ja? Herr …?«

»Dennermann«, erinnere ich sie. »Und nein, ich bin ein Makler. Es gibt noch ein paar mehr auf dieser Insel.« Ganz kurz zieht sie eine Schnute, blickt auf ihren linken Fuß im Gras. Ich weiß nicht, wie ich mich dabei fühlen soll, Dorothea Hußmanns Haus zu vermakeln. Überhaupt darüber zu sprechen, noch bevor sie überhaupt begraben ist. Andererseits bin ich ein Geschäftsmann und stehe gerade auf einem der wohl begehrtesten Grundstücke der Insel.

»Verstehen Sie das nicht falsch«, hebt Petra Hofacker wieder den Blick, »wir wollen nicht, dass Sie das Haus jetzt schon inserieren oder so. Aber vielleicht können Sie bereits die Fühler ausstrecken? Sie kennen doch sicher potenzielle Käufer, die diesen Traum hier sofort leben wollen würden.« Sie streckt sich und legt die Hände hinter den Kopf. Noch eine Übersprungshandlung. Ihr Blick fliegt in Richtung Watt. »Unsere Tante hat im Paradies gelebt. Meine Güte. Ich bereue wirklich, dass wir so lange nicht hier waren. Dass sie erst sterben musste, damit wir wieder diese wunderschöne Insel besuchen.«

»Wann, sagten Sie noch gleich, waren Sie zuletzt auf Sylt?«, fragt Kröger.

Petra schaut nach rechts oben in den Himmel, während sie überlegt.

»Ich glaube, vor fünf Jahren oder so. Unsere Tante war ab und zu mal bei uns zu Gast, aber umgekehrt haben wir's nie hinbekommen. Viel Arbeit, wissen Sie?«

Kröger zieht seinen kleinen Block aus der Hosentasche und macht sich Notizen. Petra stutzt.

»Wieso schreiben Sie das auf?«

»Alles ist von Belang in so einem Fall.«

»Ja, aber doch nicht wir.«

»Mama?« Mina steht auf der Terrasse und winkt. »Was ist mit den Sachen im Kühlschrank? Du weißt, dass ich nicht gerne Essen wegwerfe, aber ich habe keine Ahnung, ob das noch gut ist.«

Petra hebt die Hand. »Ich komme, Augenblick!« Kopfschüttelnd schaut sie uns an. »Tut mir leid. Auf der Hinfahrt sind wir auch nur hundert gefahren, weil meine Tochter meinte, dann verbrauchen wir am wenigsten Sprit.« Sie lacht schief. »Nicht, dass meine Möhre viel mehr könnte.«

Petra geht wieder zum Haus. Kröger sieht ihr nach, die Stirn in Falten. Seine rechte Hand klopft mit dem Stift auf das kleine Papier.

»Weswegen ich Sie eigentlich gesucht habe«, sage ich. »Sie fragen mich doch immer, ob mir noch was aufgefallen oder eingefallen ist?«

Er hört auf zu klopfen.

»Ja?«

»Aufgefallen nicht. Eingefallen ja. Einige Tage, bevor ich Dorothea gefunden habe, erhielt ich Fotos von der Einrichtung des Ladens. Fotos, die sie selbst geschossen hat, als Werbung für die Immobilienanzeige. Sie hat sie der Eigentümerin gesendet und diese dann wiederum mir. Und jetzt passen Sie auf. Es waren fünf dieser Stehtische darauf zu sehen.«

»Diese neuwertigen? Mit den Kerzen?«

»Ja. Fünf.«

Ich sehe ihn an und warte, ob er von selbst darauf kommt. Ein paar Möwen ziehen kreischend über uns hinweg.

Er hebt seine Kugelschreiberhand und schaut nach links oben.

»Moment mal, da waren doch vier im Laden. Nicht fünf.«

Ich klatsche in die Hände.

»Eben! Der Mörder hat den fünften verschwinden lassen.«

»Das heißt«, drehen sich Krögers Augen wieder in die Mitte, »der Tisch selbst könnte die Mordwaffe sein. Und da man so ein Ding nicht einfach leicht anhebt wie einen Knüppel ...«

»... hat jemand die arme Dorothea gestoßen, und sie ist mit dem Kopf gegen die Tischplatte gekracht«, beende ich den Satz des Kommissars, als wären wir schon seit Jahrzehnten ein eingespieltes Team.

Ein Teil von mir erwartet nun Lob.

Größtes Lob.

Einen Sturm der Anerkennung unter dem Himmel von Braderup.

Stattdessen schieben sich Krögers Augenbrauen nach unten.

»Und das sagen Sie mir erst jetzt?«

»Ja, verzeihen Sie mal, ich bin erst jetzt wieder darauf gekommen.«

»Wieso das denn?«

»Weil ich ...«

Ich stocke. Weil ich mich am äußersten Ende von Dänemark einer experimentellen Schocktherapie zur Heilung meiner irrationalen Ängste unterzogen habe. Das müsste ich jetzt sagen, wenn wir ganz ehrlich miteinander wären.

»Weil ich verdammt viele Häuser und Einrichtungen

sehe. Und weil mich das Auffinden der Leiche wieder so mitgenommen hat, dass ich dabei nicht erst mal bewusst Möbel gezählt habe.«

Kröger brummt und schreibt in seinen Block. Petra kommt aus der Vordertür des Hauses, eine Milchtüte und ein paar Gläser mit Gurken und Senf in der Hand. Unter dem Protest ihrer Tochter wirft sie alles in die Restmülltonne.

Kröger sagt, den Blick auf dem Geschehen.

»Machen Sie das.«

»Was?«

»Werden Sie deren Makler. Und während Sie das Haus anbieten oder die Fühler ausstrecken, behalten Sie die beiden im Blick.«

»Sie wollen, dass ich als Makler für die beiden arbeite und gleichzeitig für Sie spioniere?«

Kröger zuckt mit den Schultern. »Nennen Sie es, wie Sie wollen. Ich traue den beiden nicht.«

»Aber die wissen doch jetzt, dass wir miteinander zu tun haben.«

»Spielt keine Rolle. Für solche Städter ist das ganz normal, dass hier jeder mit jedem zu tun hat. Außerdem wird die Gier sie blind machen. Die vertrauen Ihnen, weil sie Ihnen vertrauen wollen. Sie sind das wandelnde Dollarzeichen mit zwei Beinen und Hund.«

Ich lege den Kopf schief.

»Eurozeichen, sorry.«

Die Vorstellung, meine neuen Kunden gleichzeitig als potenzielle Verdächtige zu betrachten, beißt im Kopf. Außerdem bemerke ich, wie die Skrupel, für Kröger zu spionieren, dafür gesorgt haben, dass ich die Skrupel, tatsächlich dieses Haus zu vertreten, gerade spürbar verliere. Rechnen wir Menschen eigentlich immer nur auf?

Kröger klickt die Mine des Kulis ein, steckt seinen Block weg und klopft mir auf die Schulter. »Sie schaffen das. Da bin ich sicher.«

Ich seufze, was Kröger offenbar als wortlose Zusage deutet. Er kehrt ins Haus zurück und lässt mich auf der Wiese stehen. Auf der Straße ertönen Fahrradklingeln und lautes Fluchen darüber, welcher Idiot noch nie im Leben das Parken gelernt hat.

KAPITEL 17

»Wer verlangt das eigentlich von Ihnen?«, hat mein Therapeut mich zuletzt gefragt, als er einen frischen Beutel Tee aus seinem Holzkästchen mit der Glasabdeckung nestelte. »Wer fordert von Ihnen, dass Sie immer unter Druck stehen müssen und kaum entspannen dürfen?«

Eigentlich wollte ich ihm widersprechen, denn ich entspanne ja, wenn ich mit dem Prince am Strand in der Süderheide spaziere, die nackten Füße im Wasser, den endlosen Horizont vor mir und das Rascheln des Strandhafers in den Ohren. Ich entspanne, wenn ich koche oder bei Lilo im Café Leysieffer meinen Latte Macchiato hole. Wenn ich Brahms höre auf einer langen Überlandpartie. Aber ich sagte nichts, denn er hatte recht – innerlich lasse ich nie so wirklich los. Und schon gar nicht jetzt, da der Mord an Dorothea noch im Raum steht.

»Sie müssen auch hier und da loslassen«, meinte der Therapeut. »Das ist keine Kür, das ist eine Pflicht für Ihre seelische Gesundheit.«

Heute höre ich auf ihn.

Heute lasse ich los.

Heute habe ich den MINI Cooper zum uralten Anwesen meines nicht minder uralten Freundes Simon Beeken gelenkt. Was im vergangenen Jahr passiert ist, wie er mich belogen hat, weil Sven Atzorn ihn erpresste, ein skrupelloser Soziopath und Mörder – ich habe es ihm verziehen. Simons Zuhause, von alten Obstbäumen umstanden und bis zu seinem Tode »garantiert unverkäuflich«, wie er gerne sagt, existiert in einer anderen, längst vergangenen Zeit. Hier steht die Welt still. Hier kann ich zur Ruhe kommen, fast noch mehr als in der Küche von Lilo.

Zwischen den Blättern tanzen die Sonnenstrahlen und tauchen den Hof in ein sanftes, goldenes Licht. Das alte Reetdach schimmert im Sonnenlicht. An den Wänden flattern die Blätter der Efeuranken wie tausend winzig kleine Flaggen im Wind. Ein paar Vögel zwitschern, die sicher zu Dutzenden ihre Nester gut getarnt in den Kronen der Bäume platziert haben. Sie brauchen keinen Makler, um ein erstklassiges Zuhause zu finden.

Ich gehe zur Haustür und klingele. Nichts. Kein Geräusch von drinnen, kein Zeichen von Leben. Simon kann stundenlang draußen im Garten sitzen und dabei sogar nichts tun. Kein Handy, das sowieso nicht, aber auch kein Buch, kein Kreuzworträtselheft. Er sitzt einfach, vielleicht einen Drink in der Hand, und schaut in die Bäume. Er ist fähig, einfach nur zu sein. Diese Fähigkeit stirbt mit Menschen wie ihm. Nie mehr kann sie zurückkehren bei der Art, wie wir heute leben. Es sei denn, uns fliegt eines Tages das ganze Internet um die Ohren.

Langsam gehe ich ums Haus. Vor Ewigkeiten hat Simon sich eine Terrasse aus Holzbohlen gezimmert, doch am liebsten sitzt er in einem Liegestuhl mitten auf der selten gemähten Wiese.

So auch heute.

Ich nähere mich und halte den Atem an, als ich bemerke, *wie* er dort sitzt. Der Kopf hängt seltsam zur Seite, fast im rechten Winkel abgeknickt. Die Hände hängen leblos von den Armlehnen.

Nein.

Nein, nein, nein.

Nicht schon wieder.

Nicht Simon, bei dem es ein natürlicher Tod wäre. Niemand würde sich wundern, alle auf meine Schulter klopfen und Sprüche aufsagen, die ich nicht hören will. »Besser so und schmerzlos, als wenn er lange hätte leiden müssen.« Oder: »87 Jahre ist eine gute Zeit.« Oder noch schlimmer. »Ganz ehrlich? So möchte ich auch eines Tages sterben. Von jetzt auf gleich, ohne Angst, im Gartensessel.«

Atemlos renne ich zu Simon, verdränge die Bilder von Hinnerk Petersen und Dorothea Hußmann, die Bilder der Nacht des Unfalls mit Laura, die Fratzen im Rückspiegel. Dieses Mal zwinge ich mich, ruhig zu bleiben, egal, was ich gleich vorfinde. Als ich den Sessel erreiche, lege ich vorsichtig eine Hand auf Simons Schulter, lasse sie dort liegen und umkreise den Liegestuhl.

Trockener Speichel klebt in Simons Mundwinkel. Die Augen sind geschlossen. Wären sie das, wenn …

»Was zum Teufel?«

Ich kreische und schrecke zurück, als Simon mit einem Mal die Augen aufreißt, den abgeknickten Kopf wieder gerade stellt, die Hände von den Lehnen nimmt und sich aufrecht schnellen lässt – alles in einer Bewegung.

»Kristan! Was erschreckst du mich denn so?«

»*Ich* erschrecke *dich*?«, empöre ich mich. »Wer hängt denn hier im Sessel wie ein Toter!?«

»Ja, verzeih bitte, dass ich mich mit meinen fast neunzig Jahren nicht mehr im Gartenstuhl räkele wie ein junger Jean-Paul Belmondo.«

145

»Der ist auch schon verstorben.«

»Danke.«

Simon wuchtet sich aus dem Sessel und geht zum Haus. Ich folge ihm. Den Prince of Wales ignoriert er. Mein Corgi wälzt sich im Gras, als habe er noch nie die Frische einer ungemähten Wiese gespürt.

Simon geht ins Haus und kehrt wenig später mit einer Flasche Bourbon und zwei Gläsern zurück. Gelassen stellt er sie auf den Tisch auf der brüchigen Terrasse und schiebt uns zwei Stühle zurecht.

»Wir haben kaum vier Uhr nachmittags«, sage ich.

»In Sydney ist es schon fast Mitternacht«, entgegnet er. Mir fällt ein, dass ich Frau Senger noch diesen seltsamen Schlüsselanhänger schicken muss.

Beim goldbraunen Hochgeistigen mit Aromen von Vanille, Eichenfass, Pfirsich und Tabak, erzähle ich Simon, was er von dem Fall, der sich längst auf der Insel herumgesprochen hat, noch nicht weiß. Von Meike und ihrem Interesse an dem alten Ladenlokal. Von Petra und Mina, die ich reich machen und zugleich beschatten soll. Von Lasse Brodersen zwischen seinen Pelzen, der angeblich nachts in Wäldern spazieren geht.

»Das stimmt wirklich«, unterbricht mich Simon, als ich an der Stelle ankomme.

»Was? Dieses komische Nicht-Alibi?«

»Es mag kein Alibi sein, weil er immer allein geht, aber er kraxelt wirklich durch die wenigen Wäldchen, die wir auf der Insel haben. Südwäldchen, Nordwäldchen, Friedrichshain, Morsumer Wäldchen, Vogelkoje … den Sagenwald sucht er nicht so häufig auf, denn da trifft man am wahrscheinlichsten Leute.«

»Du kennst ihn gut?«

»Was heißt kennen? Wir sind eine Generation, Kristan. Ur-Insulaner über achtzig Jahre. Weißt du, wie viele es davon noch gibt? Eben. Vor über sechzig Jahren haben wir hier am Strand die Touristinnen verführt, da war *Sergeant Pepper* von den Beatles gerade neu erschienen.«

Ich verschlucke mich fast an meinem Whiskey. Kurz stelle ich mir Lasse und Simon als junge Hippies vor, mit langem krausen Haar und Koteletten an den Schläfen, am Strand ein wildes Lagerfeuer und den Duft von ein paar Joints in der Luft. Unglaublich, dass die Menschen dieser Zeit heute in Simons Alter sind. Bei Altersangaben wie »87 Jahre« denkt man innerlich immer noch eher an Weltkriegssoldaten.

»Wir haben nicht mehr viel miteinander zu tun gehabt, seit er verheiratet war«, fährt Simon fort. »Und nach dem Tod seiner Frau vor zehn Jahren erst recht nicht. Aber eins weiß ich – der Kerl hat mehr mitgemacht, als die meisten hier wissen. Er ist nicht nur dieser knallharte Investor, für den ihn alle halten. Du ahnst gar nicht, wie sehr ihn der Verlust damals aus der Bahn geworfen hat.«

Oh doch, denke ich mir, *oh doch Simon, wie so was ist, das weiß ich besser, als du denkst.*

»Und er verschwindet einfach so in den Wäldern? Sogar mitten in der Nacht?«

»Er ist ein Einsiedler geworden«, nickt Simon. »Und zwar ganz egal, ob er daheim in seinem Pelzladen vergeblich auf Kunden wartet, alleine durch den Wald schleicht oder unter Leuten ist, weil er Geschäfte machen will. Innerlich ist er immer für sich.«

Ich stelle das Glas ab. Der Whiskey brennt ein wenig nach. Eine Amsel fliegt aus einem Apfelbaum.

»Ich kann mir, ehrlich gesagt, auch nicht vorstellen, dass er was mit dem Mord an Dorothea zu tun hat.«

Simon fährt sich mit der Zunge über die Lippen. Sein Daumen reibt über das alte Holz des Tisches. »Lasse hat mehr Herz, als man denkt. Aber er hat es tief in sich vergraben. Bei der Hußmann war das ein wenig umgekehrt.«

Ich horche auf.

»Wie?«

»Ich weiß, ihr liebt sie alle. Das weiß ich, weil sie es wusste und damit gespielt hat.«

»Simon!«

Ich schiebe den Stuhl zurück und will beinahe aufspringen.

»Jetzt sei nicht so empört. Ich sag ja nicht, dass sie ein schlechter Mensch war. Aber sie wusste halt ganz genau um ihren Stand. Und sie hat was auf ihn gegeben, glaub mir das.«

Die Worte meines alten Freundes schmerzen, als rede er über eine Verwandte. Sie schmerzen aber auch, weil in mir wie im Zeitraffer ein Rückblick auf die vielen Hundert Male abläuft, in denen ich ihr Nachlässe verkaufte oder sie durch Häuser schritt, um zu schauen, was sie gebrauchen kann. Und ja, jetzt, da Simon es sagt, konnte sie durchaus immer mal so abschätzig gucken wie ein versnobter Literaturkritiker, dem man einen behaglichen Regionalkrimi unter die Nase hält.

»Deswegen kann das auch nicht sein«, denkt Simon offenbar laut und bremst sich selbst wieder.

»Was kann nicht sein?«

»Ach, nichts.«

»Simon, wir trinken gemeinsam Vierzigprozentiges am Nachmittag, also raus mit der Sprache.«

Meine Begründung ergibt zwar wenig Sinn, aber sie verfängt. Simon lehnt sich vor und klopft auf dem Rand seines Glases herum.

»In der letzten Zeit habe ich ihn beim Spazieren am Strand getroffen.«

»Ja, und?«

»Ja, und? Kristan, hörst du nicht zu, oder was? Er verkriecht sich nur im Wald. Die Brandung ist nichts für ihn, weil er immer lange Strandspaziergänge mit seiner Frau gemacht hat. Zu schmerzhaft, dort allein entlangzugehen. Deshalb hat er sich die Orte verkniffen, die unsere Insel ausmachen. Bis vor ein paar Monaten. Ich habe ihn angesprochen, aber er blieb wie immer verschlossen, wollte nicht viel reden. Aber ich hatte das Gefühl, dass da etwas anders war. Er schien irgendwie … lebendiger. Als hätte er etwas Neues im Leben gefunden.«

»Etwas? Du meinst *jemanden?*«

»Ja. Und da er abseits von Geschäften nirgendwo hingeht. Aber nein, das kann nicht sein. Oder doch? Okay, vom Stande her hätte sie ihn wohl akzeptiert.«

»Du denkst, er war in Dorothea verliebt? Seine Nachbarin?«

Simon winkt ab.

»Nein. Ich glaube, die dachte von sich, wenn, dann hätte sie was Jüngeres verdient.«

Er lacht.

Ich greife zum Glas und halte mich daran fest, ohne zu trinken. Lasse Brodersen, die lebende Leiche zwischen dem staubigen Pelz, ein Mann mit Herz und frischen Gefühlen? Falls das stimmt, und Kröger wüsste es, hätte er es mir längst erzählt.

»Zur Trauerfeier von Dorothea Hußmann komme ich natürlich trotzdem«, sagt Simon und schaut in das alte Gehölz seines Gartens. »Wir alten Inselbewohner sollten uns immer die letzte Ehre geben. Weißt du schon, wann das ist?«

Ich schüttele den Kopf. Die Amsel kehrt in den Apfelbaum zurück, in dessen Krone sie sich eingemietet hat.

»Sobald ich was höre, sage ich dir Bescheid.«

KAPITEL 18

Ich sitze an meinem Schreibtisch im Maklerbüro, die Hände über die Tastatur des Laptops gelegt, und blicke durch die großen Fenster hinaus auf die Straße. Der Morgen ist ruhig. Der erste Kaffee des Tages ist bereits in der Tasse kalt geworden, als ich E-Mail um E-Mail aus meinem Posteingang abarbeite. In den Papierfächern liegen ein paar Verträge bereit. Neben der Schreibtischlampe steht eine winzige Nachbildung des Hörnumer Leuchtturms.

Ich überlege mir gerade eine Formulierung, als ich im Augenwinkel neben dem großen Monitor eine Kundin das Büro betreten sehe. Schnellen Schrittes nähert sie sich dem Schreibtisch, sodass ich sie erst erkenne, als sie bereits vor mir steht. Meike Westermann. Sie strahlt und wirkt aufgeräumter, als ihr Laden derzeit ist. Vielleicht ein wenig zu aufgeräumt für einen ungezwungenen Besuch.

»Herr Dennermann«, sagt sie und hält mit beiden Händen eine kleine, elegante Box aus stoffbezogenem Karton in der Hand, »ich habe da etwas für Sie.«

Ich blinzele, meine Hände immer noch auf der Tastatur. »Für mich?«

»Ja.« Sie stellt die Box ab, öffnet den Deckel, und da liegen sie – die historischen Rennfahrerhandschuhe, nach denen ich gesucht hatte.

»Ich habe sie doch noch bekommen. Ich dachte, wenn

ich ohnehin schon in der Nähe unterwegs bin, bringe ich sie selber vorbei.«

Behutsam nestele ich die schönen Stücke aus der Schachtel. Sie fühlen sich genau so an, wie ich es mir vorgestellt habe. Hier stimmt etwas ganz und gar nicht. Wenn Meike sich dermaßen ins Zeug legt, um mir einen Wunsch zu erfüllen, den sie kürzlich noch mit der Motivation einer vierzig Jahre tätigen Lehrerin an einer unterfinanzierten Berliner Schule behandelt hat, dann will sie etwas von mir.

»Das ist großartig«, sage ich langsam, während ich beide Stücke anprobiere. Sie sitzen hervorragend. Ich spüre das Lenkrad zwischen den Händen und den salzigen Sylter Fahrtwind in der Nase.

Meike setzt sich auf den Stuhl vor meinem Schreibtisch, legt die Beine übereinander und gibt sich sichtbar Mühe, so entspannt und locker wie möglich zu wirken.

»Ich habe gehört, dass Frau Hußmann verstorben ist. Die Antikhändlerin. Kann es sein, dass ihr Ladenlokal jetzt zum Verkauf steht?«

Da ist er. Der eigentliche Grund, mir die Handschuhe zu besorgen. Ich denke an meinen Nachmittag neulich bei Lilo in ihrer Landhausküche, im deftigen Duft des frischen Ragouts. Meike weiß nicht, dass mir bekannt ist, wie sehr sie dieses Ladenlokal schon früher begehrte und warum. Nun hat sie sich die Mühe gemacht, sogar herauszufinden, dass ich es auf der Insel vertrete. Wobei das wahrscheinlich leicht war, so oft, wie Menschen mich dort gesehen haben.

Ich lächele dankbar, um die Fassade zu wahren. »Tatsächlich kümmere ich mich um das Objekt, allerdings nicht zum Kauf, sondern zur Pacht. Zwischen den alten

Balken und der eigentlichen Eigentümerin liegt ein riesiger Ozean.«

»Ja, natürlich«, antwortet Meike schnell, »an Pacht bin ich auch interessiert. Unter uns Betschwestern, bei allem Respekt – Sie können sich denken, Herr Dennermann, dass man mit einem Geschäft wie meinem derzeit nicht genug Gewinn macht, um ein Haus wie dieses auch noch zu kaufen.«

»Aber genug, um sich zu erweitern?«

Sie wackelt mit dem Kopf und streicht mit der flachen Hand die Stuhllehne entlang. Die Tür des Büros öffnet sich, und Hella kommt herein, eine Papiertüte mit frischen Kleinigkeiten von Nah & Frisch Johannsen im Arm. Kaffeepads, Kekse, Schokolade. Was es halt so braucht, um im Maklerbüro die Nerven zu bewahren.

Meike schaut sich um, und die beiden begrüßen sich wortlos. Als Meike ihr wieder den Hinterkopf zuwendet, wirft Hella mir einen fragenden Blick zu.

»Ein bisschen Geschäftserweiterung sollte man riskieren«, sagt Meike. »Stillstand ist der Tod.«

Interessant, denke ich. Kein Wort von der Chance, ein weltweit renommiertes Modelabel exklusiv nach Sylt zu bringen. Etwas, mit dem sich selbst in der Anbahnungsphase durchaus angeben ließe.

»Waren Sie oft bei Dorothea im Laden?«, klopfe ich Meike ab und fühle mich spätestens jetzt schon wieder wie Krögers rechte Hand. Eine rechte Hand mit historischen Handschuhen.

»Kaum. Ein-, zweimal vielleicht in vielen Jahren, um beiläufig nach Weihnachtsgeschenken zu sehen, aber das war's auch schon.«

Spannend, wie gelassen sie lügen kann. Ich erkenne es

zwar, weil sie die Lehne des Stuhls gerade mehr poliert denn je, aber dennoch nicht übel, wenn man bedenkt, wie sehr die Verweigerung Dorotheas, ihr damals wenigstens mit einer zeitweiligen Untermiete zu helfen, sie verärgert haben muss.

»Die Handschuhe sind fantastisch«, lenke ich das Gespräch wieder auf den offiziellen Grund ihres Kommens. Sie soll nicht merken, dass ich sie aushorche. »Genau das, was ich gesucht habe. Was bekommen Sie dafür?«

Sie winkt ab und nennt eine für unsere Insel überschaubare Summe, die ich ihr bar überreiche. Wir verabschieden uns, während Hella die Süßigkeiten in die Schränke räumt. Selbst beim Rausgehen wippt Meike Westermann so künstlich gelassen, dass jeder, der meine feinen Sinne hat, die Anspannung förmlich in der Büroluft flimmern sieht.

KAPITEL 19

Ich sitze in meinem MINI Cooper und betrachte die Rennfahrerhandschuhe, die ich gerade eben für Folge 193 von *Kristan und Isolde* fotografiert habe. Die weichen Lederriemen fühlen sich beruhigend in meinen Händen an, und ein Teil von mir will einfach nur in diesen Moment eintauchen, die Dinge um sich herum vergessen und so tun, als wäre alles in Ordnung. Als müsste ich nicht das Gefühl haben, Cheyenne seit einer ganzen Weile zu belügen, indem ich sie nicht damit behellige, was hier wirklich los ist. Ich bin nur froh, dass sie ganz offenbar keine deutschen Nachrichten liest und schon erst recht nicht den Gossip von Sylt. Sie ist in einer Natur- und Tierwelt versunken, die jedes Bedürfnis danach, eine News-App zu öffnen, unter der zeitlosen Schönheit der Welt begräbt.

Während ich das Bild an Cheyenne sende, rede ich mir erfolgreich ein, wie richtig mein Schweigen ist. Meine digitalen Briefe an Cheyenne fühlen sich an wie der einzige Teil meines Lebens, den ich noch kontrollieren, den ich noch sauber halten kann.

Mit einem leisen Seufzen stecke ich das Handy ein, steige aus dem Auto und betrete, den Prince of Wales an meiner Seite, den geschwungenen Kiesweg durch das gepflegte Grün vom Haus am Watt in Braderup. Petra und Mina warten auf mich. Kunden, die mir den größten Umsatz seit Langem einbringen können. Verdächtige, die ich auszuspionieren habe – mein Gewissen …

Das Wohnzimmer hat sich in der Zwischenzeit in den Lagerraum eines teuren Geschäftes verwandelt. In ein Buchhaltungsbüro. In eine Kulisse von *Bares für Rares*. Eine gute Bekannte von mir, Saskia Seewald, war dort eine Weile Expertin für antiken Schmuck und betreibt ein Geschäft in Westerland in der Elisabethstraße. Überall stehen Sachen aufgereiht, sortiert nach Art und Größe. Mina hat ihr Handy auf ein Stativ gespannt, stellt es vor einem Möbelstück nach dem nächsten ab und schießt Fotos. Auf der Sofalandschaft stehen zu meinem Erstaunen ein paar Dutzend Objekte aufgereiht, von denen ich nicht wusste, dass Dorothea sie sammelt, denn verkauft hat sie sie naturgemäß in einem Antikladen nicht. Es handelt sich um Handtaschen von Hermès, eine beachtliche Sammlung, teils alte, sicherlich sehr wertvolle Exemplare. Das Unternehmen betreibt schon um aktuelle Modelle einen Verknappungskult mit Wartelisten, von den Werten alter Stücke ganz zu schweigen.

Kurz muss ich innerlich schmunzeln. Ein Gespräch mit der Betreiberin des zentralen Hermès-Stores auf Sylt kommt mir in den Sinn. Mehrfach am Tag rufen dort Leute an und wollen die Öffnungszeiten wissen. Aber nicht, um sich für viele Hundert Euro Taschen zu kaufen, sondern um Pakete abzugeben, im Irrglauben, sie hätten es mit einem großen Versanddienstleister zu tun.

»Sie sind … fleißig«, sage ich und frage mich sofort, ob das nicht zu böse klingt. Ich habe viele Nachlässe erlebt und viele Haushaltsauflösungen von Verstorbenen. Daher weiß ich, dass die Angehörigen es niemals richtig machen können. Beginnen sie zu früh mit dem Aufräumen und Auswerten, gelten sie als herzlos und gierig. Warten sie zu lange damit, sagt man ihnen Gleichgültigkeit nach.

»Es ist viel«, antwortet Petra. »Sehr viel. Das Haus hier, der ganze Laden. Wir werden Wochen brauchen.«

Da hat sie auch wieder recht. Neben dem Sofa steht eine Vase, bereits sehr sorgsam in einem Karton verstaut, gepolstert mit Schaumstoff und Tüchern. Unten breit und bauchig ragt ihr Hals mit gleich vier Henkeln, die je zwei an einer Seite kunstvoll miteinander verbunden sind, ein wenig aus der Pappe heraus. Ich kenne mich wenig mit alter Keramik aus, aber das Stück schätze ich selbst aus dem Bauch heraus hoch vierstellig ein.

»Der Kommissar hat sich neulich noch ausführlich hier umgesehen«, sagt Petra. »Aber er ist der Auffassung, dass sich alles, was für den Fall Relevanz hat, im Laden meiner Tante abspielt.«

Ich nicke. Ob Kröger die beiden auch hiermit nur in Sicherheit wiegen will? Immerhin soll ich die Augen weiter weit geöffnet halten, gerade auch in diesen vier Wänden.

Ich deute auf die Taschensammlung in Sofa-Umarmung.

»Ich wusste nicht, dass Dorothea sich sogar für so was interessierte.«

»Nicht zum Angeben«, sagt Mina, während sie einen Vitrinenschrank in Szene setzt. Ihre Foto-App macht Klickgeräusche wie ein echter Apparat. »Großtante Doro hatte wirklich Spaß an der Kunst. Stundenlang konnte sie davon erzählen, was die Designer sich bei der Form gedacht haben oder wieso die Nähte an den Taschen genau so und nicht anders sitzen. Ich glaube nicht mal, dass sie diese Dinger bei gesellschaftlichen Ereignissen überhaupt getragen hat.«

Petra schaut mich an und zieht eine Braue hoch, als wolle sie sagen, dass ihre Tochter die alte Tante ein klein wenig zu stark idealisiert. Ich gehe ein paar Schritte durch den Wohnsaal und nähere mich der Küche, die sich hinter einem türlosen, runden Durchgang auftut. Petra überholt mich, um schneller in die Küche zu kommen.

»Ist sehr durcheinander hier«, sagt sie entschuldigend, als gelte das gerade nicht für das gesamte Haus. Auf dem Küchentisch hat sie Papiere und Quittungen ausgebreitet und in Stapel sortiert. Schnell schnappt sie sich einen davon, knüllt ihn beinahe zusammen und stopft ihn in eine Schublade neben der Spüle. Der Rest des Papierkriegs verbleibt auf dem hellen Holz des Tisches.

»Kaffee? Tee?«

»Heute mal Tee«, antworte ich. »Die Friesenmischung, natürlich.«

Sie lacht, öffnet einen Schrank und greift zielgenau zu einer Tüte. Dafür, dass die beiden erst seit Kurzem hier sind, kennen sie sich im Haus bereits herausragend aus.

Während Petra einen alten Kessel aus Gusseisen mit Wasser füllt, schaue ich noch kurz auf die Schublade, in welche sie die Quittungen gestopft hat, lasse mir aber weiter nichts anmerken und schlendere in den Wohnsaal zurück. Über einem alten Sekretär neben der großen Bücherwand hängen Fotos von älteren Damen in eleganten, sichtbar kostspieligen Kleidern. Nur Dorothea trägt eine Seidenhose und ein Kostüm, nicht minder hochwertig.

»Wer ist das?«, frage ich.

Petra kommt hinzu, während das Wasser im alten Kessel blubbert.

»Wussten Sie das nicht?«, fragt Petra. »Sie war bei den Royal Ladies. Natürlich sind die nicht wirklich königlich. Sie fühlen sich nur so.« Petra rollt mit den Augen. Mina sagt, die Handykamera umstellend: »Sie hat da nur mitgemacht, weil die viel Gutes tun und Spenden sammeln. Charity und so. Das muss sich ja auch lohnen, das ist besser, als wenn man mit einer Dose durch die Fußgängerzone läuft.«

Ich betrachte die Fotos genauer. Der Teekessel pfeift. Ein paar der Damen kommen mir vage bekannt vor. Ich mag sie auf Empfängen gesehen haben, die ich besuche, um zu netzwerken.

Petra holt mir meine Tasse Tee. Ich koste. Ein wenig muss der Friese noch ziehen, aber es tut gut, sich nicht immer nur Kaffee in den Kopf zu kippen.

Leise sage ich zu ihr, mit dem Hinterkopf auf Mina deutend: »Sie idealisiert ihre Großtante ganz schön, oder?«

Petra nickt zaghaft, den Blick ebenfalls auf den Fotos, die Nase gekräuselt.

»Sagen wir's so – meine Tante hat nicht nur wegen der Charity dort mitgemacht.«

Der Prince of Wales schnüffelt an der Vase im Karton.

»Hey!«, rufe ich streng. »Nein, Prince! Nein! Das Ding ist teuer.« Ich schaue zu Petra. »Stimmt doch, oder?«

Sie antwortet vielsagend: »Kennen Sie auch Ankäufer für solche Sachen? Oder das Interior des Antikladens, sobald die Polizei ihn endgültig freigegeben hat?«

Ich nehme etwas Tee und spiele mit ihm am Gaumen, bevor ich ihn schlucke.

»Möglich. Mache ich mir drüber Gedanken.« Mit der Tasse zeige ich ins Haus, meine geheime Mission im Hinterkopf. »Und? Übernachten Sie hier?«

»Hier, im Haus? Nein. Das fühlt sich nicht richtig an. Nein …«

»Welches Hotel haben Sie sich ausgesucht?«

Petra und Mina wechseln schnell Blicke. Mina sagt, als fiele es ihr gerade dringend ein. »Mama, guckst du mal eben mit mir in dem Gästezimmer, ob das auch Möbel sind, die ich fotografieren soll oder ob das so einfache sind, dass wir wenigstens die verschenken?«

»Ja, gleich.«

Ungelenk lächelt Petra mich an und macht ein paar Schritte zur Terrassentür, in der erfolgreichen Absicht, dass ich ihr folge. Wir spiegeln Menschen, das ist ganz natürlich, und wenn man es weiß, kann man einiges damit machen. Ich lasse mich darauf ein und nehme hin, auf meine harmlose Frage nach dem Hotel keine Antwort zu kriegen. Petra soll keinen Verdacht schöpfen.

Wir treten auf die Terrasse. Petra schaut am Haus hinauf.

»Haben Sie schon die Fühler ausgestreckt?«

»Ich erwähne es beiläufig, wenn ich neben solventen Menschen stehe«, lüge ich, denn ich werde einen Teufel tun und Dorotheas Haus anpreisen, solange sie noch nicht einmal unter der Erde liegt.

»Gut«, murmelt Petra, als sei ihr die Drängelei tatsächlich unangenehm.

»Was machen Sie eigentlich beruflich?«, frage ich,

denn Dorothea hat mir nie von ihrer Nichte und Großnichte erzählt.

»Ich gebe Yogakurse«, antwortet Petra. »Früher im
eigenen Studio, aber ich gebe zu, es hat die Pandemie
nicht überlebt. Jetzt miete ich mich immer irgendwo ein.
Wenn genug Teilnehmerinnen zusammenkommen.« Sie
lacht. »Ohne Sternchen im Wort und Sprechpause, Herr
Dennermann, denn es sind immer Frauen.«

»Yoga«, sage ich, »das hat auch …«

»Was?«

Ich bringe den Satz nicht zu Ende. Laura sollte immer
noch leben, immer noch Yogakurse besuchen, ich sollte
nicht darüber sprechen müssen mit »das hat«, nicht einmal Nachrichten mit Cheyenne sollte ich austauschen.
Keine Schuld, sage ich mir innerlich, denn das habe ich
doch eigentlich hinter mir nach hundert Beuteln Tee
beim Therapeuten, das habe ich doch wenigstens längst
gegen würdelose Panik in der Dunkelheit getauscht.
Keine Schuld.

»Alles in Ordnung?«

»Ja, ja.«

Ich rufe den Prince of Wales aus dem Haus, gebe ihr
die Tasse zurück und verabschiede mich.

»Ich denke, ich lasse Sie erst mal in Ruhe räumen.
Aber seien Sie doch so gut und lassen Sie alle Möbel erst
einmal stehen. Und tasten Sie auch die Bücher im Regal
noch nicht an. Für die Fotos der offiziellen Anzeige
sollte es noch gut bewohnt und ausgestattet wirken. So,
dass die potenziellen Kunden schon davon träumen
können.«

»In Ordnung, Herr Dennermann. Vielen Dank!«

Nachdenklich gehe ich zurück zu meinem Auto. Petras Kleinwagen steht ähnlich schief am Straßenrand wie neulich der Koloss des Kommissars. Das Fahrzeug wirkt wie ein Fremdkörper auf der Insel. Überall Kratzer, eine Delle am hinteren Kotflügel, links am Vorderrad fehlt sogar die Felgenkappe. Außerdem hat eine Fahrt durch Schlamm helle, eingetrocknete Spuren an beiden vorderen Radkästen hinterlassen. Wo kurven die beiden damit auf der Insel herum, dass es so aussieht?

Auf der Rückscheibe ist Werbung für eine Yogaschule aufgedruckt. *Petra's Prana-Flow*, mit falschem Apostroph geschrieben. Das Logo ist besser gelungen. Ein paar wenige Striche deuten einen Menschen an, der im Schneidersitz hockt, von einem schwungvollen Halbkreis umgeben. Irgendwie kommt es mir bekannt vor.

KAPITEL 20

Ich stehe mit zwei Interessenten vor einem Haus in Kampen, dem weiterhin teuersten Ort auf der Insel, dem teuersten Ort des gesamten Landes. Das Anwesen liegt zwei Reihen hinter den Grundstücken mit direktem Dünenblick, ist aber gerade deshalb mit einem Preis-Leistungs-Verhältnis gesegnet, das jeder, der es jetzt kaufen könnte, verrückt wäre, das Angebot abzulehnen. Zumal Kampen ohnehin größtenteils aus Geschäftshäusern und Wohnungen besteht, sowie viele Häuser auf Ländereien stehen, die im Rahmen der 1813 gegründeten Losinteressenschaft als Erbpachtgrundstücke immer noch Familien gehören, deren Vorfahren zu den ersten Losinteressenten gehörten. Einfach so ein Haus von privat an privat vermittelt zu bekommen, das ist durchaus was Besonderes.

Soweit ich weiß, investiert das Düsseldorfer Ehepaar, das mit mir auf dem Rasen steht, in zahlreiche Privatkliniken und profitorientiert geführte Altenheime. Sie trägt eine Sonnenbrille auf der Stirn, die mehr gekostet hat als mein neuer, alter MINI Cooper. Er wirft Blicke auf seine Audemars Piquet am Handgelenk, als stünden die nächsten Termine direkt hinter dem Friesenwall, der an diesem Anwesen über zwei Meter hoch bewachsen ist. Ich fühle mich wie in der Parkanlage eines Schlosses, den Minotaurus gleich nebenan im Gartenlabyrinth.

»Ich glaube, das geht nicht«, sagt der Mann plötzlich,

während seine Frau zustimmend nickt. »Das Haus ist wunderschön, keine Frage, aber ...«, er zögert, »diese Möwen.«

»Möwen?« Ich blinzele, sicher, mich verhört zu haben.

»Ja«, nickt die Frau, »sie sind überall! Gestern sind wir extra lange und ausführlich in der Gegend spazieren gegangen. Um uns wirklich einzufühlen, uns einzulassen auf die neue Umgebung. So, wie's in diesem Ratgeber steht. Schatz, wie hieß der noch?«

Der Mann runzelt die gebräunte Stirn. Dunkel hebt sich der Hals von dem blütenweißen Hemdkragen ab.

»Dieses Buch über Immobilien, und wie man wirklich erkennt, was man möchte. *Mein Grundbuch.* Ja, so hieß das! Sag's doch gleich. Nettes Wortspiel. Jedenfalls, wir gingen spazieren, hatten etwas Proviant dabei, und da hat mir eine Möwe doch tatsächlich das Croissant direkt aus der Hand gerissen. Und die Geräusche, das ständige Schreien ... das können wir auf Dauer nicht ertragen. Tut mir leid.«

Einen Moment lang stehe ich sprachlos da. Was ich erlebe, als Makler, darüber hätte ich längst ein Buch schreiben können und werde das eines Tages womöglich auch tun. Aber Möwen als Absagegrund? In Kampen?

»Natürlich«, sage ich höflich, statt den allürenhaften Städtern ins Gesicht zu lachen. »Das verstehe ich. Die Möwen sind wirklich eine Plage. Es ist wahrscheinlich besser, wenn Sie sich weiter umsehen.«

Das Ehepaar lächelt zufrieden, schreitet mit mir durch das Tor im Wall, steigt in den blitzeblanken Audi S8 und fährt davon.

Ich sehe ihnen nach, schüttele den Kopf und trete seufzend einen Schritt zurück in den Schatten der in riesige Kugeln geschnittenen Eiben.

Ich krame mein Handy hervor und wähle die Nummer des Kommissariats in Westerland. Zeit, Kröger die neuesten Informationen auf den Anrufbeantworter zu sprechen. Über Meikes anhaltendes Interesse am Antikladen, das vielsagende Verhalten ihrer einzigen Verwandtschaft und Simon Beekens These, dass Lasse Brodersen womöglich verliebt gewesen ist.

Es klingelt.

Einmal.

Zweimal.

Innerlich lege ich mir bereits mein Referat zurecht. Es knackt in der Leitung, doch statt der Maschinenbegrüßung höre ich die sonst nur persönlich vertraute Stimme: »Kröger.«

Ich lehne mich an den Friesenwall und traue meinen Ohren nicht.

»Sie gehen ans Telefon? In Ihrem Kommissariat?«

»Natürlich. Warum auch nicht? Frau Lütken ist gerade bei den Hortensien. Was gibt's Neues?«

Ich erzähle ihm, was ich mir für die digitale Bandmaschine vorgenommen hatte. Mit dem ungeduldigen Ohr am anderen Ende gelingt es mir schlechter. Zwar bekomme ich alles transportiert, aber es stolpert und rumpelt wie ein Umzugswagen mit offener Klappe.

Kröger scheint auf der anderen Seite alles eifrig zu notieren. Ich höre den Stift kratzen und klackern. Seine altmodische Art gefällt mir im Grunde sehr. Während die Menschheit gerade die KI nutzt, um noch besser Lügen zu verbreiten, nutzt er zur Aufklärung von Verbrechen die natürliche Intelligenz. Nur auf die Neuigkeiten zu Lasse Brodersen geht er nicht ein. Ich hake nach.

»Sie haben schon gehört, was ich zuletzt gesagt habe, oder? Es ist denkbar, dass Lasse Brodersen was mit Dorothea Hußmann hatte.«

Es seufzt im Hörer. Ein paar Gärten weiter hier bei mir wirft jemand einen Rasenmäher an.

»Weil Ihr alter Kumpel Simon Beeken ihn am Strand spazieren gehen gesehen hat?«

»Ja. Es hat was zu bedeuten, wenn einer plötzlich langjährige Gewohnheiten ändert.«

Kröger brummt.

»Sie wollen ihn nicht noch mal dazu befragen?«

»Wissen Sie, was, Herr Dennermann? Sprechen Sie ihn darauf an, wenn Sie ihn zufällig treffen. Am besten reden Sie mit ihm irgendwo auf der Insel, so einfach, wenn Sie in ihn reinlaufen. Das wirkt schön willkürlich, und es steht kein Beamter vor ihm.«

»Zufällig in ihn reinlaufen?«

»Ja. Schauen Sie mal. Und zu dem, was Sie mir gerade alles erzählt haben, mache ich mir Gedanken.«

Kröger legt auf. Ich bleibe einen Moment am Wall stehen, während der Wind in die dichten, kleinen Eibenblätter greift. Wieso ist Kröger so seltsam, wenn es um Lasse geht?

KAPITEL 21

Die letzten Minuten der Aufführung des Verdensballetts wirken fast schon surreal. Unter dem freien Himmel, während die Dämmerung langsam in die Nacht übergeht, vibriert die Luft, als die Tänzerinnen und Tänzer in der Mitte des Gartens wirbeln. Ihre Bewegungen sind leicht, als schwebten sie über das Gras, während die Klänge der Opernsänger sich über den Hof ergießen. Ich kann die Begeisterung des Publikums förmlich spüren. Sogar ich, der nicht unbedingt zu den größten Ballett-Liebhabern gehört, muss zugeben, dass der Anblick hypnotisch ist.

Der sanfte Wind trägt den Duft von frisch geschnittenem Gras und salziger Meeresluft zu uns, während die letzten Noten der Aufführung verklingen und die Tänzer in einer beeindruckenden Formation verharren. Für einen Moment liegt absolute Stille über dem Gelände, bis ein donnernder Applaus losbricht. Die Menschen stehen auf, klatschen, pfeifen sogar. Mögen die meisten von ihnen auch gekommen sein, um zu sehen, gesehen zu werden und drum herum Kontakte zu knüpfen – die Aufführung selbst hat manche ganz offenbar daran erinnert, wieso Kunst ein Zweck und ein Rausch in sich ist.

Einige Minuten später stehe ich mit einem Glas Weißwein in der Hand zwischen den Menschen der Insel, die sich frische Geschichten erzählen und hier und da sogar über die Darbietung austauschen. Mein Blick hält Ausschau nach dem beruflichen Grund meines Hierseins – Frauke und Heiner Ottl. Die bayerischen Multimillionäre haben bisher schon mehrfach mit mir telefoniert und einmal sogar gezoomt, aber immer noch keinen klaren Wunsch geäußert. Man müsse sich endlich persönlich sehen, in angemessenem Ambiente. Zuvor wollten die beiden einfach mal »ein, zwei Tage über die Insel fahren« und alles auf sich wirken lassen.

»Herr Dennermann!«

Heiner Ottl schiebt sich durch die Menschen auf mich zu, die langen Arme gehoben wie ein Albatros seine Flügel. Seine Frau Frauke ist dieses raumgreifende Verhalten offenbar etwas unangenehm. Dafür trägt sie ein Collier, für das man zumindest auf Borkum und Juist bereits ein Anwesen mit Strandlage bekommt.

»Guten Abend«, sage ich, halte dem Schraubzwingen-Handdruck von Heiner Ottl stand und nicke Frauke zu, die mit mir die Wahl des Getränks teilt.

»Nichts Berühmtes, oder?«, sagt sie. »Nein.«

Heiner winkt ab.

»Dafür war die Aufführung grandios, oder?«

»Ja, wirklich beeindruckend«, antworte ich. Ich habe das Gefühl, gleich zur Sache kommen zu dürfen.

»Und? Haben Sie sich in Ruhe unser Eiland angesehen?«

»Absolut!« Heiner Ottl strahlt. »Was für ein Insel gewordener Park. Die Reetdach-Häuser und pittoresken Wohnviertel in Kampen. Die kleinen Häfen in Munkmarsch oder Rantum. Wir sollten uns mal wieder eine kleine Bootsausfahrt gönnen, so viel ist auch klar geworden. Falls Sie dafür ebenfalls Vermittler kennen. Und Vermittlerinnen, natürlich, wir wollen ja zeitgemäß sein.«

Heiner Ottl haut mir auf die Schulter und lacht über seine Bemerkung, als könne sie einen Kabarettabend tragen. Das Kleid seiner Frau sitzt so eng, als hätte ein Bodypainter es ihr auf die Haut gemalt.

»Und?«, frage ich.

»Ja, also ... wir sind uns einig, dass es teuer sein muss.«

Frauke nickt eifrig. »Auf jeden Fall! Es muss teuer sein, das ist das Wichtigste. Wir wollen auf keinen Fall ein Objekt, das sich jeder leisten kann. Die Leute sollen wissen, wie ernst es uns ist.«

Ich sehe die beiden an. Noch heute Morgen sagen mir zwei Kunden ab, weil sie es nicht so mit den Möwen haben. Jetzt stehe ich vor Menschen, deren Eingrenzung bei der Suche auf den Filter »teuerste Objekte zuerst« beschränkt ist. Ich glaube, mit dem Buch über meinen Berufsalltag sollte ich mich beeilen.

Ich ziehe eine Augenbraue hoch. »Aha ... und gibt es noch andere Kriterien? Vielleicht Strandnähe? Ein historisches Haus? Moderne Architektur? Ein bestimmter Ort, den Sie auf der Insel bevorzugen, wo Sie doch in Ruhe rumgefahren sind?«

Heiner winkt ab. »Das sind Details. Hauptsache, es kostet ordentlich was. Wir wollen nicht unter unseren Möglichkeiten bleiben. Stellen Sie uns einfach ein Portfolio mit dem Edelsten zusammen, das gerade auf dem Markt ist.«

Ich unterdrücke ein Lachen. Mir ist klar, dass ich mit den beiden alle Kirschen im Geldspielautomaten nebeneinander erwischt habe. Zugleich weiß ich, dass ich ihnen das Haus von Dorothea nicht anbieten werde.

»Ich werde nach etwas Passendem Ausschau halten.«

Sie strahlen mich an, als hätte ich gerade die Lösung für all ihre Probleme gefunden.

»Bester Mann«, traktiert Heiner Ottl meine Schulter erneut und reckt den Hals. »So, und wo gibt's hier nun das Büffet?«

Die Begegnung mit den Ottls muss ich erst einmal verdauen. Ziellos streife ich durch die Menge. Viele sitzen an den Tischen mit den blütenweißen Tischdecken, welche die Bierzeltgarnituren unter den weißen Schirmen gefühlt in eine Hochzeitsgastronomie verwandeln. Wer rechtzeitig gebucht und das nötige Kleingeld hat, übernachtet heute auch direkt hier im Benen-Diken-Hof, einem der idyllischsten Hotels auf der Insel.

An einem der Tische erkenne ich ein Grüppchen älterer Damen, für die mein Hirn ein paar Sekunden braucht, um sie richtig einzuordnen. Es sind die Royal Ladies aus den Fotos an Dorotheas Wohnzimmerwand. Teure Roben, makellose Frisuren und ein Lächeln, das kurz unter den Augen endet.

Fast zu lange starre ich zu den Damen herüber, als ich mich endlich drehe und fast einen Mann umrenne, der zu gleichen Teilen nach Aftershave und Mottenkugeln riecht. Und nach einigem Weißwein mehr, als ich getrunken habe. Oder nach härterem Stoff. Ich traue meinen Augen nicht und muss an die Worte von Kröger denken. *Am besten reden Sie mit ihm irgendwo auf der Insel, so einfach, wenn Sie in ihn reinlaufen.* Gerade eben bin ich in Lasse Brodersen hereingelaufen.

»Herr Brodersen.«

»Herr … Dennermann, richtig? Der Makler?«

»Ja«, antworte ich und denke mir: *Und der, der Ihre Nachbarin tot aufgefunden hat.*

»Auch wegen der Geschäfte hier?« Brodersen schaut in Richtung der Tische und der verstreuten Menge auf der grünen Wiese.

»In der Tat, ja. Wobei ich auch die Aufführung durchaus zu schätzen weiß.«

Brodersen brummt.

Ich suche nach den richtigen Worten, um ihm auf den Zahn zu fühlen.

»Schrecklich, das mit Dorothea, nicht wahr?«

Der alte Mann verzieht keine Miene. Er könnte sagen, wie leid es ihm tut, dass ich sie finden musste. Er könnte sich fragen, wer zu so was fähig ist. Er könnte darüber sprechen, was die anderen Anwohner so reden. Aber ich sehe, wie es in ihm arbeitet. Wie der Teil, dem der Alkohol die Zunge lockert, gegen den Teil kämpft, der lieber schweigen möchte.

»Hatten Sie viel miteinander zu tun? So Wand an Wand?«

Brodersens Augen verengen sich leicht.

»Wir sind gut miteinander umgegangen.«

»Das klingt recht distanziert«, kommentiere ich offen.

»Die Häufigkeit des Umgangs bestimmt nicht seine Qualität«, fällt es aus Brodersen heraus, und ich bemerke, dass seine Augen sogar schon leicht gerötet sind. Die Nase glüht. Sollte er heute hier Geschäfte gemacht haben, dann sind sie längst erledigt.

Die Damen erheben sich von ihrer Tischgruppe und verlassen das Gelände. Locker zehn Meter entfernt ziehen sie an uns vorbei, aber Brodersen rümpft die Nase, als stünden wir mit einem Mal in einer Wolke aus Gestank.

»Nicht Ihre Leute?«, nutze ich die Chance, und ehe

der kontrollierte Teil in ihm sich bremsen kann, sagt die Schnapszunge: »Ich habe nie verstanden, wie die Doro sich mit diesen Schnepfen abgeben konnte.«

Die Doro.

Ich schweige und schaue auf meine Schuhe im Gras. Da fällt doch tatsächlich ein Kosename aus Lasse Brodersens Mund. Ein Kosename für eine Nachbarin, mit der er angeblich kaum was zu tun hatte. Jetzt bloß nichts anmerken lassen.

Brodersen zieht die Nase hoch, als hätte die bloße Anwesenheit der Damen ihm einen Schnupfen verpasst, entschuldigt sich und stiefelt davon.

Ich sehe ihm nach, während meine Gedanken rasen. Hatte Simon etwa recht? War da doch mehr gewesen zwischen Lasse und Dorothea?

KAPITEL 22

»Für Dorothea Hußmann war eine Vitrine nicht einfach nur ein Stück schön geformter Stauraum. Eine Vase nicht nur ein Stück kunstvoll getöpferte Keramik. Eine alte Kamera nicht bloß ein Stück nostalgischer Technologie. Von allem wusste sie eine Geschichte zu erzählen, und kannte sie diese nicht, hat sie so lange nachgeforscht, bis sie davon berichten konnte. Wäre der Lebensweg von Dorothea mit anderen Kameras verlaufen, wer weiß, ob wir auf der Insel nicht eine herausragende Dokumentarfilmerin beherbergt hätten?«

Kröger verdreht die Augen. Die Worte des Trauerredners sind ihm offenbar ein wenig zu pathetisch. Ich gebe zu, das Ganze hat schon etwas von Werbetext. Würde Dorothea noch leben, ließen sich die Worte, im Präsens gesprochen, perfekt als Empfehlung für ihren Laden nutzen. Vor allem, da in der Kapelle ein paar Dutzend gerahmter Fotos mit schönen Stücken aus Dorotheas Fundus ausgestellt sind. Möbel, Kameras, sogar die wertvolle Vase hat ein Porträt erhalten. Mina hat also nicht bloß für Auktionshäuser fotografiert. Trotz der sehr dick aufgetragenen Worte gefällt mir, was der Trauerredner macht. Es ist nicht so unpersönlich und hölzern wie das, was ich bei Trauerfeiern mit Priestern erlebe. Dutzende von Bibelzitaten und allgemeingültigen Phrasen zum ewigen Leben und zur Heimkehr in Gottes Himmelreich, die sich bei jedem sagen ließen und nur je ein, zwei persönliche Sätze zum Verstorbenen. Zwei Sätze für ein ganzes Leben. Das ist viel zu wenig.

Die Kapelle am Friedhof von St. Severin ist gut gefüllt. Die Damen sind geschlossen anwesend, zahllose Kunden und Bewohner von Keitum sowie der gesamten Insel, Frau Lütken aus dem Kommissariat, Lilo, meine Hella, deren karottenrote Haare in besonderem Kontrast zur schwarzen Trauerkleidung stehen und die gerade draußen auf den Prince aufpasst. Simon Beeken steht hinten an der Tür der Kapelle, die das Grün des Friedhofs und das Blau des heutigen Himmels umrahmt. Petra und Mina sitzen in der ersten Stuhlreihe vor dem Rednerpult und dem kleinen Podest, zu dessen Fuß Kerzen und Kränze stehen und auf dem Dorotheas Asche in einer Urne aus antikem Holz auf den letzten Weg wartet. Klassische Begräbnisse gibt es kaum noch, auch hier nicht auf der Insel, wo zumindest die Einheimischen teils noch traditionelle Gewohnheiten haben. Nahezu alle lassen sich verbrennen und mit der Urne bestatten oder aber auch der Nordsee übergeben. Die Reederei Adler-Schiffe legt dafür regelmäßig ab List oder Hörnum ab. Sogar in den Dünen kann man seine Asche mittlerweile verstreuen lassen, dafür muss man allerdings in die Niederlande und somit an eine andere Küste.

Der Trauerredner kommt ans Ende und zu den schwebenden Tönen von Bachs *Air* aus der 3. Suite für Orchester in D-Dur, der Bestatter verbeugt sich vor der Urne, nimmt sie behutsam in beide Hände und geht voraus aus der Kapelle. Der Tross der Trauergäste folgt ihm und schreitet hinter dem Bestatter her quer über den Friedhof zum Grab. Petra und Mina am Kopf der Menschenkette. Kröger und ich ziemlich weit hinten. Während des langen Weges neigt Kröger den Kopf zu mir.

»Trauerfeiern sind die perfekte Gelegenheit, an Indizien zu kommen.«

»Das klingt sehr zynisch«, sage ich.

»Keineswegs.« Vorsichtig hebt er den Finger. »Achten Sie auf die Gesichtsausdrücke. Wer trauert wirklich, und wer tut nur so? Wie reagieren die Leute auf die Worte, die über die Tote fallen? Wir können vieles verbergen als Menschen, aber nicht unsere spontansten Reaktionen. Mikroexpressionen, mein lieber Dennermann, schon mal gehört?«

»Ich gehe bei meinen Kunden nach dem Bauchgefühl«, antworte ich, das Gespräch an dieser Stelle etwas pietätlos findend.

»Und Ihr Bauch achtet auf das, was die Gesichter unfreiwillig erzählen. Glauben Sie mir. Es gibt nur sieben Emotionen, durch die wir uns verraten. Ekel, Ärger, Angst, Traurigkeit, Freude, Überraschung und Verachtung.«

»Und?«, frage ich, bewusst leiser sprechend. »Haben Sie heute schon was Auffälliges gesehen?«

»Von allem etwas«, sagt Kröger, »aber ich weiß noch nicht genau, was ich daraus mache. Die Nichte und ihre Tochter jedenfalls scheinen mir nicht allzu angefasst.«

Ich weiß nicht, was ich davon halten soll. Ganz sauber kommen mir die beiden auch nicht vor, aber immerhin haben sie eine halbe Fotogalerie mit geliebten Dingen ihrer Tante aufgebaut.

»Wissen Sie, was mir aufgefallen ist?«

»Nein.«

»Lasse Brodersen ist nicht gekommen.«

Der Kommissar dreht den Kopf weg und liest die Inschrift in ein paar uralten Grabsteinen, die wir passieren. Hier wurden schon Menschen begraben, bevor jemals eine christliche Kirche auf der Insel stand. Auf der Anhöhe haben sie früher germanische Götter verehrt. Der Legende nach soll der Dänenkönig Knut der Große vor rund tausend Jahren Geld und Steine zum Bau einer Kirche in Keitum gespendet haben.

»Sehen Sie«, sagt Kröger schließlich. »Da lief nichts zwischen ihm und der Verstorbenen.«

Ich bleibe stehen. Ein paar der hinter uns laufenden Gäste stolpern beinahe in uns hinein. Ich entschuldige mich und lasse alle vorbei, bis wir tatsächlich das absolute Ende bilden.

»Das schließen Sie daraus, dass Brodersen der Beerdigung fernbleibt? Dass die beiden nichts miteinander hatten?«

»Natürlich. Was denn sonst?«

»Dass er von der Liebschaft ablenken will! Was habe ich Ihnen vorhin darüber erzählt, wie er sie beim Verdensballett genannt hat? Die Doro?«

»Meine Güte, die waren jahrzehntelang Nachbarn, da rutscht einem schon mal ein Spitzname raus.«

»Kröger!«

Er hebt den Finger an die Lippen, denn der Tross hat gestoppt und die Leute verteilen sich etwas in weiten Kreisen um die Grabstätte. Der Trauerredner steht neben dem Erdloch und hat offenbar auch hier noch ein paar Worte vorbereitet.

»Wenn Sie nun Abschied nehmen von Dorothea, dann denken Sie daran: Wir begraben heute den Schmerz, aber nicht die Erinnerung. In Ihnen allen lebt Dorothea weiter und das, wofür sie gestanden hat und was sie Ihnen geben kann. Trauern Sie so, wie Sie trauern möchten und trauern müssen. Egal, wie lange. Egal, auf welche Weise. Ein richtiges oder falsches Trauern gibt es nicht. Nur das, was Ihrer Seele guttut. Nehmen Sie sich die Zeit, die Sie brauchen. In Zukunft und jetzt hier.«

Kröger zieht die Brauen hoch.

»Das war allerdings gut, wie ich zugeben muss.«

Der Bestatter lässt die Urne in das Erdloch hinab. Daneben ist auf einem Steckstab eine Schale aufgebaut, aus der die Gäste bunte Rosenblüten greifen und in das Urnengrab werfen können. Auch ein Eimerchen mit einer kleinen Schippe und Erde steht bereit.

Während die Gäste nach und nach an das Grab schreiten, schweift mein Blick über den Friedhof, eingefasst von alten Bäumen, deren Äste wie natürliche Vorhänge den Blick auf die imposante, historische Kirche freigeben. Der Glockenturm, mit seinem markanten, leicht schiefen Dach, ragt wie ein stiller Wächter über die Szenerie der behutsam bepflanzten Gräber.

Über die Friedhofsmauer hinweg lässt sich leicht auf die Straße schauen. Ich zucke zusammen, als dort draußen ein beige-sandfarbener Lada entlangzischt. Wie ein kleiner, aufgeregter Junge klopfe ich mit der Rückseite meiner linken Hand Kröger an den Oberarm und zeige mit der rechten über die Friedhofsmauer. Der Wagen ist längst verschwunden.

»Dennermann, Sie sind ja blass wie Tafelkreide. Haben Sie einen Geist gesehen?«

»Sie nicht? Da eben. Draußen, auf der Straße. Ein beige-sandfarbener Lada. Genau wie der, der bei Dorothea Hußmann in der Garage steht.«

»Und? Glauben Sie, das ist das einzige Modell im Land?«

»Im Land sicher nicht, aber auf unserer kleinen Insel.«

»Und hinter dem Steuer saß der Geist von Dorothea, oder was?«

Ich versuche, mich daran zu erinnern, wie die Frau aussah, die ich für den Bruchteil einer Sekunde im Wagen gesehen habe. Wenn ich es nicht besser wüsste, würde ich sagen, wie Dorothea in jung.

»Jagen Sie keinen Gespenstern hinterher, sondern werden Sie praktisch, Dennermann. Als Sie mir neulich am Telefon all die Beobachtungen durchgegeben haben, bin ich am Abend meine Notizen noch mal in Ruhe durchgegangen. Diesen Berg Quittungen, den Petra Hofacker so hektisch weggepackt hat, als Sie in die Küche kamen – den brauchen wir. Den besorgen Sie bitte.«

Er schaut nach vorn, wo Petra und Mina neben der Grabstätte stehen und von jedem, der Blüten wirft und Erde schippt, Beileid und Händeschütteln entgegennehmen, teils mit zwei Händen, die dann ihre umschließen.

»Wie, besorgen?«

»Sie haben doch Zugang zu dem Haus, gierig, wie die beiden sind. Machen Sie Maklerdinge. Vermessungen. Fotos. Bei der Gelegenheit schauen Sie in die Schublade.«

Ich knete das Futter der Innentasche meines dunklen Jacketts. Langsam wird mir die Spionage für den Kommissar zu viel. Andererseits war es schon seltsam, wie panisch Petra die Papiere beiseitegeschafft und wie schnell sie mich mit dem Friesentee nach draußen gelockt hat.

Mein Telefon vibriert. Ich habe es leise gestellt, um die Würde der Beerdigung nicht zu stören. Ganz aus geht nicht. In meinem Beruf hat man rund um die Uhr erreichbar zu sein. Erfindungen wie Freizeit oder Schlaf sind was für Menschen in geregelten Berufen.

»Entschuldigen Sie mich.«

Meine Sohlen knirschen leise auf dem Kies des Friedhofsweges, als ich mich zügig von der Trauergesellschaft entferne und ein paar Wege weiter hinter einer Wasserstelle, an der viele Gießkannen bereithängen, rangehe. Es ist Frida.

»Hallo«, begrüße ich sie. »Bist du wieder auf der Insel?«

»Bin ich«, antwortet sie. »Spaziere gerade am Hörnumer Strand. Diese Luft. Nicht, dass Dänemark nicht einer der schönsten Flecken auf der Erde wäre, aber gegen das hier kommen wir nicht an. Geht's dir gut?«

Ich schaue rüber zu der Trauergesellschaft. Irgendwie fühle ich mich erleichtert, mich für ein paar Minuten von der Trauergemeinde entfernt zu haben. Fast könnte ich mir vorstellen, nachher, wenn alle weg sind, einfach so über den Friedhof zu laufen, befreit von dem Druck, traurige Miene zum traurigen Spiel zu machen. Es fällt mir nicht schwer, aber gebotene Gefühle stellen sich nicht immer deswegen ein, weil sie geboten sind.

»Alles in Ordnung«, antworte ich.

»Wir beide haben noch eine Verabredung«, sagt Frida. »Ich habe dir versprochen, dass es nicht mehr so radikal wird wie in Humlebaek, aber gerade weil es so schlimm für dich war, sollten wir es auf jeden Fall noch einmal woanders versuchen. Ich habe schon einen Ort ausgesucht.«

Nachdenklich spiele ich mit der linken Hand an dem Hahn der Friedhofswasserstelle herum. Das Auffangbecken darunter riecht leicht modrig. In einen Raum wie den der dänischen Installation kriegen mich keine zehn Pferde mehr. Andererseits schätze ich sehr, dass Frida mich daran erinnert, dass ich mit meiner Psyche noch was vorhabe. Dass ein Training nicht komplett endet, bloß weil man einmal einen heftigen Muskelkater bekommen hat. Ich spüre, wie ich mir ein Herz fasse und der Moment vorbeigehen könnte, wenn ich nicht auf der Stelle die drei Worte »Das machen wir« in den Hörer schicke. Und so ist es auch schon geschehen.

»Super«, sagt Frida. »Übermorgen Abend? Keine Angst, Kristan. Diesmal wird es besser. Ich sende dir dann kurz vorher die Koordinaten.«

»Kurz vorher?«

»Ja. Die Überraschung gehört zur Übung dazu. Mein therapeutisches Konzept.«

Sie lacht. Fast ein bisschen zu laut und zu lang. Kaum hat sie aufgelegt, erscheinen zwei Emojis in meinem Messenger. Das Gesicht mit dem seitlichen Kussherzchen und der Daumen nach oben.

Als ich von meinem Telefonat zur Grabstelle zurückkehre, stehen dort noch einige der Trauergäste beisammen. Die Damen sind nicht mehr zu sehen. Dafür umringen Petra und Mina einige nur entfernt bekannte Gesichter der Insel, denen Dorothea offenbar als Stammkunden ans Herz gewachsen ist. Ein viel bekannteres Gesicht hingegen nähert sich auf dem Kies. Meike Westermann. Fast wirkt sie erschrocken, auch mich hier zu sehen. Kurz bremst sie ab, dann nähert sie sich Petra und Mina, die durch das Verhalten der anderen Gäste unschwer als Angehörige zu erkennen sind.

Meike orientiert sich kurz, entdeckt die Schale, wirft

ein paar Blüten in das Grab und bekreuzigt sich ungelenk. Zögerlich spricht sie Petra an.

»Verzeihung …«

Petra mustert die Frau, die da in einem dunkelblauen
Kostüm vor ihr steht.

»Ich bin die Nichte.«

»Okay … mein Beileid.«

Meike hebt den Blick und lässt ihn über die restlichen
Trauergäste schnellen.

»Ist Dorotheas Tochter auch anwesend?«

»Meine Tante hat nie Kinder gehabt.«

»Das wird ja immer interessanter«, murmelt Kröger,
während wir uns das seltsame Schauspiel ansehen.

»Oh, ich dachte nur, weil …«

»Was dachten Sie?«

Kröger tritt vor Meike und offenbart sich. »Kommissariat Westerland, wenn auch heute in Zivil.«

»Ich … hallo …« Meike bekommt Farbe an den Wangen, aber ganz offenbar nicht aus Freude.

»Guten Tag. Noch mal meine Frage: Wie kommen Sie
auf die Idee, dass Dorothea Hußmann eine Tochter gehabt haben könnte?«

Meike geht auf den Kiesweg auf und ab wie eine ner-
vöse Gefangene im Knasthof. Ich möchte die Worte
nicht hören, in denen sie gerade innerlich die Idee ver-
flucht, hergekommen zu sein. Sie weiß, dass sie nun etwas sagen muss und im besten Falle sogar die Wahrheit.

»Also gut, ich war neulich am Antikladen, und da
kam mir eine Frau entgegen, zwei alte Kameras in der
Hand. Ich dachte daher, sie sei eine Angehörige.«

Nina sieht Petra in dem Entsetzen an, das für eine so
junge Frau möglich ist. Petra runzelt die Stirn. Der

Kommissar bleibt vollkommen ruhig, denn er befindet sich nun auch ohne Dienstkleidung in seinem Element. Von dem, was ich ihm über Meike erzählt habe, lässt er sich nichts anmerken. Zwischen mehreren Verdächtigen entblößt er keinen Informanten.

»Wieso waren Sie dort?«

»Ja, gut, ich gebe es zu, und der Herr Dennermann da weiß das auch – ich habe Interesse an dem Objekt. Es wird doch demnächst frei, und es ist kein Verbrechen, sich für Immobilien zu interessieren, oder? Gerade hier, auf der Insel des Geldes.«

Nun schaut Nina ihre Mama mit noch mehr Ekel an. Mit Geld möchte die junge Frau im Leben offenbar wenig zu tun haben.

»Wie sah die Frau denn aus, die Sie am Laden angetroffen haben?«

»Ungefähr eins siebzig groß. Braune, knapp schulterlange Haare. Eine grazile, aber durchaus sportliche Gestalt. Ganz leichte Stupsnase, aber ein spitzes Kinn. Und, wie nennt man das noch? Ja, hohe Wangenknochen.«

Der Kommissar wirft ein wenig den Kopf nach hinten. Er schaut mich an, schaut Meike an und sagt leicht abschätzig, wie man über Kinder spricht, die ihre Fantastereien einfach nicht aufgeben wollen: »Meine Güte, sehen denn hier alle Gespenster?«

Meike guckt erstaunt. Mit einer solchen Bemerkung hätte sie nicht gerechnet.

»Was Sie da beschreiben«, erklärt der Kommissar, »das klingt wie Dorothea Hußmann, nur eben in jung.«

»Eben«, sagt Meike. »Können Sie es mir da verdenken, dass ich von einer Tochter ausgehe?«

Kröger kratzt sich am Kinn. Petra und Nina tuscheln

miteinander. Die letzten Trauergäste entfernen sich. Manche schütteln den Kopf, wie man es macht, wenn eine unschuldige, aber geistig leicht verwirrte Person sich in ein gesellschaftliches Ereignis verirrt hat. Die Mischung aus Irritation, Argwohn und Ablehnung verunsichert Meike so sehr, dass sie, wie von einem umgekehrten Magneten gestoßen, den Rückwärtsgang antritt.

»Sie sagten, die Frau fuhr einen alten Wagen«, werfe ich noch schnell ein, und Kröger sieht mich an, als sei ihm in diesem Moment gar nicht recht, dass ich den Kriminalisten spiele. »Wissen Sie, was das für ein Modell war?«

»Ich habe keine Ahnung von Autos. Er war recht klein, relativ eckig.«

»So, schmutzig senfgelb? Fast beige.«

Ich traue meinen Ohren nicht. »Der Lada«, zische ich zu Kröger.

»Aber Sie haben recht«, sagt Meike und entfernt sich, »vielleicht war es wirklich nur eine Kundin, die die schrecklichen Ereignisse noch nicht mitbekommen hatte.« Meike deutet in Richtung Petra eine Verbeugung an. »Verzeihen Sie. Ich bitte vielmals um Entschuldigung.«

Zügig verlässt sie den Friedhof.

»Was war das denn?«, frage ich Kröger, der seinen Notizblock aus der schwarzen Anzugjacke zieht. Sogar beim Begräbnis hat er ihn dabei.

»Jedenfalls nicht der Geister-Lada von der Geister-Dorothea«, sagt er, »eher irgendeine Strategie. Ich weiß nur noch nicht, welche.«

KAPITEL 23

»Was war das für ein komischer Vogel gestern, auf dem Friedhof?«

Petra schüttelt den Kopf, während sie angebrochene Flaschen von Speiseöl, Essig und diversen Sirupsorten aus einem der Küchenschränke räumt.

»Eine Modehändlerin von der Insel«, antworte ich, ohne näher zu verraten, was genau Meike von Dorothea gewollt hat. Auf keinen Fall werde ich Verdächtigen untereinander zu viele Informationen über die jeweils anderen geben. Das gleicht sich ein wenig mit meinem eigentlichen Beruf und den Kunden, die sich alle zugleich für ein Objekt interessieren. Unterschiedlich ist, was ich heute hier als Spion des Kommissars zu tun habe. Solange die beiden das Haus ausräumen, ihre Erbmasse sortieren und das Objekt nicht offiziell angeboten wird, wäre es zu verdächtig, meinerseits auf einen eigenen, nachgemachten Schlüssel zu bestehen. Ich frage mich, wie Kriminalisten auf dem Festland arbeiten, die keine Amateure als heimliche Helfer zur Hand haben.

Im Wohnzimmer schlägt Mina Gläser aus einer Vitrine sorgsam in knisterndes Seidenpapier ein und verstaut sie in Kartons, die statt mit Styropor mit Flocken aus Mais-Zellulose gefüllt sind, die man sich sogar wörtlich gefahrlos auf der Zunge zergehen lassen könnte.

In keinem Moment lassen die beiden mich aus den Augen. Sie sind immer da, wo ich bin. Es bräuchte nicht lang, in die Schublade zu schauen. Nur ein paar Sekunden der Ablenkung.

Ich gehe ins Wohnzimmer und stelle mich so gelassen wie entschlossen vor die geöffnete Vitrine mit den Gläsern und den Karton mit dem essbaren Verpackungsmaterial. Zügig denke ich mir einen Satz aus, von dem ich weiß, dass er bei der umweltbewegten Mina gut ankommen wird. Während ich ihn ausspreche, schnappe ich mir eines der Gläser aus dem Schrank.

»Ich finde es gut, dass Sie nichts aus dem Haus einfach so wegschmeißen. Solche ganz normalen Gläser sind kaum was wert. Ich vermute, sie gehen an die Wohlfahrt? Oder an die Tafeln?«

Mina lächelt.

»Da liegen Sie richtig.« Kurz hört sie auf, das aktuelle Glas zu verpacken, und schaut mich an, beide Hände auf dem Raschelpapier im Karton. »Würde man ausrechnen, wie viele Gläser und Tassen es im Land gibt, käme wahrscheinlich raus, dass noch auf Jahre hinweg für jeden Einzelnen ein paar Dutzend zur Verfügung stehen. Und das nur aus dem, was in den Haushalten herumsteht. Von den unverkauften Beständen in den Geschäften gar nicht zu reden. Oder Textilien. Das hat mal einer ausgerechnet. Alle Klamotten auf der Welt reichen, um die Weltbevölkerung über Jahrzehnte zu kleiden. Wir könnten auf der Stelle damit aufhören, zu produzieren.«

Ich bin dankbar für diesen Monolog, denn je mehr ich über die Einstellung meines Gegenübers weiß, desto besser kann ich spiegeln. Das gehört auch zum Handwerk meines eigentlichen Berufs. Doch da ich ein integrer Mensch bin und weil es sonst auch nicht gelänge, mache ich es nur, wenn ich das, was mein Mitmensch sagt, wenigstens auch ein wenig selbst teile.

»Mit Filmen ist es doch dasselbe«, sage ich daher. »Gut, die werden zwar jetzt gestreamt, aber da bräuchte man doch auch allein für das, was es schon gibt und was man nicht gesehen hat, ein ganzes Leben.«

»Was heißt *nur* gestreamt«, geht Mina auch darauf ein, und ihre indianisch angehauchten Ohrringe schwingen mit den Worten, »wäre das Internet ein Staat, hätte es, glaube ich, den viertgrößten Energieverbrauch der Erde.«

»Tatsächlich?«, sage ich, muss mein Erstaunen nicht einmal spielen und nutze die Chance, um das Glas, das ich in der Hand habe, endlich loszulassen. Es zerspringt auf den alten, harten Dielen.

»Oh nein! Entschuldigung!«, rufe ich aus.

Petra kommt herbeigelaufen.

Schnell überhole ich sie in der Gegenrichtung und rufe dabei: »Ich besorge schnell Besen und Kehrblech!« In der Küche angekommen, rumpele ich mit der linken Hand in einem Unterschrank herum und reiße mit der rechten die Schublade auf. Sie ist blitzblank und enthält nur ein paar Frühstücksbrettchen. Die Quittungen sind nicht mehr zu sehen. Auch der Küchentisch ist weitgehend davon befreit. Alles, was dort noch liegt, scheint Werbepost zu sein. Makler-Flyer und direkte Anschreiben. Ich schließe die Schublade wieder. Petra holt mich ein.

»Ein Schrank daneben«, sagt sie.

Ich öffne ihn und hole die Haushaltswerkzeuge heraus. Petra nimmt sie mir aus den Händen.

»Lassen Sie ruhig, Herr Dennermann. Wir machen das schon.«

Während Petra und Mina die Scherben aufkehren, überlege ich, was ich tun kann. Um die Quittungen zu suchen, brauche ich Ruhe. Mehr Zeit allein im Haus. Wie kriege ich das hin? Die Worte von Kröger kommen mir wieder in den Sinn. *Machen Sie Maklerdinge. Vermessungen. Fotos. Bei der Gelegenheit schauen Sie in die Schublade.* Aber wie kriege ich die beiden aus dem Haus? Selbst bei dieser Frage tönt die Stimme des Kommissars in meinem Ohr. Was hat er über Petra und Mina gesagt? *Gierig, wie sie sind.*

Ich warte, bis Petra alles aufgekehrt und in der Küche in den Restmüll gescheppert hat.

»Nochmals Verzeihung.«

Gespielt beschämt stehe ich da, die Hände hinter dem Rücken.

»Die Gläser der Welt reichen immer noch für Jahrzehnte«, lacht Mina.

Ich schreite durchs Wohnzimmer. Draußen liegt der Prince of Wales auf der Terrasse und lässt sich die Sonne auf den Pelz brennen.

Gierig, wie sie sind.

»Wissen Sie, was?«, sage ich. »Ich habe tatsächlich schon die Fühler ausgestreckt. Ich hoffe, das war okay, wo Ihre Tante erst gestern beerdigt wurde.«

Die beiden Köpfe recken sich von Glaskarton und Küchenspüle wie die alarmierter Erdmännchen.

»Keine Sorge«, sagt Petra.

»Naturgemäß haben die Ersten schon ihre Ohren gespitzt«, flunkere ich weiter und zeige hinaus. »Kein Wunder, allein bei dieser Lage.«

Petra muss sich zwingen, ein Lächeln zu unterdrücken. Der Kommissar hat offenbar recht.

»Jedenfalls wollen die alle Fotos. Innenansichten. Aus meiner Hand.«

»Legen Sie los. Wir können auch noch mehr wegräumen, wenn Sie wollen.«

Ich druckse herum. Tue so, als zögere ich darum, zu bitten, was nötig ist.

»Sagen Sie's, Herr Dennermann. Was benötigen Sie?«

»Ganz ehrlich? Ein wenig Zeit mit dem Haus allein. Ich weiß, es klingt esoterisch, aber vielleicht verstehen Sie es, gerade als Angehörige von Doro. So, wie sie die Seele von Dingen erkannte, erkenne ich die Seele von Häusern und kann sie erst dann richtig in Szene setzen. Ich finde den richtigen Winkel, die besten Perspektiven. Nicht nur Totalen der Räume oder des Gartens. Kleinste Ausschnitte. Besondere Details. So entstehen meine Portfolios für Premiumkunden. Aber das geht nur, wenn ich mal ein bisschen, na ja, unabgelenkt bin. Wenn das Haus mit mir reden darf.«

Wortlos verständigen sich Mutter und Tochter mit den Augen.

»Wie viel Zeit brauchen Sie?«, fragt Petra.

»Eine gute halbe Stunde sollte reichen.«

Ich ziehe mein Telefon aus der Tasche. Ein durchaus hochwertiges Modell, was jeder erkennt, der sich fünf Minuten mit dem Markt der Smartphones beschäftigt hat.

»Ich mache die Bilder mit dem Telefon. Gar kein Problem. Es geht nur um die Seele, die Inspiration.«

Ich betone das Wort, als wäre ich kein Makler, der als kriminalistischer Spion agiert, sondern der Intendant des Verdensballetts.

»Nun ja«, sagt Petra, »wir haben die wohl schönste Heidelandschaft der Insel direkt gegenüber.«

»Und das Watt«, fügt Mina hinzu. »Ob gerade Ebbe ist?«

Ich schaue auf die Uhr.

»Ja, gönnen Sie es sich. Socken aus, Schuhe aus. Sie sind auf Sylt.«

Mit einem Hauch von Misstrauen, vor allem aber einem echten Lächeln auf den Lippen, verlassen die beiden das Haus.

Kaum sind sie weg, beginne ich zu suchen, wie die nervösen Menschen in Fernsehkrimis, die alle Schubladen aufreißen, Dinge auf den Boden werfen, Sofapolster hochheben und quer durch die Luft fliegen lassen. Derlei Zerstörungswerk darf ich hier nicht vollbringen. Je länger ich in den Schubladen, den Schränken und sogar tatsächlich unter den Sofapolstern suche, desto mehr wird mir bewusst, dass an der chaotischen Art, es zu tun, etwas dran ist. Sie kostet deutlich weniger Zeit.

Ganz offenbar haben Petra und Mina das Quittungswerk sorgfältig entfernt, was nur dafür spricht, dass es ihnen zum Nachteil gereicht. *Entfernt*, denke ich, *entsorgt*.

Ich verlasse das Haus und gehe durch den Garten zur Papiertonne. Der Prince hebt kaum den Blick. Zu gemütlich sind die von der Sonne aufgewärmten Natursteine der Terrasse. Hinter einer kleinen Palisade auf der Garagenseite stehen die Mülltonnen, in die Petra für den Geschmack von Mina bereits viel zu viel verfrachtet hat. Ich öffne den Behälter für Papier. Er ist randvoll gestopft. Kartonpappe, Prospekte, alte Kataloge. Sollten sich die Quittungen tatsächlich darin befinden, sind sie unter einer Menge Schichten anderen Faserstoffes begraben. Hektisch beginne ich zu suchen, doch so funktioniert das nicht. Ich müsste allen Inhalt aus der Tonne räumen und erst am Ende meiner Suche wieder hinein. Andernfalls fällt mir immer wieder auf die Hand, was ich gerade zur Seite geschoben habe. Im Augenwinkel sehe ich allerdings Petra und Mina bereits vom Watt durch die Dünen zurückkehren, die Hosenbeine noch hochgekrempelt und die Füße weiterhin barfuß. Sie wirken glücklich und gelassen, das erste Mal. Sie kommen nicht zurück, weil sie mir misstrauen, sondern weil die gute halbe Stunde offenbar schon um ist … und ich habe noch nicht einmal Bilder gemacht. Schnell renne ich geduckt durch den Garten, stürze ins Haus und schieße ein paar Fotos von den Räumen sowie willkürliche Details der Bücher in der Bibliothek, einzelne Natursteinfliesen auf der Terrasse und ein interessantes Astloch im Original-Dielenboden aus einer Blickhöhe von zwanzig Zentimetern. Eine gute Entscheidung, denn just als ich in dieser Weise auf dem Boden hocke, betreten die beiden wieder das Haus. Meine skurrile Haltung unterstreicht die Geschichte, die ich vorhin erzählt habe.

»Und«, flöte ich, »war es schön?«

»Das haben wir viel zu lange nicht gemacht«, sagt Mina. »Mindestens fünf Monate. Ich meine, Jahre.«

Bevor sie durch die offene Terrassentür das Haus betreten, ziehen sie sich wieder ihre Socken über. Ich stecke mein Telefon ein.

»Ich glaube, für heute habe ich alles, was ich brauche. Ich empfehle mich ins Büro und werte die Bilder aus.«

»Machen Sie das«, freut sich Petra, »und falls Sie noch mehr brauchen, denken Sie daran: Sie sind jederzeit willkommen.«

KAPITEL 24

Am Abend stoppe ich den MINI Cooper drei Straßen entfernt von Dorotheas Haus. Nur noch eine halbe Stunde, bis es dunkel wird. Ich darf nicht auffallen, werde zu Fuß nachsehen, ob Petra und Mina für heute Feierabend gemacht und das Haus verlassen haben. Mein Glück, dass sie dort nicht übernachten. Oder besser gesagt: Krögers Glück. Seine Stimme von heute Nachmittag klingt mir immer noch im Ohr, nachdem ich ihm erzählt habe, dass ich die Quittungen in der Küchenschublade nicht finden konnte und mein kleiner Trick mit dem Fotografieren des Hauses, bei dem ich unbedingt allein sein muss, mir nicht genug Zeit für die sorgsame Suche im Altpapier verschaffen konnte.

»Machen Sie es einfach nachts«, sagte er, wissend, dass die beiden nicht im Haus übernachten.

Machen Sie es einfach nachts.

Ich greife zum Telefon und rufe Frida an. Es klingelt fünfmal, bis sie rangeht.

»Kristan, unser Termin ist erst morgen Abend. Es ist gerade etwas ungünstig, weißt du? Und wie gesagt, die Koordinaten schicke ich dir kurz zuvor.«

Ein seltsames, rhythmisches Ticken begleitet ihre Worte. Wie von einer Uhr. Wie eine ferne Kindheitserinnerung, wenn man im Haus der Großmutter schläft, wo der Boden auch dann knarrt, wenn keiner durch die Gegend läuft, und wo immer irgendwo eine große Uhr an der Wand Geräusche macht.

»Kannst du mir einen Tipp geben?«, sage ich. »Nicht darüber, wo wir uns morgen treffen. Ein Tipp, wie ich klarkomme. So eine Art Akuthilfe.«

»Wieso?«, fragt sie nun offenbar doch ein wenig interessierter, was immer sie gerade zu tun haben mag. »Wo bist du?«

»Sagen wir es so, ein bisschen Dunkelheit lässt sich gerade nicht vermeiden.«

Sie überlegt. Was ist bloß dieses Ticken? Ich denke daran, dass ich auch nicht weiß, wo sie übernachtet, wenn sie auf der Insel ist. Beim letzten Mal hat sie eine Freundin getroffen, aber Frida ist nicht so der Typ dafür, in den Gästezimmern und auf den Sofas anderer Leute zu hausen. Soweit ich sie kenne, braucht sie ihre Privatsphäre, ihre Freiheit.

Deswegen fährt sie auch Motorrad. Ob es auf der Insel Hotelzimmer gibt, in denen immer noch altmodische, laut tickende Oma-Uhren an der Wand hängen?

»Listen«, antwortet sie. »Mach einfach Listen.«

»Listen?«

»Innere Aufstellungen von Dingen, die lenken dich gut ab, selbst wenn du nur darüber nachdenkst. Noch besser ist, du sprichst sie laut aus.«

Es ist so ungewöhnlich, dass ich gar nicht darauf wechseln kann. Dafür erkenne ich auf einmal, woher dieses Ticken kommt. Nicht etwa aus dem Hörer, obwohl es sich so anhört. Es ist der Schlüsselbund im Zündschloss, der immer noch nachschwingt, nachdem ich den Motor schwungvoll ausgeschaltet habe. Ich habe den Anhänger samt Gartenhüttenschlüssel von Frau

Senger meinem Bund hinzugefügt, damit ich ihn immer sehe und nicht vergesse, ihn endlich zur Post zu bringen. Im Ergebnis ist er immer noch nicht abgeschickt, sondern klackert rhythmisch gegen meine anderen Schlüssel. Ich umfasse den Kranz aus Metall mit meiner Faust. Augenblicklich herrscht Stille im Auto und im Hörer.

»Was sind deine drei liebsten Orte auf Sylt?«, fragt mich Frida, und die ersten beiden schieße ich wie aus der Pistole.

»Der Strand in Süderheide, direkt hinter dem Tor zum Himmel. Und, wenn ich ganz ehrlich bin, obwohl der Ort an sich alles andere als idyllisch ist – die Hundewiese am Flughafen. Man trifft immer nette Menschen dort, und danach spaziere ich am Flughafen vorbei und schaue mir die aktuellen Privatjets an, die dort stehen.«

Frida lacht.

Regelmäßig sind die Plätze neben dem Rollfeld belegt, wenn wieder eine Festlichkeit oder gar eine Hochzeit eines der vielen Prominenten auf der Insel stattfindet.

»Und der dritte Ort?«

Ich überlege und denke an Lilos Küche und Simons alten Hof. Wieso kommt mir das eigene Büro nicht in den Sinn?

»Okay, stopp!«, unterbricht Frida meine Gedanken. »Jetzt beantworte mir folgende Frage. Hast du in den vergangenen fünfzehn Sekunden an irgendetwas anderes gedacht als an den dritten Ort deiner drei liebsten in der Liste?«

»Nein«, antworte ich, »in der Tat nicht.«

»Siehst du? Das ist die Akutmaßnahme gegen Angst in der Dunkelheit. Besser als Singen. Also, was immer du gerade aus deinem Keller oder vom Dachboden holen musst, mache ein paar Listen fertig, und es wird schon. Wir sehen uns morgen, ja?«

Sie wirkt schon wieder etwas gehetzter. Schnell bedanke ich mich, dass sie mir tatsächlich helfen konnte, und kappe die Verbindung.

Wenige Minuten später schleiche ich autolos und ohne Hund den Friesenwall von Dorotheas Haus entlang. Hinter den Fenstern ist nirgendwo Licht. Auch der heruntergekommene Kleinwagen von Petra ist nicht zu sehen. Über mir mischt sich die Dunkelheit in die Dämmerung, wie pechschwarzer Kaffee, den man in einen Blaubeertee schüttet. Kurz schaue ich mich um.

Die Anwohner. Sie wissen doch, Herr Dennermann, in solch noblen Vierteln achtet man aufeinander. Tag und Nacht. Zumindest jetzt, wo es nicht so verwaist ist wie im November. Neighbourhood Watch heißt das in Amerika, oder? Da macht man es ganz offiziell und hängt sogar entsprechende Schilder auf. Hier geschieht es einfach so, wie selbstverständlich.

Es ist niemand zu sehen. Und selbst wenn – ich bin der Makler dieses Hauses, ich habe alles Recht, hier zu sein.

Vorsichtig schleiche ich durch den Garten zu der kleinen Ecke mit den Mülltonnen. Statt meines Telefons habe ich heute eine richtige Taschenlampe dabei, ein Modell für Handwerker und Bauarbeiter mit einer langen Reihe von LEDs im Griff selbst. Ich schalte sie ein und lege sie auf die Mülltonne neben dem Papiermodell. Leise und konzentriert beginne ich, Pappe für Pappe, Katalog für Katalog und zerknüllte Zeitung für zerknüllte Zeitung aus der Tonne zu räumen. Dabei folge ich Fridas Rat.

Meine drei liebsten Automodelle?

Der MINI Cooper, natürlich. Danach wahrscheinlich ein alter Alfa Romeo Spider aus den Sechzigerjahren. Der dritte Platz wird wieder schwieriger. Vielleicht mal was Modernes? Ein SLK? Oder doch lieber der klassische Porsche 911, den man hier auf der Insel in einigen Einfahrten sieht?

Tiere. Mein Prince, der Welsh Corgi. Möwen. Robben. Das war einfach. Mittlerweile habe ich den Nachthimmel über mir, und das Flüstern seltsamer Lieblingsaufstellungen hilft. Nach Getränken, Rezepten und Haarfarben bin ich in der Tonne am dunklen Grund angekommen. Aber – nichts. Keine Quittungen, keine Rechnungen. Petra muss die Sachen mitgenommen haben oder verbrannt, je nachdem, um was es sich gehandelt hat. Frustriert räume ich das Papier und die Pappe wieder in die Tonne, in genau der Reihenfolge, in der ich sie herausgeholt habe, damit die beiden auf gar keinen Fall merken, dass hier irgendetwas im Argen ist. Als ich damit fertig bin, verspüre ich den Impuls, bevor ich gehe, noch kurz die Restmülltonne zu öffnen. Es ist unlogisch und albern, aber auf meine Intuition ist üblicherweise Verlass. Kaum leuchte ich mit der Taschenlampe in die stinkende Mixtur aus Müllbeuteln, feuchten Küchentüchern und einem Staubsaugersack, aus dem Dreck und trockene Blätter von Zimmerpflanzen quellen, fällt mir zwischen dem Müll ein weißgelber Klumpen auf. Ich leuchte näher hin. Der Klumpen ist nicht völlig weiß. Unter dem Gelb, das von Eierresten genauso kommen kann wie von verschütteter Limonade, sind Zahlen zu erkennen.

Zahlen und Buchstaben.

Ich ziehe das Papiergestrüpp aus der Tonne. Vorsichtig versuche ich, ein Stück davon zu entfalten. Ich erkenne die Adressen von Restaurants und Bistros auf der Insel. Vage lese ich von Getränken, Gerichten und Summen in Euro. Quittungen und Bewirtungsbelege, zusammengeknüllt zu einem unförmigen, feucht gewordenen Haufen.

Behutsam lege ich ihn auf den Deckel der geschlossenen Biotonne daneben. Vor lauter Listenwesen gegen die Angst in der Dunkelheit habe ich vergessen, eine Tasche oder eine Tüte aus dem Auto mitzubringen. Knülle ich das Papiermaterial noch mehr zusammen, lässt sich womöglich gar nichts mehr damit anstellen.

Während ich so überlege, wie ich die empfindliche, leichte Fracht zu meinem Fahrzeug bekomme, höre ich Schritte, die sich auf der Straße direkt hinter dem Wall nähern. Schnell schalte ich meine Taschenlampe aus und ducke mich hinter den Mülltonnen.

Allerdings so, dass ich über den Rand hinweg noch etwas beobachten kann. Ist es bloß einer der Nachbarn, der den Hund ausführt und die Neighbourhood Watch gewährleistet? In dem Fall müssten sich die Schritte gleich wieder entfernen. Stattdessen kommen sie immer näher, große Füße, von einem leichten Schnaufen begleitet, als wäre der Weg weit gewesen und strenge den Geher langsam an. Kurz halten die Schritte inne, dann quietscht das Gartentörchen.

Meine Hände beginnen zu zittern. Ich halte die Luft an hinter den Tonnen. Dabei hat, wer immer dort gerade auf das Gelände eindringt, viel weniger recht, hier zu sein, als ich.

Die Gestalt nähert sich auf dem geschwungenen Kiesweg, geht ihn zur Hälfte, bleibt stehen und lässt den Blick über das Haus schweifen. Im fahlen Mondlicht, am dunklen Abendhimmel ist kein Gesicht zu erkennen. Aber die Silhouette kommt mir bekannt vor. Und auch der Gang. Das wird doch nicht …?

»Ach, Doro …«

Der Mann spricht die Worte nur leise aus. Doch in meinen Ohren schallen sie wie Donnerhall durch den Garten. Wie ein Schiff, das lautlos bis direkt vor das Fenster eines wunderschönen Reetdachhauses fährt und dann, ohne Vorwarnung, das Nebelhorn ertönen lässt.

Die Gestalt, die dort, groß und aufrecht wie ein Leuchtturm und zugleich traurig wie eine halb abgestorbene Eiche auf Dorotheas Gartenweg steht, ist Lasse Brodersen.

Wortlos steht er noch eine Weile da, während ich weiterhin keinen Atemzug wage. Das Dunkel wabert um ihn wie ein Panzer aus Angst. Listen, Kristan, Listen, sage ich mir innerlich, doch wenn ich nicht wenigstens äußerlich flüstern darf, fällt mir keine Einzige ein. Zumal die Fragen in meinem Kopf hämmern und hämmern.

Endlich dreht Lasse sich um und verlässt den Garten. Das Törchen lehnt er nur wieder an. Ich bleibe trotzdem noch hocken, still wie der Tod, in der Erwartung, dass, wenn ich mich zu früh bewege, Lasse sich hinter den Tonnen angeschlichen hat und sein Gesicht direkt vor mir erscheint, die Augen aufgerissen und die vom Alkohol zerschundenen Zähne zum reißenden Maul geformt, das mich verschlingt.

Listen, Kristan, Listen!

Kaum hörbar flüstere ich die drei besten Kräuter zum Selberziehen, wie immer ich darauf komme.

»Rosmarin, Thymian, Salbei.« Oder doch lieber Lavendel?

Viermal sage ich diese Liste auf und spiele mit dem dritten Platz herum, bevor meine Hand zum Papierknäuel wandert und mein Körper ihr langsam folgt und sich hinter den Tonnen aufrichtet.

Er ist weg.

Lasse Brodersen hat den Heimweg angetreten. Ob er tatsächlich von Keitum aus hierhergelaufen ist? Ein wanderndes Phantom in der Nacht?

Behutsam, um die feuchten, angerissenen Belege nicht noch mehr zu zerstören, und mangels eines Behälters, lege ich sie in meine beiden Hände, umfasse sie wie ein Vogelnest und gehe langsam vom Gelände. So weit ist es also gekommen. Es ist mitten in der Nacht, und ich, Kristan Dennermann, etablierter Makler auf einer der teuersten Inseln der Welt, trage, die Arme angewinkelt und die Hände wie eine Schale abgespreizt, einen stinkenden Klumpen Papiermüll zu meinem Auto wie eine lautlose Prozession.

Wehe, das hat sich nicht gelohnt, Kröger. Wehe, das hat sich nicht gelohnt.

KAPITEL 25

Auf dem Weg zu meinem zweiten Treffen mit Frida liegt die Dämmerung dunkelblau über der Insel. Der Mond steht etwas mehr als halb am Himmel. Ich trage die historischen Handschuhe und lasse das Radio dudeln. Zwar spielt es mir keine Sinfonien oder Kammerstücke, aber die profanen Klänge und das gespielt gut gelaunte Gequatsche lenken mich gut ab. Der Prince of Wales liegt bei Hella daheim auf dem Sofa oder dreht gerade mit ihr eine Runde am Strand.

Wo immer mich die Koordinaten hinführen, heute wird mich kein Lasse Brodersen im Dunkeln überraschen. Immerhin. Ich lasse mich auf Fridas psychologische Technik ein und habe den Ort, der hinter den Zahlen mit Grad und Minute steckt, nicht vorher nachgeschlagen. Das Einzige, was mir auffällt, ist, dass es nach Norden geht, an die oberste Spitze der Insel. Gerade eben habe ich Kampen hinter mir gelassen und sause über die Lister Straße, links wie rechts von mir weite, hügelige Dünenlandschaft.

Im Radio berichten sie über eine erneute Skandalfeier an einem der Strände des Ortes, den ich gerade eben durchquert habe. Das Ganze fand nicht länger in einer Kneipe statt, sondern draußen, am Strand. Über hundert Leute sollen sich versammelt und nicht nur einen, sondern Dutzende von Schlagern zu »sogenannten Protestliedern« umgedichtet haben, wie die Sprecherin sagt. Sie betont das »sogenannt« besonders stark und fügt mit mahnender Stimme hinzu: »Was die Betrunkenen dort am Strand, ausgestattet mit hektoliterweise Alkohol und in den Sand gesteckten Fackeln, feierten – das war nicht mehr und nicht weniger als ein Fest des offenen Faschismus.«

Angeblich zeigt ein Video, wie ein paar junge Männer immer wieder im Schlauchboot den Strand anfahren und von ihren Freunden grölend ins Wasser zurückgeworfen werden. Die Moderatorin hat Mühe, es überhaupt auszusprechen, als sie verliest: »Unter Grölen, Gesang und Gelächter spielen die Betrunkenen sozusagen den Pushback, die Zurückweisung von Bootsgeflüchteten an der Küste. Dabei lachen sie ausgelassen. Einer steckt das Gesicht in die Handykamera und ruft: *Nur Spaß, Leute, nur Spaß!* Danach geht er weg, hält an, dreht wieder um, stürzt wieder auf die Kameralinse zu und sagt: *Oder doch nicht?*«

Ich versuche, mir die Szenerie vorzustellen. Ohne Zweifel gibt es Probleme im Land, in Europa, auf der Welt, die derzeit kein Mensch in Verantwortung vernünftig und mit ruhigem Verstand löst. Aber dieser zynische »Spaß«, der nichts anderes ist als purer Hass, jagt mir Schauer über den Rücken. Vor allem, da er hier auf unserer Insel ausgeübt wird, wo niemand ernsthaft in seiner Existenz bedroht ist.

»Was der junge Mann im Video nicht wusste, und viele andere an dem Abend ebenfalls nicht – einer der Filmenden war ein Vlogger, der sich eingeschlichen und unter die Menge gemischt hat. Sein Material veröffentlicht er nun im Netz, um die Hetzer der Nacht bloßzustellen. Die Politik fordert weitere Konsequenzen im

Kampf gegen den Hass, der nun sogar das Netz verlässt und sich dort abspielt, wo keiner so einfach Zugriff findet – offline, abseits, in der Nacht.«

Die Sprecherin nennt das Datum des Abends, an dem das Unsägliche stattgefunden hat. Ich überlege. Wenn die Forensik richtiglag, ist es die Nacht von Dorotheas Tod. Eine in jeder Hinsicht verfluchte Nacht.

»In vierhundert Metern biegen sie rechts ab, in die Zielstraße.«

Der Navigator in meinem Telefon holt mich in die Gegenwart zurück. Ich folge seinem Befehl, und die Reifen vor dem halb geöffneten Fahrerfenster knirschen schnell auf dem Kies. Ich lasse den Motor des MINI Coopers knurrend verstummen und greife nach dem Schlüssel, den ich mit einer kurzen Drehung aus dem Zündschloss ziehe.

Langsam ausatmend, lehne ich den Kopf gegen die Stütze. Der Geruch des Wagens ist zurück, der Duft von Schutz und Persönlichkeit, den ich bei meinem vorherigen Modell vermisst habe. Wüsste ich es nicht besser, würde ich sagen, dass der Neue hier mittlerweile riecht wie mein ganz Alter früher.

Vor der Windschutzscheibe legt sich das Dunkel langsam über die Insel, als schlüge ein Riese eine tiefschwarzblaue Decke auf. Der Prince ist bei Hella, sicher und wohlbehütet. Ich dagegen bin hier, irgendwo im Nirgendwo von List, am Ende einer schmalen Straße, welche die Karte meines Telefons als Jenslongtal ausweist.

Ich steige aus, schließe die Tür und gehe ein paar Schritte, als ich das Gebäude sehe. Ein wenig wildes Gebüsch wächst aus dem kargen Boden vor dem Rechteck aus Beton, auf dem Sprayer ihre unvermeidlichen Autogramme in Graffiti platziert haben. Ich frage mich, wer wiederum diesem Hobby auf der Insel nachgeht. Es scheint genauso wenig hierherzupassen, wie die Faschisten am Strand.

Am Rande des Geländes sehe ich ein Motorrad. Es wirkt nahezu klein gegen das verfallene Gebäude. Ein überirdischer Bunker. Schmutzig, kalt, verloren. Außen noch halbwegs intakt, aber der Verfall ist greifbar. Verwitterte Mauern, an denen die Jahre nagen. Der Eingang hat keine Tür mehr. Das Innere könnte niemanden mehr schützen. Eher fressen, eher schlucken und verdauen.

Vor dem Eingang steht Frida. Ihr Umriss schärft sich gegen das immer dunkler werdende Licht des Abends ab. Sie sieht mich und winkt. Ich atme tief ein und setze mich in Bewegung.

»Na?«, begrüßt sie mich, als wäre das lockere Wort irgendwie angemessen für diese Umgebung. »Haben sie geholfen, die Listen?«

Kurz muss ich mich in ihren Worten orientieren, da ich eigentlich alle Energie dafür brauche, es in der Umgebung zu tun.

»Die Listen? Ach so! Ja, das haben sie in der Tat.« Ich sehe mich hinter den Mülltonnen hocken, statt nach Dingen in meinem Keller zu suchen, den ich niemals unnötig ohne Licht betreten würde, und zwinge mich zu einem halbherzigen Lächeln, während mein Herz schneller und schneller pocht. Frida legt ihre Hand auf meinen Arm.

»Sehr gut. Und das hier schaffst du auch. Keine Sorge, das wird nicht wie in der Ausstellung. Guck, durch die kaputten Fenster dringt immer noch das Restlicht der Nacht ein. Wir haben fast Dreiviertelmond und einen klaren Himmel. Der Bunker ist groß und ...« – sie wirft einen Blick auf den zerfallenden Eingang – »offener, als es scheint.«

Ich nicke, spüre aber ein unangenehmes Ziehen in der Magengegend, das mir signalisiert, dass das hier vielleicht doch zu viel sein könnte. Auf meiner Zunge liegt ein seltsam metallischer und zugleich staubiger Geschmack. Frida scheint meine Gedanken zu lesen.

»Wir machen es in deinem Tempo«, sagt sie sanft und führt mich, ohne zu zögern, zum Eingang. »Wenn es zu viel wird, sag Bescheid.«

Der Bunker ist alles, was ich erwartet habe, und schlimmer. Kaum betreten wir den Innenraum, umfängt uns ein schwerer, feuchter Geruch. Rost, Moder und die Kälte der Betonwände, die jahrzehntelang der Witterung ausgesetzt waren. Der Raum dehnt sich aus, fühlt sich leer an, aber gleichzeitig drängt etwas auf mich ein. Etwas Unsichtbares. Das Innere dieser historischen Gebäudeleiche mag weitläufig sein, doch die Dunkelheit schließt den Raum enger, als es die Wände je könnten. Und dann diese Trümmer. Der Boden ist uneben, lose Stahlteile ragen aus der Decke wie gefährliche Klauen hervor. Als wäre der Bunker selbst ein sterbender Riese, dessen Knochen unter seinem Gewicht zerfallen.

Frida führt mich in die Mitte des Gebäudes. Halbmond, Dreiviertelmond hin oder her – hier ragt kein Lichtstrahl mehr hinein. Es ist nicht stockdunkel wie in der Ausstellung, aber die Schatten an den Wänden und das dumpfe Flüstern des Windes lassen die Panik wieder aufsteigen. Und die Gesichter. Laura, wie sie in jener Nacht das Leben verlassen hat. Hinnerk Petersen, neben dem ich auf dem Boden zu mir komme. Dorothea, deren starre Augen mich aus der Schwärze des Antikladens heraus verfolgen.

Frida bleibt stehen und zieht mich näher zu sich. »Es ist okay, Kristan«, flüstert sie sanft. »Ich bin hier.«

Ich schlucke hart, erinnere mich an ihren neuesten Trick.

»Der Jeep Avenger«, flüstere ich.

»Bitte?«

»Stillose Autos. Ich versuche mich an einer Liste stilloser Autos.«

Frida kichert leise, doch fragt dann nahezu ernst: »Wer fährt den denn?«

Beinahe hätte ich gesagt, »der Kommissar«, aber das gehört nicht hierher. Hier bin ich Kristan, nur Kristan. Kein Makler, kein Spion, kein Assistent. Nur ein Mann, der endlich heilen will.

Bilder aus dem Krieg schießen mir durch den Kopf. Menschen, die in solchen Bunkern Zuflucht suchten, hofften, den Bomben zu entkommen – und doch nie wussten, ob ihre Schutzräume sie wirklich beschützen würden. Sie saßen in der Dunkelheit, während draußen das Unheil tobte.

»Es reicht jetzt«, murmle ich schließlich, meine Stimme brüchig. »Frida. Ich … ich glaube, ich hab genug.«

In der Finsternis der kalten Betonleiche kann ich es kaum erkennen, aber ich spüre, wie sie mich jetzt ansieht. Da ist es, das Mitgefühl, das ich von ihr kenne, das ich damals das erste Mal am Grab von Laura fühlte. Ohne zu zögern, führt sie mich zurück zum Ausgang. Ihre Hand bleibt fest in meiner, als wir ins Freie treten. Und plötzlich, draußen, unter dem Nachthimmel, fühlt es sich … besser an. Die frische Luft umspielt mein Gesicht, und die Dunkelheit unter dem weiten Sternenhimmel scheint weniger bedrohlich als die, die in dem Bunker herrschte. Hier, wo ich sonst längst Probleme hätte, kann ich das erste Mal stehen und fühle Freiheit und Frieden.

Ich atme tief durch, mache ein paar Schritte weg von dem Lost Place auf den gestrüppigen Vorplatz und breite dort sogar die Arme aus.

Frida lässt mich machen, wartet ab, kommt schließlich langsam zu mir.

»Das hast du gut gemacht«, sagt sie leise.

Ich lache schwach. »Leicht ist was anderes.«

Ein paar Momente stehen wir unter dem Sternenhimmel.

»Kristan?«

»Ja?«

»Bei allem Respekt vor Laura, aber … kommt diese Angst wirklich nur von damals? Oder sind dir in letzter Zeit noch andere Dinge geschehen?«

Vielleicht ist es die Luft, die Erleichterung, oder einfach das Vertrauen, das sich zwischen uns aufbaut. Jedenfalls erzähle ich ihr in den kommenden Minuten vom vergangenen Jahr. Vom Mord an Hinnerk Petersen. Wie ich dem Prince of Wales in den verschneiten Garten folgte und mit dem Fuß an die Leiche stieß. Wie ich hinschlug, der Länge nach, direkt neben den Kopf des toten Hinnerk, direkt neben seine aufgerissenen Augen. Wie ich ohnmächtig wurde und ein mürrischer Mann mich fand. Kein Wort erwähne ich von Dorothea und von dem, was mich gerade umtreibt, obwohl ich auch das gern würde. Aber es fühlt sich an, als müsste ich auch zwischen diesen Horror und mich erst einmal ein paar Monate bringen. So wie zwischen den mit Hinnerk und diesen Sommer.

Als ich zum Ende komme, nickt Frida langsam.

»Es tut mir leid, dass dir so was geschieht.«

»Du kannst nichts dafür.«

Langsam gehen wir zu ihrem Motorrad. Sie legt die Hände auf den Helm.

»Hast du noch Kontakt zu diesem …?«

»Kröger«, antworte ich. »Kommissar Kröger.«

Sie nickt. Aufmerksam springen ihre Pupillen hin und her unter dem Licht des Mondes, in der Luft, die ich besser atmen kann.

»Gelegentlich privat«, sage ich nur die halbe Wahrheit, denn ich will nicht, dass die Sache mit Dorothea und das hier sich vermischen. Genauso wenig, wie ich es Cheyenne erzähle, wie es jemals Thema in *Kristan und Isolde* wird. Diesen Bunker dort, hinter uns, den brauche ich nie mehr im Leben, auch wenn die Übung heute erfolgreich war. Aber einen Schutzraum im Leben, in den die aktuellen Sorgen nicht hineinreichen, den brauche ich unbedingt.

»Es wird besser«, sagt Frida. »Du wirst sehen. Es wird besser.«

KAPITEL 26

Der Mann ist ein Künstler. Ich stehe im Kommissariat Westerland vor einer alten Schiefertafel, die noch aus einem vorangegangenen Leben des Gebäudes als Dorfschule übrig geblieben ist. Die zwei Flügel der dreiteiligen Tafel sind ausgeklappt. Ein Triptychon der Beweismittel. Oder besser gesagt: der Indizien.

Auf Anweisung von Kröger hat Frau Lütken Fotos der Verdächtigen aufgeklebt und mögliche Tatmotive darunter geschrieben. Mit Kreide gezeichnete Striche oder Pfeile zeigen Zusammenhänge an. Vor allem aber kleben an der Tafel großformatig ausgedruckte Bilder der Quittungen, die ich im Müll gefunden habe.

Ein Spurensicherer namens Hambrock hat sich der zerknüllten, zermatschten und beschädigten Papiere angenommen und daraus lauter lesbare Beweise gemacht. Als ich das Kommissariat vorhin erreichte, kam mir der schmale, bescheiden wirkende Blonde kurz entgegen, von Kröger mit kraftvollen Klapsen auf den Rücken verabschiedet. Die Wangen glühten rot vor lauter Lob, das der Kommissar ihm hinterherschickte. Zu Recht, denn wie gesagt, der Mann ist ein Künstler.

»So«, sagt der Kommissar und klatscht in die Hände. »Was haben wir? Da gibt es zwei Angehörige. Die Einzigen die in Dorothea Hußmanns Leben übrig geblieben sind. Ganz offenbar knapp bei Kasse, geht man nach ihrem Fahrzeug und nach der Eile, die sie beim Ausräumen des Hauses und Sortieren der Sachen an den Tag legen. Da haben wir Meike Westermann, die Modehändlerin. Unzufrieden in ihrem kleinen Laden in Keitum, für den andere Einzelhändler im Land sich allerdings noch die Finger lecken würden. Sie wollte ein großes Mode-Label auf der Insel vertreten, doch Dorothea hat ihr die Mietnachfolge ihres Ladenlokals verweigert, auf welches Meike sich für die Sache versteift hat ... oder das vielleicht tatsächlich das einzig infrage kommende war.«

Kröger verschränkt die Arme. Frau Lütken scannt die Tafel mit professionellem Blick.

»Ich bin dem nachgegangen«, sagt sie, »habe da angerufen bei der Firma. Tatsächlich entsprach Dorothea Hußmanns Friesenhaus von Stil, Räumlichkeit, Größe und Geschichte her genau dem, was das Unternehmen von Meike verlangt hat, um ihr die Vertretung zuzusprechen. Es ging nicht nur um den Umfang der Räume, sondern um den Charakter. Das alte Friesenhaus mit seinen über vierhundert Jahren Historie war genau das, was sie suchten.«

Ich schaue Frau Lütken an, offenbar mit einem Blick, als hätte sie aus heiterem Himmel Chinesisch gesprochen.

»Was ist los, Dennermann?«, sagt Kröger. »Glauben Sie nicht, dass meine Assistentin flüssig genug Englisch beherrscht, um mit internationalen Unternehmen zu telefonieren?«

»Ich? Was? Nein, so meinte ich das nicht.«

Er lässt mich zappeln, löst den Armknoten und zeigt nach draußen durch die Fenster in den Garten.

»Ach, Sie denken, sie ist bloß für die Hortensienpflege zuständig und dafür, hin und wieder ans Telefon zu gehen, oder auch nicht? Frau Lütken ist meine Assistentin, Herr Dennermann. Keine Sekretärin. Assistentin! Eine Polizistin, wie ich. Oder glauben Sie, ich mache das alles hier alleine?«

Ich schäme mich ein wenig dafür, dass ich, ehrlich gesagt, genau das geglaubt habe. Frau Lütken schließt zur Hälfte die Augen und nickt, als wolle sie sagen, dass es schon okay sei. Ich überspiele meinen Fauxpas, indem ich wieder zur Sache komme.

»Brodersen fehlt auf der Tafel.«

»Was? Ach so, ja«, grummelt Kröger, nimmt ein Foto des alten Mannes vom Schreibtisch, als hätte er bloß vergessen, das Triptychon zu komplettieren, und pinnt es rechts neben Meike, allerdings mit einem halben Meter Abstand. Als wolle er betonen, dass der alte Mann dort nur der Vollständigkeit wegen hängt.

»Brodersen war mit großer Wahrscheinlichkeit in Dorothea verliebt. So seltsam uns das auch erscheinen mag. Wir wissen nur nicht, ob sie tatsächlich zusammen waren und sie diese Zuneigung erwidert hat.«

Kröger seufzt.

Ich ärgere mich.

»Wieso seufzen Sie da, als würde ich mir das aus den Fingern saugen? Er stand nachts bei ihr auf dem Kiesweg und hat erneut ihren Kosenamen benutzt. An ihrem privaten Haus. So, wie man an Orte zurückkehrt, die einem was bedeuten und von denen man nicht lassen kann.«

»Vielleicht war er aber auch nur wieder spazieren.«

»Natürlich. Von Keitum nach Braderup.« Ich überschlage die Strecke im Kopf, als Makler seit fast zwanzig Jahren nahezu alle Ecken kennend. »Gute acht Kilometer.«

Kröger kratzt sich an der Nase und tippt auf die Fotos der restaurierten Belege.

»Konzentrieren Sie sich lieber auf Ihr wunderbares Werk, Herr Dennermann. Ihr heldenhafter Nachteinsatz im Müll ist das, was uns Erkenntnisse bringt. Schauen Sie, hier steht es überall, weiß auf tafelgrün schwarz auf weiß, oder blau auf weiß, wenn Dorothea Hußmann die Namen handschriftlich auf die Linien für bewirtete Gäste gebracht hat. Petra und Mina. Petra und Mina hier. Petra und Mina dort. Die neueste dieser Quittungen geht auf einen Zeitraum vor etwa fünf Monaten zurück. Von wegen *wir waren schon Jahre nicht mehr auf der Insel*. Diese Papiere sind der Beweis – die beiden lügen uns dreist ins Gesicht. Und ich frage Sie: Warum?«

Ich trete näher an die Tafel heran und studiere die Belege nun genauer. Ein paar Dutzend Mal war Dorothea mit ihrer Nichte und ihrer Großnichte essen. Im Schröders in Keitum. Bei GOSCH am Kliff. In Onkel Johnny's Strandwirtschaft. Jedes Mal hat sie gezahlt und alle Belege aufbewahrt. Neben der Sammlung von Belegen, die immer drei Personen aufweisen, gibt es auch eine ganze Reihe von Gelegenheiten, in denen Dorothea nur mit einer Person unterwegs war.

»Was ist das hier?«, frage ich, und statt Kröger gibt mir die Beamtin Lütken eine Antwort.

»Insgesamt zwölf Treffen mit einer einzelnen anderen Frau. Helena Sturm.«

Ich schaue mir die Beweise dieser Begegnungen näher an. Für diese Treffen hat Dorothea etwas andere Lokalitäten ausgewählt. Sogar in Westerland haben sich die beiden getroffen, in der Goldenen Möwe.

»Auch die Zeiten sind ganz andere«, betont Frau Lütken und tippt auf die Fotos. »Während sie sich mit ihren Verwandten meistens am Nachmittag getroffen hat, wurde es mit dieser Helena oftmals sehr spät.«

»Eine Freundin also«, sage ich.

»Ganz offenbar. Aber der Name sagt uns gar nichts. Dem Kommissar nicht, mir nicht, und keiner der Quellen, die wir so auf der Insel haben und die im Grunde jeden kennen.«

»Quellen?«, frage ich.

Kröger lacht.

»Sie klingen ja fast enttäuscht, Dennermann. Glauben Sie, Sie sind der einzige Zivilist, mit dem wir zusammenarbeiten?«

Frau Lütken schmunzelt vielsagend. Ich frage mich, an wen sich die beiden sonst so wenden. Taxifahrer. Rezeptionistinnen. Die ganz normale Streifenpolizei. Auch die Hausärzte dürften sehr viel wissen. Allerdings unterliegen sie der Schweigepflicht. Ich muss an diese Actionfilmreihe denken, in welcher ein sogenannter Bowery King alle Wohnungslosen in New York in Wahrheit als umfassendes Spionagenetzwerk nutzt. Haben Kröger und Lütken auch Hunderte verteilter Augen und Ohren?

»Keiner kennt Helena Sturm auf der Insel«, sagt Kröger.

»Also kam auch dieser Gast von außerhalb?«

Ich studiere die Belege näher.

»Haben Sie das gesehen?«, drehe ich mich zum Kommissar und Frau Lütken um. »Was diese Sturm sich immer bestellt hat. Das ist nun wirklich ein seltener Drink.« Ich tippe auf die Belege und bin froh, etwas beitragen zu können, das bislang offenbar übersehen worden ist. »Ein

Espresso Martini. Ich kenne das, habe aber noch nie erlebt, dass ihn sich einer bestellt hat. Sie etwa?«

Der Kommissar schüttelt den Kopf. Frau Lütken überlegt kurz und tut es ihm dann gleich.

»Zäumen wir das Pferd doch mal von vorne auf«, sage ich und klinge fast so, als sei ich nun der Chefermittler. Ein seltsamer, kleiner Schub von Selbstbewusstsein durchzieht mich. Ich denke daran, wie ich vor dem Bunker das erste Mal seit Langem in der Dunkelheit wieder frei atmen konnte.

»Dorothea ist einer Wunde am Hinterkopf erlegen. Offenbar von dem fünften der fünf Stehtische, der samt der Kerze darauf aus dem Laden verschwunden ist. Oder den der Mörder verschwinden ließ. Was ist damit?«

Kröger schnauft leicht abschätzig, als sei die Frage übermäßig laienhaft.

»Wenn der Mörder das Ding mitgenommen hat und es direkt oder indirekt die Tatwaffe war, dann liegt dieser sehr schwere Stehtisch schon seit Langem irgendwo auf dem Grund der Nordsee.«

Der Pessimismus von Kröger erscheint mir seltsam. Andererseits hat er natürlich recht. Kein Mörder von Verstand nimmt die Tatwaffe mit und lässt sie dann in der Nähe des Tatorts liegen. In der Großstadt ließe sich vielleicht noch der ein oder andere See danach abtauchen. Hier umgeben uns Hunderttausende Quadratkilometer Wasser mehr.

»So viel zu den Verdächtigen, die wir kennen«, sagt Frau Lütken, geht zum Schreibtisch und greift sich ein viertes Bild. Behutsam platziert sie es an der Tafel zwischen Lasse Brodersen und Meike Westermann, in der Lücke, die der Kommissar gelassen hat. Die Phantomzeichnung ist mit präzisem Strich gemalt. Mit ernstem Blick schaut sie uns an: Dorothea mit Anfang vierzig. Dorothea, dreißig Jahre jünger als zum Zeitpunkt ihres Todes.

»Unsere Mrs X«, sagt Frau Lütken, »oder vielleicht Helena Sturm?«

»Die Frau, die Meike Westermann am Antikladen angetroffen haben will«, sage ich. »Von der sie dachte, sie sei Dorotheas Tochter.«

»Genau«, nickt Frau Lütken, »und außerdem vielleicht die Person, die Lasse Brodersen in der Nacht den Kofferraum beladend gesehen haben will und von der er dachte, sie sei Dorothea.«

»Ach was«, sagt Kröger, »diese Frau entstammt dem Schnaps.«

Ich traue mich, die dritte Sichtung auszusprechen, auch wenn er mich erneut für paranoid erklärt: »Und die Frau, die mit einem Auto, das genauso aussieht wie das von Dorothea, am Tag des Begräbnisses am Friedhof vorbeigerauscht ist.«

Kröger rollt mit den Augen, nimmt meine Bemerkung aber hin.

»Vielleicht war es Dorotheas Wagen, der dort in der Nacht noch gepackt wurde. Und die Frau, die etwas hineingestopft hat, war Petra Hofacker. Wenn sie ihre Tante umgebracht hat, wäre die unauffälligste Art und Weise, schon einmal die wertvollsten Dinge aus dem Laden zu holen und die Tatwaffe wegzuschaffen, den Wagen der Ermordeten selbst zu benutzen.«

Kröger macht einen Schritt auf die Tafel zu und steckt die Faust des linken Arms unter den Ellenbogen der hoch abgeknickten Rechten.

»Die Frisur kommt auch hin, die ähnelt sich. Und im Dunkeln, mit ordentlich Pegel, da könnte Lasse sie durchaus verwechseln. Petra und Mina treffen sich mit ihrer Tante immer wieder, über Jahre, und lügen uns deswegen an. Behaupten, sie seien ewig nicht auf der Insel gewesen, und waren es doch ständig. Warum? Diese Helena mit ihrem Espresso Martini hin und her – wir müssen uns noch mal näher mit den Hofackers beschäftigen. Wissen Sie, was wir machen?«

Kröger zieht die Hand wieder unter seinem Ellenbogen hervor. »Arbeitsteilung! Ich lade die beiden höchstoffiziell vor, hierher, ins Kommissariat. Da beschäftige ich sie, solange es nötig ist. In der Zeit gehen Sie, Dennermann, ins Haus und schauen sich mal in aller Ruhe um. Nicht bloß eine halbe Stunde.«

»Ich habe immer noch keinen Schlüssel.«

»Dann besorgen Sie ihn sich. Beginnen Sie offiziell mit der Vertretung. Machen Sie ein Exposé fertig mit Profifotos. Produzieren Sie mit Ihrem Videografen Innenaufnahmen, Außenaufnahmen, Drohnenaufnahmen. Das ist doch Ihr Beruf. Haben Sie schon eigene Fotos der Immobilie geschossen?«

Ich nicke und denke an meine spontanen, nahezu experimentellen Bilder von Astlöchern im Dielenboden.

»Gut. Sie machen die Mappe fertig und inserieren offiziell das Haus. Vor lauter Freude darüber, dass es endlich wirklich losgeht, geben die beiden Ihnen garantiert einen Schlüssel. Dann haben wir freie Bahn.«

KAPITEL 27

Ich stehe auf den Dielen von Dorotheas Haus in Brade-rup, den Duft der alten Möbel in der Nase. Obwohl ich eine andere Aufgabe habe, fühle ich mich jetzt so, wie ich es neulich Petra und Mina gegenüber nur behauptet habe. Ich spreche mit dem Gebäude, verbinde meine Seele mit den vier Wänden und den Geschichten, die sie erzählen können.

Ich habe keinerlei Druck. Vor meinem inneren Auge sehe ich, wie Kröger im Kommissariat vor Petra und Mina auf und ab läuft, Fragen stellt, freundlich bleibt und sie dabei gerade deswegen ein wenig zum Schwitzen bringt, ob sie ihrer Tante nun etwas angetan haben oder nicht.

Trotz des großzügigen Zeitfensters kann ich auch jetzt nicht hingehen und die gesamten Zimmer bei meiner Suche einfach verwüsten. Ich muss überlegt handeln und die Stärke, die ich von mir behauptet habe, tatsächlich ausspielen.

Denken, Schauen, Hineinspüren.

Dem siebten Sinn folgen.

Ich atme tief ein und schließe die Augen. Aus der of-fenen Terrassentür rauscht der Wind des Wenningstedter Strandes herüber, trägt Noten des Watts und der Dünen-gräser mit sich. Eine Weile lang lasse ich sie wirken. Dann öffne ich die Augen wieder und habe mich un-merklich auf den Dielen ein wenig gedreht.

Mein Blick fällt nun direkt auf das riesige Bücherregal. Eine Bibliothek voller alter Schätzchen. Ein Antikladen im Privathaus. Jeder Titel darin ist gebunden und alt. Gesammelte Werke von Goethe, Hölderlin oder Hermann Hesse. Philosophie, Kunstbücher und große Bildbände mit Themen und Motiven aus unserer Wahlheimat. Schiffe, Häfen, historische Gebäude.

Mein siebter Sinn lässt mich näher herangehen.

Buch für Buch fahre ich mit den Augen über die Rücken, als mir ziemlich in der Mitte der Bibliothek, noch dazu auf Blickhöhe, eine große Bibel ins Auge fällt.

Das ist ungewöhnlich. Auf der Trauerfeier in Keitum hat nicht umsonst ein weltlicher Redner gesprochen. Mit der Kirche, selbst mit dem Glauben, hatte Dorothea Hußmann wenig zu schaffen. Selbst, wenn ich ihr aus Nachlässen wirklich wertvolle Kreuze mit Jesusfigur, Kunstwerke mit heiligen Motiven oder kleine Kännchen und Schälchen für Weihwasser angeboten habe, lehnte sie den Ankauf meistens ab.

»Die Religion«, so sagte sie einmal, »ist kein Gemischtwarenladen. Ich lehne sie ab, gerade *weil* ich sie ernst nehme. Die unbefleckte Empfängnis, die tatsächliche Wiederauferstehung. Ein geteiltes Meer, wie durch ein übernatürliches Wesen in einem dieser modernen Superheldenfilme – ich kann doch nicht sagen, all das zählt für mich nicht oder ist nur irgendwie metaphorisch gemeint. Nur die Nächstenliebe picke ich mir heraus und die Friedfertigkeit. Die beiden kann ich auch einfach so ausleben.«

Der Monolog von Dorothea damals in ihrem Laden steht jetzt ganz lebendig vor mir. Und dann bildet eine riesige Bibel das exakte Zentrum ihrer Bibliothek?

Behutsam ziehe ich das große Buch heraus. Kaum hat sein vorderer Rand die schützende Stütze des Buchregals verlassen, öffnet es sich plötzlich und ergießt lauter kleine Zettel direkt vor meine Füße auf die Dielen. Was ich noch in der Hand halte, bleibt absurd leicht. Die Bibel ist eine Attrappe.

Ich lege das Buch zur Seite, klaube die auf den Boden gestürzten Papiere auf, trage sie in die Küche und verteile sie nun meinerseits auf dem Tisch, von dem Petra kürzlich einen Teil ihrer Quittungssammlung so hektisch heruntergenommen hat.

Es sind Schuldscheine.

Notizen, die Dorothea sich selbst gemacht hat, und zwar darüber, wen sie alles mit Geld segnete. Ein paar der Blätter verzeichnen Kunden, die ihre Ware über Jahre hinweg nicht ganz abbezahlt haben, doch auf den allermeisten ist neben der Notiz der verliehenen oder verschenkten Summe nur ein Symbol zu sehen. Ein Mensch im Schneidersitz, gezeichnet aus wenigen Strichen, von einem schwungvollen Halbkreis umgeben. Das Logo der Yogaschule von Petra.

Deswegen sind die beiden immer wieder auf die Insel gekommen. Unablässig haben sie ihre Tante angepumpt. Geht es ihnen wirklich so schlecht?

Ich lege die Zettel beiseite und öffne den Internetbrowser auf meinem Telefon. Eine schnelle Suche nach Yogakursen und Petras Namen öffnet die durchaus ansehnliche, in hellen Pastelltönen gehaltene Webseite. Allein in den kommenden Wochen sind sechs Kurse verzeichnet. Alle haben sie ein eigenes Titelbild von den Orten, an denen sie stattfinden.

Ich erinnere mich daran, was Petra zugegeben hat.

Das Studio selbst gibt es nicht mehr. Für alle Kurse mietet sie sich irgendwo ein. Wie eine Art Pop-up-Yoga-Location. Ein Bild oder ein Foto fällt mir besonders ins Auge. Es zeigt malerische, fichtenbewachsene Berge. »Prana im Taunus« steht darunter. Ein Yoga-Retreat in den hessischen Bergen. Ich klicke darauf, und das Seminarhaus kommt in den Blick. Ein moderner Bau mit viel Glas, streng symmetrisch und doch so, als hätte der Wald ihn selbst erzeugt. Es erinnert mich an das Museum in Dänemark. Vor allem aber erinnert es mich noch an etwas ganz anderes.

Alle Härchen an meinem Körper stellen sich auf. Mein Magen fühlt sich an, als würden lauter böse Zwerge in ihm mit winzigen Spitzhacken die Schleimhäute aufschlagen.

Das ist das Haus, in dem Laura damals Frida kennengelernt hat! Die Yogalehrerin, unter deren Anleitung meine verstorbene Liebe und die Frau, die mir gerade am meisten seelisch weiterhelfen kann, sich kennenlernten, war Petra Hofacker! Sie muss ihr Logo in der Zwischenzeit geändert haben, und ihren Namen hatte ich vor einigen Jahren nicht mitbekommen.

Aber Gebäude, Architektur, Orte, besonders Orte mit Magie – die vergesse ich niemals.

Ob Frida weiß, dass die Tante der Yogalehrerin von damals auf dieser Insel lebt? Oder lebte? Aber wieso sollte sie? Sie sieht so viele Orte in ihrem Beruf, verkauft ihre Kerzen in aller Welt, saust in der Freizeit mit ihrem Motorrad durch die Gegend und hat schon lange nicht mehr viel mit Deutschland zu tun in ihrer dänischen Wahlheimat. Doch wer weiß, vielleicht ist sie über all die Zeit bei Petra Kundin geblieben?

Von einem ähnlichen Schub an Mut und Tatendrang getrieben wie vor dem Flipchart im Kommissariat, wähle ich Fridas Nummer. Diesmal geht sie nach nur zweimal Klingeln dran.

»Kristan«, lacht sie, »hast du Blut geleckt? Es braucht ein wenig Abstand zwischen unseren Trainingstreffen. Auch seelische Muskeln benötigen Zeit, um zu wachsen.«

Ich schmunzle, ermahne mich selber aber zur Sachlichkeit.

»Kannst du dich noch an die Yogaschule erinnern, die damals das Retreat organisiert hat, auf dem du Laura kennengelernt hast?«

Die Frage scheint sie sehr zu überraschen, denn im Hörer herrscht eine Weile Stille.

»Dieser Glasbau in den Bergen? Im Taunus? Ja, den sehe ich genau vor mir.«

Wie soll ich das fragen?

»Nach Lauras Tod, bist du da Kundin geblieben? Hast du diese Firma noch öfter aufgesucht?«

»Nein«, antwortet sie diesmal, ohne auch nur eine halbe Sekunde zu zögern. »Das hätte ich für ein schlechtes Omen gehalten. Ich hatte damals auch viel mehr Stress, weißt du? Mittlerweile finde ich meinen Ausgleich auf zwei Rädern mit ordentlichen Pferdestärken. Dazu brauche ich keinen herabschauenden Hund mehr. Warum fragst du?«

Wieso sage ich ihr eigentlich nicht die Wahrheit, dass ich heute wie damals dem Kommissar bei der Aufklärung eines Falles helfe und einfach nur auf einfachem Wege wissen möchte, was sich durchs Handelsregister und Rechercheseiten zu Unternehmensbilanzen sicherlich auch ganz offiziell herausfinden lässt? Und zwar, ob die Firma der Nichte der Ermordeten so sehr am Ende war, dass nur das Erbe sie noch hätte retten können.

»Die Dunkeltreffen machen was mit mir«, lüge ich stattdessen. »Seit Jahren sitze ich das erste Mal hier und schaue alte Fotos durch, greife Fäden wieder auf, weißt du? Damit ich sie zusammenknoten kann.«

»Das ist großartig, Kristan«, freut sich Frida so aufrichtig, dass die Sonne im Hörer förmlich zu spüren ist. »In einer Woche können wir weitermachen, wenn du magst. Knote die Fäden bis dahin schön zusammen. Und sollte es dir weiterhelfen, schreibe nachträglich Tagebuch. So richtig mit dem Stift in der Hand. Du glaubst nicht, was das für einen Unterschied macht. Was mit einem passiert, wenn man sich mal ganz klar vor Augen führt, welche Erfahrungen man mit den Menschen gemacht hat.«

»Hast du schon mal überlegt, aus dem Kerzengeschäft auszusteigen und ins Therapie-Business zu gehen?«

Sie lacht.

»Nein, nein«, schiebe ich schnell nach, »ich meine das völlig ernst. Ich danke dir, Frida. Wirklich.«

Dies, die Hände in Wirklichkeit nicht zwischen alten Fotos, sondern zwischen Beweisstücken der Toten, ist allerdings keine Lüge.

KAPITEL 28

Das Ticken klingt fast metallisch. Der Bass, den die alte Standuhr mit ihrem vielen Holz haben müsste, ist zwar auch zu hören, doch die Töne des Uhrwerks sind viel zu hoch. Sie klingen, als schlage jemand einen Rhythmus mit dünnen Essstäbchen aus Chrom. Oder als pendelten Hände eine dieser feingliedrigen Ketten aus, mit denen man auf Schienbeinhöhe eine Wiese begrenzt, ohne ein echtes Hindernis zu erzeugen. Sie klingen wie ein Kugelschreiber, den einer manisch auf- und zuknipst. Wie ein Schlüsselbund, der nicht aufhören will zu wackeln.

Ich stehe in Dorotheas Antiquitätengeschäft. Das Dunkel ist finster genug, um die Existenz von Tagen vergessen zu machen. Als gäbe es auch dort draußen nur noch die Nacht. Zugleich ist sie hell genug, dass die ewige Nacht ein paar Konturen bekommt. Auf den Fensterbänken, den Vitrinen und den überall in die Wände geschlagenen Regalen, starren mich die alten Kameras an, ihre Linsen lidlose Augen, die sich niemals schließen.

Ich will weg von hier. Raus aus diesem Haus, das mich verschluckt hat wie einst Pinocchio der große Wal und in dem selbst mein Atem von den niedrigen Decken widerhallt, als wäre noch jemand hier. Die ganze Zeit, mit der Nase und dem Maul neben mir, links, rechts, der Atem modrig und den Dielen ein leises Quietschen entlockend.

Doch ich kann nicht gehen, kann mich nicht drehen. Stattdessen schiebt mich der Boden selbst vorwärts. Ich stemme mich dagegen, lehne mich nach hinten, aber die unsichtbare Kraft schiebt mich auf den Durchgang zum hinteren Teil des Ladens zu. Die Decke bleibt niedrig, doch mit einem Mal erstreckt sie sich kilometerlang in die Tiefe, wie ein uralter, verlassener Bergbaustollen. In die harten, granitenen Falten der Stollenwände hinein sind die Möbel gequetscht und gestapelt.

Auch vor mir ist der Weg in diesem endlosen Tunnel nicht frei. Bretter ragen senkrecht aus dem Boden. Vitrinen und Kommoden liegen schief, einander zugebeugt, auf dem Boden, Stirn an Stirn, jeweils eines der vier Beine abgebissen.

In dem tiefschwarzen Dunkel des Tunnels nähert sich etwas. Zunächst sind es nur zwei winzige weiße Punkte. Wie Scheinwerfer, kilometerweit entfernt. Doch sie nähern sich schnell. Das Geräusch, das sie begleitet, ist kein Motor. Nicht einmal Schritte. Nur das Rascheln alter Kleidung und ein heiseres, krächzendes Schnaufen, das sich nun rhythmisch mit dem fauligen Atem des Geistes links und rechts meiner Ohren verbindet.

Es gibt keine Worte für die Panik, die ich empfinde, nun endgültig in diesen Boden gehämmert. Nicht wissend, ob das, was da auf mich zukommt, sich mir nähert oder ich ihm. Immer größer werden die zwei weißen Kreise, die eher waagerechte Ovale sind, dann, ohne Übergang, wie in einem schnellen Filmschnitt, steht Dorothea vor mir. Die Augen weiß, die Pupillen milchig, die pergamentdünne Haut brüchig und wie von innen beleuchtet. Bläulich heben sich die Adern hervor, zwischen ihnen und den Knochen kaum noch Fleisch. Das

Krächzen der Stimme vermischt sich mit dem Ticken der Standuhr aus dem Hauptraum, der so nah ist und in den ich doch niemals zurückkehren werde.

»Ich gehe, wenn ich es für richtig halte!«

Aus dem Dunkel tauchen nun ihre Hände auf, Klauen aus Knochen und Haut, wie Zweige eines abgestorbenen Baumes. Ich schreie, will fliehen, doch unerbittlich packen mich die alten Klauen und fixieren mich an den Schultern. Keinen Millimeter kann ich mich mehr bewegen, als aus dem pergamentenen Schädel mit den großen, aufgerissenen Augen eine lange Zunge herausfährt und mir mitten durch das Gesicht schleckt.

Ich wache auf.

Wo eben noch die furchtbare Fratze der Zombie-Doro war, sehe ich nun das freundliche Gesicht meines Corgis. Gütige, treue Augen, umgeben von weichem, kuscheligem Fell. Erneut zieht mir der Prince of Wales die Zunge durchs Gesicht und stampft sogar mit den Pfoten auf meiner Brust herum, wie es sonst nur Katzen zu tun pflegen. In seinen Augen erkenne ich Besorgnis. Wegen Gassigehen oder Hunger bettelt er anders. Üblicherweise ist er kein Gesichtschlecker. Er wollte mich unbedingt aufwecken. Mit allen Mitteln aus meinem Albtraum befreien, den er gespürt hat. Diese gute, gute Seele.

»Ich bin wach, mein Süßer!«, sage ich. »Ich bin wach!«

Behutsam hebe ich ihn von meiner Brust und setze ihn auf die Matratze des Bettes in meinem neuen Haus, das ich erst vor wenigen Wochen bezogen habe. Manche meiner liebsten Dinge lagern immer noch in Kartons.

»Kümmere dich gut um dich«, sind die Worte, mit denen Cheyenne oft ihre Nachrichten unserer Kristan-

und Isolde-Korrespondenz beendet. Mache ich, denke ich mir jedes Mal und als stillen Nebensatz ein großes WENN.

WENN die Geschäfte wieder richtig gut laufen.

WENN meine Ängste besiegt sind.

WENN der Mordfall aufgeklärt ist.

Dabei sagt Cheyenne immer, es gibt nichts anderes als die Gegenwart. Das WENN, auf das ich warte, ist eine Zukunft, die nicht existiert. Kommt sie, ist sie schließlich auch wieder das Jetzt. Sie hat recht, diese süße Seele, der ich trotzdem nicht alles anvertraue, was mich derzeit umtreibt.

Ich stehe auf und öffne das Fenster. Mein Häuschen in Hörnum liegt ganz idyllisch. Für einen direkten Blick aufs Wasser müsste ich wohl einen noch anderen Beruf ausführen. Wie all jene auf der Insel, die sich die besten Lagen leisten können. Fernsehmoderator. Chef von Telekommunikationsunternehmen oder besonders günstigen Märkten für Möbel und heimwerkerisches Verbrauchsmaterial. Fußballprofi. Politiker. Schauspieler. Zumindest aus jener Zeit, in der noch viel Geld in der Branche steckte. Oder heute mit einer Stammrolle in den Öffentlich-Rechtlichen.

Mag ich das Meer von hier aus auch nicht sehen, sondern nur die Pflanzen in meinem Garten und die freundlich helle Front des Nachbarhauses gegenüber der schmalen Straße, so reicht der Duft der See dennoch bis hierher. Es gibt autofreie Inseln, die an dasselbe Meer grenzen. Langeoog. Wangerooge. Juist. Ob sie noch besser duften? Ich wage es zu bezweifeln.

Es ist erst sieben. Der Albtraum steckt mir noch in den Knochen. Vor meinem inneren Auge sehe ich Franzbrötchen, Rosinenschnecken und den besten Latte Macchiato der Insel. Ich dusche zügig, werfe mir ein paar Klamotten über, pfeife den Prince zum Auto und fahre nach Westerland.

KAPITEL 29

»Du siehst erschöpft aus«, sagt Lilo, als sie mir den Latte Macchiato mit extra Espresso Shot auf die Theke stellt. »Bist du krank? Eine Sommergrippe?«

Die dunklen Holzmöbel im Café Leysieffer machen den Tag zum Abend, vor allem in Kombination mit dem warmen Licht der runden Lampen, die an nostalgische Straßenlaternen erinnern. Fast aus der Zeit gefallen, Retro-Feeling für viele. Die Auslage ist mit einer Auswahl an feinsten Kuchen und Gebäckteilchen bestückt. Eine Tafel über der Theke, kunstvoll mit Kreide beschriftet, weist auf die täglich wechselnden Angebote hin. Über unseren Köpfen hängen Gläser an einem Gestell.

»Hab furchtbar geschlafen«, antworte ich halb wahr, verschweige aber die grauenvollen Bilder, aus denen der Prince mich errettet hat. In einer guten Stunde bin ich mit Kommissar Kröger verabredet. Genug Zeit, den Bildern des Schreckens ein paar schöne entgegenzusetzen.

Mit dem Latte Macchiato in der Hand schlendere ich die Friedrichstraße hinunter zur Promenade. Auf einem Schaukasten sitzt ein Möwenpärchen und kreischt lautstark. Wie ein altes Paar, bei dem die Frau dem Mann den Vorwurf macht, sich verfahren zu haben. In den Fenstern einiger kleiner Ladenlokale kleben große, bunte Blätter mit Prozentzeichen darauf. Fünfzig, siebzig, alles muss raus, wegen »Geschäftsaufgabe«. Die anhaltenden Krisenjahre gehen auch an dieser Insel nicht spurlos vorüber.

Der kleine, helle Entfernungsstein mit dem Bären darauf verkündet, dass es von hier bis Berlin exakt 516 Kilometer sind. Ich lasse das Pflaster hinter mir und gehe hinab zum Strand.

Endlich stehe ich vor dem offenen Horizont. Wir haben Flut. Sanft brandet die Nordsee heran. Ich ziehe Schuhe und Socken aus und gehe barfuß weiter, Millionen winziger Körnchen umschließen meine Füße, pressen sich durch den Zwischenraum der Zehen, machen einerseits wackelig auf den Beinen und geben zugleich mehr Halt, als jede Asphaltstraße es jemals vermögen kann. Freudig läuft der Prince auf das Wasser zu. Schnell hole ich ihn ein und lasse den feinen Schaum meine Füße umspülen. Knöcheltief gehe ich in die See und spaziere den Strand entlang, das Wasser vor mir herschiebend. Kühl und warm zugleich umspült es meine Füße. Den Blick lasse ich immer ein, zwei Meter vor mir, um nicht versehentlich in eine der angespülten Quallen zu treten. Schon als Kind, als ich noch auf dem Festland lebte und Inseln wie diese mit meinen Eltern besuchte, bekam ich nicht genug von dieser Kulisse. Mit bloßen Fingern tippte ich die glibberigen Tiere an, las alles über sie in Kinderbüchern über Meeresbiologie, und kann bis heute kaum glauben, dass es Lebewesen sind, die fast vollständig aus Wasser bestehen, ohne Gehirn auskommen und trotzdem, wie ich annehme, ein zufriedenstellendes Dasein fristen. Oder gerade darum.

Unvergesslich, wie ich mir als kleiner Junge den Fuß an einer scharfkantigen Muschel aufgeschnitten habe. Es tat sehr weh. Das Blut färbte das Wasser rund um meinen Ballen rot. Ich weinte, musste aber auch lachen, ließ mich ins Wasser fallen, stand wieder auf, simulierte ein Duell zweier Cowboys, wurde getroffen und fiel wieder hin in das flache Nass neben meinem Blut. Meine Mutter war besorgt, mein Vater lachte mit mir. Spätestens da wusste ich, dass ich eines Tages hier leben möchte.

So wie mir geht es vielen hier. Nicht alle sind sie multimillionenschwer und können sich Reetdach-Villen mit Meerblick leisten. Im Bereich von Westerland und Tinnum sowie ganz vereinzelt in den anderen Orten gibt es noch ein paar Mietwohnungen. Das kommunale Liegenschaftsmanagement der Gemeinde sowie die Gewoba bieten ebenfalls Wohnraum an. Jahrelang war der Mietmarkt für Dauerwohnungen so gut wie nicht existent, weil viele Wohnungen lukrativer an Feriengäste vermietet werden konnten. Einige dieser Genehmigungen werden in letzter Zeit auf Herz und Nieren geprüft. Dennoch kenne ich Menschen, die haben sich verschuldet, um hierbleiben zu können, und andere, die tatsächlich auf dem Campingplatz leben, dauerhaft, was eigentlich nicht erlaubt ist, der ein oder andere Betreiber aber toleriert. Was wir im Leben sammeln, sind keine Scheine, keine Münzen, keine Kunstwerke, Schallplatten oder Autos.

Das Einzige von Wert, das Einzige, was sich zu sammeln lohnt, sind gute Momente.

Ich spüre immer noch das kühle Wasser an den Füßen, als ich längst wieder in Socken und Schuhen im Kommissariat von Westerland stehe. Das Triptychon der Beweismittel wartet unverändert auf unsere frische Beratung. Frau Lütken gießt im Garten die Hortensien, während ein kleiner Mähroboter sein nimmermüdes Mäulchen lautlos durch das Grün schiebt.

»Sie haben zugegeben, dass sie gelogen haben«, beginnt Kröger den Bericht von seinem gestrigen Verhör der Hofackers. Mit dem Knöchel seines Zeigefingers klopft er auf die Tafel.

»Blieb ihnen ja auch nichts anderes übrig bei diesen Beweisen. Warum sie ihre Tante allerdings alle paar Monate hier getroffen haben? Darüber sind sie mit der Sprache nicht rausgerückt.«

Lächelnd und nicht ohne Stolz greife ich zu der kleinen Aktentasche, die ich mitgebracht habe und in der ich ansonsten Objektnachweise und Exposés mit mir herumtrage.

»Darauf«, sage ich, während ich die Schuldscheine auf dem Tisch verteile, »habe ich eine Antwort gefunden.«

Die Blätter sind zu viele, um sie alle ans Flipchart zu hängen. Eines jedoch erwähne ich als Beispiel und pinne es mit einem der Magnete an die Tafel. Kröger liest, die Hand am Kinn.

»Die haben ihre Tante immer wieder angepumpt. Immer und immer wieder. Schauen Sie sich diese Beträge an. Tausendfünfhundert hier, dreitausend da. Das hat sich geläppert.«

»Wir können von Glück reden, dass Petra und Mina das Bücherregal noch nicht ausgeräumt hatten, weil ich ihnen sagte, dass es für das Home Staging des Hauses so bleiben sollte, wie es ist. Raten Sie, wo ich diese Papiere gefunden habe.«

Ich erzähle Kröger von der Bibelattrappe, von meinem siebten Sinn, der mich zu ihr geführt hat, von den

Schlussfolgerungen aus den Gesprächen über Dorotheas Nichtgläubigkeit. Kröger hört sich meinen Bericht an. Ein Strahlen macht sich in seinem Gesicht breit, wie der Sonnenaufgang über dem Meer. Er geht zwei Schritte auf mich zu, fasst mich an den Schultern und sagt: »Dennermann, Sie Pfundskerl! Wenn Sie so weitermachen, dann können Sie Ihre Maklerei schließen. Dann stelle ich Sie ein, ganz regulär, und Sie können nichts dagegen tun. Dann mache ich Ihnen ein Angebot, das Sie nicht ablehnen können.«

Er lacht.

Frau Lütken kommt ins Haus zurück, stellt die Gießkanne ab und grüßt mich fröhlich. Der Prince läuft auf sie zu und holt sich seine Streicheleinheiten ab.

»Bleibt aber immer noch die Frage – wenn Dorothea Hußmann immer wieder so großzügig war, wieso sollten Petra und Mina sie dann beseitigen?« Ich lege den Kopf schief und schaue den Kommissar an.

»Das ist doch klar«, erwidert er. »Zum einen scheint mir dieses ganze Geld hier nicht geschenkt, sondern geliehen. Und wenn Sie einmal damit anfangen, Dennermann, dann hilft es Ihnen nicht weiter, das schadet nur noch mehr. Aber selbst, wenn es geschenkt gewesen wäre im Vergleich zu dem, was Petra und Mina wahrscheinlich dachten, dass ihre Tante wert ist, sind das Peanuts. Ich meine, schauen Sie sich Hußmanns Haus an. Was denken Sie, für wie viel Sie das Ding verkaufen können, wenn es einmal richtig Fahrt aufgenommen hat am Markt?«

Ich überlege. Immer noch betroffen von Dorotheas Tod und den schrecklichen Albtraum wieder in die Tiefe zurückdrückend, aus der er gerade aufsteigen will, antworte ich mit einem seltsamen schlechten Gewissen, weil es mir lieber wäre, sie wäre noch unter uns: »Acht Millionen Minimum, aber wirklich Minimum.«

»Sehen Sie? Acht Millionen, nur das Haus, da reden wir noch nicht von den Inhalten und schon gar nicht von dem Bestand im Laden. Runden wir auf, und bleiben wir trotzdem bescheiden, was sind dann ein paar Tausend Euro hier und da bei einem Besuch im Beispiel gegen zehn Millionen auf einen Schlag?«

Ich schiebe meine Vorderzähne über die Unterlippe, kaue darauf herum.

»Die Frage lautet aber immer noch, wer diese ominöse Helena war, die sich Espresso Martini machen lässt, um immer hellwach und berauscht zugleich zu sein.«

»Was, wenn es sich dabei um Meike handelte?«, ertönt nun Frau Lütkens Stimme hinter uns, die mit einem frischen Kaffee in der Hand auf uns und die Tafel zuläuft.

»Das kann doch sein«, fährt sie fort. »Meike hat großes Interesse an Dorotheas Laden und gibt sich als Helena Sturm aus. Wer weiß, vielleicht lügt sie, dass die Balken biegen, über ihre finanziellen Möglichkeiten oder die Chancen, die in der Sache stecken. Vielleicht hat sie von Dorothea als sie selbst eine Absage bekommen und es dann noch mal versucht als jemand anders. Wobei, nein, so gut kann man sich nicht maskieren, als dass Dorothea es nicht gemerkt hätte. Aber vielleicht hatte sie einen Strohmann oder besser gesagt, eine Strohfrau.«

»Das klingt mir zu unwahrscheinlich«, sagt Kröger. »Auf der Insel kennt jeder jeden, der nicht erst gerade seit ein paar Wochen hier ist.«

»Bestimmt war es diese ominöse Tochter, die Meike am Antikladen gesehen haben will«, erinnere ich erneut an die seltsame Begegnung auf dem Friedhof. »Sie kommt doch nicht umsonst zum Begräbnis und geht dort das Risiko ein, sich in Widersprüche zu verstricken. Sie hat jemanden getroffen am Antikgeschäft und war wirklich davon überzeugt, es mit einem Verwandten von Dorothea zu tun zu haben.«

»Oder sie hat Dorothea umgebracht und diese Begegnung komplett frei erfunden«, wendet Kröger ein. »Tatsache ist, dass mit den Erkenntnissen aus der Bibel«, er schmunzelt, »die Sie, Herr Dennermann, besorgt haben, ich mir Petra und Nina noch einmal vorknöpfen muss. Wenn sie es nicht waren, müssen sie uns ihr Alibi präsentieren. Und genau das Gleiche gilt für Meike. So, das machen wir jetzt. Und mit Meike fangen wir direkt an.«

Schwungvoll schreitet er Richtung Ausgang und lupft seine Dienstmütze von der Garderobe. Da ich ihm nicht sofort folge, bleibt er stehen und dreht sich um.

»Na, was ist?«

»*Wir* gehen jetzt zu Meike?«, frage ich. »Ihnen ist schon klar, dass Sie mich noch nicht eingestellt haben, richtig? Dass ich eigentlich immer noch …«

»Geschenkt!«, sagt Kröger. »Oder auch nicht. Stellen Sie mir gerne eine Rechnung. Irgendwas mit Beratungsdienstleistungen. Das geht doch bestimmt in Ihrer Branche.«

Frau Lütken schüttelt den Kopf.

Der Prince of Wales fühlt sich bei ihr so wohl, dass er gerade vor ihren Füßen anfängt, seinen eigenen Schwanz zu jagen. Gut gelaunt und sich des Unsinns seines Spiels durchaus bewusst, dreht er sich im Kreis.

»Kann ich ihn für heute hierlassen?«, frage ich.

»Dann fahre ich direkt mit dem Kommissar mit.«

»Kein Problem«, sagt Frau Lütken. »Wir machen uns eine schöne Zeit.« Sie hockt sich zu ihm. »Nicht wahr, Kleiner?«

»Na, geht doch«, sagt der Kommissar, und bevor er die Klinke hinunterdrückt, merke ich, mittlerweile Vollzeitassistent, an, dass er bitte nicht vergessen möge, auch noch weiterhin zu klären, wieso Lasse Brodersen mitten in der Nacht seufzend im Garten von Dorotheas Haus gestanden hat.

KAPITEL 30

»Ich merke das schon. Sie fühlen sich gut dabei. Langsam beginnt es, Ihnen Spaß zu machen.«

»Die Ermittlungsarbeit?«, tue ich erstaunt und lüge, ohne rot zu werden: »Auf keinen Fall. Ich erledige hier nur meine Pflicht, die ich gegenüber einer alten Freundin empfinde. Ich will wissen, wer Dorothea getötet hat.«

Wir sind auf dem Weg zu Meikes Modeladen. In der großen Linde über der Sitzbank, in deren Mülleimer die schmallippige Kundin damals ihren Zigarettenstummel verfrachtet hat, zwitschern die Spatzen.

»Sie machen mir nichts vor, Dennermann. Da ist ein Teil in Ihnen, der fühlt sich als geborener Detektiv.«

Ich bleibe kurz stehen, um meine Empörung zu unterstreichen. Dieses Mal mit einem etwas wahreren Argument.

»Das Ganze hat auch Nachteile für mich, ist Ihnen das klar? Wenn sich herumspricht, dass ich meine Verbindungen und mein Wissen als Makler dafür nutze, im Grunde ein Spitzel der Polizei zu sein, was glauben Sie, wie meine Kunden das finden?«

»Alle, die keine Mörder sind, finden das wahrscheinlich sogar gut«, sagt Kröger und geht weiter. »Schließlich spitzeln Sie nicht für die Steuerfahndung oder den Zoll.«

Im Laden von Meike befindet sich heute Vormittag

gar kein Kunde. Eine gute Gelegenheit für Kröger, direkt zur Sache zu kommen. Ein paar Minuten lang beharkt er Meike, die seinen Fragen ausweicht wie eine Schülerin in alten Tagen den Bällen beim Völkerball. Schließlich hat er genug.

»Sie wollen mir also nicht sagen, wo Sie in der Nacht des Todes von Dorothea Hußmann waren, weil das Ihre Privatsache sei? Was kann schlimmer sein, als mir ein Alibi zu geben, Frau Westermann? Haben Sie Babyrobben gewildert, oder was?«

Meike reißt die Hände nach oben und rauft sich die Haare. Kröger stapft auf einen Raum im hinteren Bereich des Ladens zu, dessen Durchgang bloß mit einem Vorhang abgetrennt ist.

»Hey, warten Sie, das ist auch privat!«

Meike stürmt an Kröger vorbei und stellt sich ihm in den Weg. Der Vorhang ist aus schwerem Brokatstoff gefertigt. Ein paar mehr Verzierungen, und es sähe aus, als hätte ein Bischof ihr seinen alten Umhang als Grundlage verkauft.

»Nicht Ihr Ernst, oder?«, entgegnet Kröger und schiebt sie mit der Rückseite seiner linken Hand zur Seite. Ganz so, wie es die Teilnehmer am Dschungelcamp immer mit den Echsen machen sollen.

»Sie brauchen doch bestimmt einen Durchsuchungsbeschluss, oder?«

»Und Sie brauchen ein Alibi, wenn ich nicht glauben soll, dass Sie Dorothea Hußmann um die Ecke gebracht haben.«

Kröger schiebt den Vorhang zur Seite und sieht sich in dem kleinen Raum um. Ein Schreibtisch, ein alter Computer, Aktenordner in Regalen und auf der Fensterbank zwischen zwei Vasen und ein paar an die Wand gelehnten Stoffkatalogen – ein antiker Fotoapparat.

»Na, sieh mal einer an«, sagt Kröger. »Was ist das denn? Ein Souvenir des Opfers?«

»Was fällt Ihnen eigentlich ein?«

Meike klingt verzweifelt. Die Stimme überschlägt sich, kiekst, bricht. »Den habe ich damals ganz regulär bei ihr gekauft!«

»Tatsächlich? Dann zeigen Sie mir doch mal die Quittung.«

Meike steht still vor dem Kommissar und lässt die Arme hängen.

»Nun?«

Jetzt zeig sie ihm doch, denke ich mir und kann nicht glauben, was ich da sehe. Kein Alibi und eine von Dorotheas geliebten Kameras.

»Die Quittung. Ist sie nicht hier? Haben Sie sie zu Hause? Oder gibt es keine?«

»Ich, also …«

Kröger lacht abschätzig, reibt sich den Nacken und schaut kurz in den Laden zurück. Dann zieht er tatsächlich seine Handschellen aus der kleinen Tasche am Gürtel.

»Was …?«, haucht Meike und traut ihren Augen so wenig wie ich.

»Ich verhafte Sie wegen Verdachts des Mordes an Dorothea Hußmann.«

Meike gerät in eine heillose Panik.

Ich denke an Cheyenne und daran, dass es durchaus Situationen im Leben gibt, in denen das Zucken von Handschellen etwas sehr Erfreuliches darstellt. Aus dem eigenen Modegeschäft im kleinen Keitum heraus abgeführt zu werden hingegen, gehört mit Sicherheit nicht dazu. Meike weiß genau, wenn auch nur einer das Geschehen beobachtet, weiß es in vierundzwanzig Stunden der ganze Ort und in spätestens drei Tagen die gesamte Insel. Kein Vorteil für ihre Reputation und womöglich der Sargnagel für ihr Geschäft, zumal sie niemanden hat, der sie vertreten kann, während sie in Untersuchungshaft sitzt.

Rückwärts stolpert sie gegen ihren Schreibtisch, eine Wasserflasche fällt hinunter, mit der linken Hand räumt sie unabsichtlich einen Stiftebehälter, einen Locher und die Tastatur ab.

»Nein!«, schreit sie, »bitte nicht!«, als stünde der Kommissar mit einem glühenden Schüreisen vor ihr, um in mittelalterlicher Art Rechtsspruch und Urteil mit einem Hieb auszuführen.

»Wenn Sie das nicht wollen, dann sprechen Sie!«

Die Art, wie Kröger nun seine Stimme erhebt, habe ich von ihm bis heute nicht vernommen. Eine Betonung, die von Ausweglosigkeit erzählt. Ein Sound, bei dem Meike wissen muss: jetzt oder nie.

»Wieso hat die blöde Kuh nicht einfach zugesagt?«, platzt es aus ihr heraus. Die schmalen Hände ballen sich zu Fäusten, aus den Augen schießen ungebremst die Tränen.

»Es war doch sowieso klar, dass sie in Rente geht, dass sie aufhört, den Laden abgibt, um die Welt fährt mit dem Kreuzfahrtschiff. Sie waren geduldig in Paris. Sie hatten eine unglaubliche Geduld mit mir. Wochenlang habe ich sie hingehalten und ihnen immer neue Geschichten erzählt. Davon, dass ich noch ein bisschen brauche für den perfekten, den idyllischsten, den einmaligsten Flagship

Store, den sie in Deutschland finden können, auf der schönsten Insel der Welt. Und sie haben mich gelassen, haben mir alles geglaubt. All die Geschichten von all den Objekten, die ich mir hier angeblich anschaue, obwohl nur das von Dorothea wirklich zu dem passte, was sie von mir verlangten. Bekniet habe ich diese Frau, bekniet, dass sie mir wenigstens den Laden überlässt, wenn sie aufhört. Was hätte sie dabei zu verlieren gehabt?«

Langsam steckt Kröger die Handschellen wieder ein, aber noch nicht völlig. Denn genauso wenig wie ich weiß er noch nicht, ob die ganze Sache nun auf ein Geständnis hinausläuft oder eben gerade auf das Gegenteil.

»Aber klar«, wirft Meike nun die Hände in die Luft, als wären wir nicht umgeben von dem Büro im rückwärtigen Teil ihres Ladens, sondern vom offenen Himmel Keitums, dem sie ihre Klage mitteilt. »Natürlich lässt sie mich auch nicht hinein in die erlauchten Kreise, nicht einmal indirekt. Eine Westermann hatte für sie noch nie etwas in der Elite dieser Insel verloren.«

Kröger macht einen Schritt zurück und stellt sich so in den Türrahmen, dass Meike selbst dann, wenn sie es versuchen würde, nicht aus dem Büro flüchten könnte.

»Was meinen Sie denn damit?«

Kraftlos lässt Meike sich in ihren Schreibtischstuhl plumpsen. Sie wirkt immer noch unfassbar wütend, aber zugleich spüren meine feinen Sinne diesen Moment der Erleichterung, wenn ein Mensch nach Monaten der Lügen endlich die Wahrheit sagen darf.

»Na, diese anstrengenden Freundinnen.«

»Sie meinen diesen Damenklub«, mische ich mich ein, »bei denen Dorothea Mitglied war?«

Meike lacht bitter. »Nur Mitglied?«

Kröger und ich schauen sie fragend an.

»Ja, jetzt gucken Sie nicht so. Glauben Sie ernsthaft, Dorothea Hußmann war nur Mitglied bei denen? Sie war der Obermufti dieser Truppe! Ich weiß, dass Sie alle glauben, dass sie ein guter Mensch war. Oh, die Dorothea, so sehr liebt sie die Dinge. Es mag sogar sein, dass sie die Dinge liebte. Die Menschen aber, die liebte sie nicht. Ihren komischen Klub da, den hat sie sauber gehalten. Sauber von allen, die nicht von vornherein königlichen Blutes waren. Und was königlich ist, das definierte sie.«

»Das klingt, als hätten Sie dort auch noch Mitglied werden wollen.«

»Ich? Gott bewahre, keine zehn Pferde brächten mich zu solchen affektierten Tussis, nein. Aber meiner Mom ist es wichtig gewesen.«

»Ihrer Mutter?« Kröger löst sich wieder etwas vom Türrahmen. Ich schaue durch den Brokatvorhang hinter uns in den Laden. Wir sind schon eine Weile hier, doch niemand hat das Geschäft betreten.

»Fast ein ganzes Jahrzehnt lang hat sie versucht, dort Mitglied zu werden. Vor zweiundvierzig Jahren ist sie auf die Insel gekommen. Da war ich noch ein Kind und schneiderte meine ersten eigenen Hosen und Kleider auf der alten Pfaff in unserer ersten Wohnung in der Steinmannstraße, während meine Mutter mit allem, was sie ihr Leben lang angespart hatte, dieses Geschäft hier gründete. Mein Traum war es immer nur, in der Fashion-Welt groß zu werden. Sylt, London, Madrid, Paris – das ist doch eine Reihe, die Sinn ergibt oder nicht? Ich meine, wenn man schon hier ist, dann sollte man in dem, was man tut, doch zu den Erfolgreichsten gehören.

Unten beginnen und langsam aufsteigen. Meine Mom sah das eigentlich genauso. Als sie den Laden damals führte, lief er noch gut. Aber bei den Damen fand sie keinen Zugang.«

Kröger hört aufmerksam zu. Keinen Millimeter bewegt er sich, als ob jede kleinste Regung seinerseits die Gefahr in sich trüge, Meikes wertvollen Monolog zu unterbrechen.

»Diese fürchterlichen Menschen haben sie gequält. Unsummen haben sie verlangt als Zugangsgeld. Doch selbst, als meine Mutter es gezahlt hatte, war es nicht genug. Sie haben sie hingehalten, sich immer neue Hürden ausgedacht. Es passte ihnen nicht, dass sie unverheiratet war. Ob sie sich nicht einen Mann suchen wolle, eine gute Partie auf der Insel, dann würden sie es sich vielleicht überlegen mit der vollen Mitgliedschaft.«

Kröger wartet die Pause ab, die Meike nun einlegt, bis er schließlich fragt: »Und? Hat Ihre Mutter es in Betracht gezogen?«

Meike lehnt sich nach vorn. Mit der linken Hand hebt sie die Tastatur vom Boden auf und legt sie auf das weiß lackierte Holz zurück. Erst jetzt fällt mir ein kleines Foto an der Wand neben dem Schreibtisch auf. Ohne Rahmen, einfach aufgeklebt an eine klassische Korkwand für Notizen. Zwei Frauen in den Dünen. Sie tragen rote Windjacken und haben glücklich die Köpfe aneinandergelegt. Die Farben sind ausgewaschen. Die Art der Jacken lässt mich vermuten, dass wir uns in den späten Achtzigern befinden. Meike bemerkt meinen Blick und nickt, während eine weitere sehr, sehr dicke Träne geräuschlos aus ihrem linken Auge läuft.

»Meine Mom war ehrlich gegenüber den Damen. Sie

konnte sich keinen Mann suchen, selbst wenn sie gewollt hätte. Die Liebe ihres Lebens hatte sie schon hier.«

»Oh«, sagt Kröger, nun auch das Foto erkennend, und ich wiederum spüre, wie mir die Geschichte ans Herz geht und ich in diesem Augenblick den Glauben daran verliere, Meike könne die Täterin sein. Denn auch wenn ich alle Wut, die sie auf Dorothea gehabt haben muss, langsam verstehen kann und es mich traurig macht, Dorothea offenbar nicht ganz richtig eingeschätzt zu haben, so fühlt sich Meike Westermann spätestens in diesem Moment nicht mehr wie jemand an, der jemand anderem das Leben nimmt, sondern nur wie jemand, der das Leben eigentlich bloß richtig leben möchte.

»Sie war ehrlich. Ich weiß noch, wie sie eines Abends mit ihrer Partnerin zu einem der Treffen gegangen ist, um sie den königlichen Damen vorzustellen. Sie dachte, dieser Mut, diese Courage würde endgültig reichen, um Zugang zu finden. Stattdessen haben diese ach so feinen Damen meine Mutter und ihre Freundin wie zwei Hündinnen vom Hof gejagt.«

Abrupt springt Meike wieder auf, so schnell und so zornig, dass der Kommissar für eine halbe Sekunde an seinen Gürtel greift, wo die Waffe lauert. Doch Meike will natürlich nicht auf ihn losgehen, sondern zeigt zornig auf die alte Fotokamera, die der Auslöser der Situation gewesen ist.

»Deswegen habe ich dieser blöden Kuh die Kamera gestohlen und keine Rechnung dafür vorliegen. Nach unserer letzten Diskussion im Laden, wo sie einmal nicht aufpasste, habe ich ihr eine ihrer wahrscheinlich hundert ach so geliebten Geräte genommen und danach nie eine Beschwerde gehört. Womöglich hat sie es sogar gewusst und sich gedacht, soll das arme Mädchen das Ding doch haben.«

Sie sinkt wieder in den Stuhl zurück. Schwer entweicht ihr nicht nur der Atem, sondern auch die Last von Jahren und Jahrzehnten. Ein paar Sekunden Stille lässt der Kommissar verstreichen, bevor er erneut spricht.

»Wenn das alles so ist, dann brauche ich von Ihnen *jetzt* Ihr Alibi für die Mordnacht. Jetzt!«

Meike schaut ihn ernst an.

»Und niemand außer Ihnen wird es jemals erfahren? Wirklich niemand?«

»Na ja«, sagt der Kommissar, »ich unterliege zwar keiner Schweigepflicht wie der Pfarrer bei der Beichte oder der Arzt, aber immerhin einem Ermittlungsgeheimnis.«

Ich tippe von einem Fuß auf den anderen und frage mich, ob Meike gleich auf mich zeigt und fragt, wie weit es mit diesem Geheimnis her sein kann, wenn der Kriminalist die ganze Zeit einen lokalen Immobilienmakler mit sich herumschleppt.

»Einen kurzen Draht zur Presse«, fährt Kröger fort, »habe ich erst recht nicht. Es sei denn, ich habe irgendwann den Mörder gefangen und kann denen diese erleichternde Tatsache mitteilen, damit die Insel wieder etwas zur Ruhe kommt.«

»Also gut.« Seufzend greift Meike zu ihrem Telefon. »Ich glaube«, sagt sie, »aus einem anderen Blickwinkel haben Sie das, was ich Ihnen jetzt zeige, bestimmt schon einmal gesehen.«

Sie stellt sich zwischen uns, hält das Telefon waagerecht und startet ein Video. Zu sehen sind grölende Menschen am Strand, die Schlager in Hits des Hasses umdichten. Die wackelige Aufnahme zeigt Meike, wie sie mitsingt, sturzbetrunken, die Augen rot, die Stimme am Anschlag.

Kröger bekommt eine seltsame Gesichtsfarbe. Ganz so, als würden ihn diese Bilder mehr schockieren als all die Toten, die er in seinem Leben beruflich gesehen hat. Wortlos schüttelt er den Kopf und sieht Meike enttäuscht an wie ein Klassenlehrer, der die Klassensprecherin beim Stehlen erwischt hat.

»Bei dieser neuesten Schande der Insel waren Sie zugegen?«

Meike nickt. »Das Video hier hat noch eine Freundin von mir auf dem Telefon … und die schämt sich nicht einmal dafür, dass wir da gewesen sind. Sie würde es aber niemals ins Netz stellen.«

»Und auf den Bildern, die öffentlich geworden sind, sind Sie nicht zu sehen?«, frage ich.

»Nein«, sagt Meike allenfalls für eine halbe Sekunde und auch nur ganz verwaschen. »Aber wenn das rauskommt, bin ich erledigt. Sie wissen, was mit Menschen passiert, die bei so etwas erwischt werden? Ich kann meinen Laden dichtmachen, die Insel gleich ganz verlassen. Dabei will ich doch nur noch hier sein und hier bleiben, ob ich das Ladenlokal im alten Friesenhaus nun noch kriege oder nicht. Mittlerweile weiß ich gar nicht mehr, ob ich es überhaupt noch möchte.«

»Aber wieso?«, fragt Kröger. »Wieso gehen Sie zu so was überhaupt hin? Wieso machen Sie da mit? Ich meine, ich weiß, was Alkohol anrichtet, aber im Prinzip spült er doch immer nur die Wahrheit nach oben und nicht einen völlig anderen Menschen.«

»Ich bin auch nicht so«, sagt Meike. »Ich habe nichts

gegen Fremde oder gar gegen Vielfalt. Wie könnte ich?«
Ihr Blick fällt auf das Foto ihrer Mutter und deren Partnerin. »Obwohl manche Fremde was gegen die beiden
gehabt hätten. Aber wie dem auch sei, darum geht es
nicht. Wissen Sie, Sie können das nicht verstehen. Sie als
Beamter sowieso nicht und Sie wahrscheinlich auch
nicht, Herr Dennermann. Ich meine, mit den Häusern,
die Sie hier so vermitteln, machen Sie wöchentlich wahrscheinlich mehr Geld als ich mit dem Laden momentan
in einem halben Jahr.«

Diese Einschätzung lasse ich unkommentiert stehen,
obwohl mittlerweile nichts weiter von der Wahrheit entfernt sein könnte.

»Wissen Sie, wie das ist, wenn man um seine Existenz
bangen muss? Wenn nichts mehr so ist wie früher? Wenn
die eigene Mutter, die mir das Leben gab, gehen musste,
viel zu früh, vielleicht auch aus Gram, weil nicht alle ihre
Ziele im Leben etwas geworden sind? Wissen Sie, wie
das ist, wenn man vorspielen muss, sich diese Insel noch
leisten zu können, obwohl man längst bis über beide
Ohren in Schulden steckt? Dann will man einfach nur
die Wut loswerden, indem man etwas macht. Aber wie?
Indem man brav joggen geht oder sich daheim mit dem
Hackebeil Frikadellen macht? Nein! Indem man etwas
tut, das verboten ist, indem man etwas herausbrüllt, das
man nicht herausbrüllen darf, indem man ein Tabu
bricht, das man eigentlich selber empfindet. Verstehen
Sie das?«

»Halbwegs«, sage ich.

»Ehrlich gesagt, überhaupt nicht«, sagt Kröger. »Dieses Telefon muss ich vorübergehend beschlagnahmen.
Es gilt, diese Feierlichkeit zeitlich genau abzugleichen

mit dem Todeszeitpunkt des Opfers. Aber ich glaube Ihnen, ich sehe ja, wie peinlich es Ihnen ist. Ohne Grund hätten Sie uns das nie gezeigt.«

Bereitwillig übergibt Meike ihm ihr Telefon. Danach greift sie zur nostalgischen Fotokamera.

»Ich vermute, das Diebesgut konfiszieren Sie auch?«

Kröger sieht sie an, die verweinte Frau mit der Wut im Bauch, schaut auf das Foto ihrer Mutter an der Wand, auf mich, winkt ab und sagt: »Ich denke nicht, dass dieses fehlende Sandkorn am Strand dieser Erbmasse vermisst wird.«

KAPITEL 31

Den unteren Teil des Holzpflockes scharf angespitzt, ramme ich das Schild in den Rasen. Es fühlt sich immer noch nicht ganz richtig an, Dorothea Hußmanns Haus in Braderup bereits jetzt offiziell anzubieten. Nach den Erkenntnissen in Meikes Modeladen allerdings durchaus ein bisschen richtiger. Petra und Mina räumen Kartons in das winzige Auto, an dessen unterem Rand mehr schlammige Spritzspuren denn je zu sehen sind. Mittlerweile ist mir klar, dass sie sich nicht einmal einen Lieferwagen leisten können, allerdings bleibt mir schleierhaft, wohin sie die Sachen bringen.

Das Innere des Hauses ist mittlerweile in perfektem Zustand für die ersten Besichtigungen. Aus dem Bücherregal haben die beiden immer noch keinen einzigen Titel entfernt, auch wenn ich Mina zwischendurch den einen oder anderen Buchrücken fotografieren sah, wahrscheinlich, um die Bilder zu Antiquariaten zu schicken und ein paar Einschätzungen einzuholen. Dass die Bibel eine Attrappe ist, haben sie immer noch nicht gemerkt, und dass Kröger gleich vorbeikommen und sie mit dem konfrontieren wird, was ich darin gefunden habe, ahnen sie nicht.

Auf der Terrasse erscheint Mina und ruft ihrer Mutter quer über meinen Kopf hinweg eine Frage zu.

»Sag mal, Mama, hast du die Vase gestern schon eingepackt?«

»Du meinst, die handbemalte Jiang Ping? Ich dachte, um die hättest du dich gekümmert.«

»Ich kann sie nirgendwo im Haus finden.«

Petra schließt den Kofferraum und kommt herüber.

»Das kann nicht sein. Das ist schließlich kein kleines Teil.«

»Klein nicht«, sagt Mina, »aber wertvoll.«

Die beiden huschen ins Haus und beginnen zu suchen. Das Objekt, das sie meinen, habe ich sogar noch vor Augen. Als Mina es sorgsam in den Karton mit dem essbaren Füllmaterial räumte, habe ich zur Ablenkung das Glas fallen lassen. Ich bin kein Experte für alte Keramik, aber selbst ich weiß, dass dieses Stück durchaus an den eintausend Euro Verkaufswert kratzen kann. Nicht viel, wenn man bedenkt, was sich mit dem Haus verdienen lässt, aber für Petras und Minas Verhältnisse anscheinend eine riesige Summe. Haben sie überhaupt schon realisiert, wie wohlhabend sie bald sein werden?

Eines der wertloseren Objekte, die sich im Haus gefunden haben, war eine Dose alter Tennisbälle. Nur ganz kurz hat Dorothea auch einmal diesem Sport gefrönt. Nun hat der Prince of Wales gerade Spaß mit dem einfachen Spielzeug. Eifrig legt er mir die gelbe Filzkugel vor die Füße, und ich werfe sie quer durch den Garten über die Terrasse hinweg in den hinteren Teil des Geländes. In der offenen Terrassentür zum Wohnzimmer stehen Petra und Mina und geben verzweifelte Laute von sich.

»Sie ist nicht hier. Sie ist tatsächlich nicht hier, aber wir haben sie auch noch nicht mitgenommen, das weiß ich ganz genau. Herr Dennermann, haben Sie vielleicht irgendwas mit der Vase angestellt?«

Ich hebe die Stimme so quietschend erstaunt, wie ich die Frage tatsächlich empfinde.

»Natürlich nicht. Hätte ich sie fürs Home Staging verwendet, würden Sie das Ding an prominentester Stelle im Haus sehen.«

Mina dreht sich zum Sofa, auf dem immer noch die Hermès-Taschen aufgereiht stehen. Sie runzelt die Stirn, hebt die Hand und zählt sie ab. Dann rast sie an uns vorbei zum Auto, öffnet die Tür, holt etwas heraus und sprintet in den Garten zurück.

»Schaut mal hier«, sagt sie, und hält eines der gerahmten Fotos all der geliebten Objekte von Doro in der Hand, die sie bei der Trauerfeier in der Kapelle von Sankt Severing ausgestellt hatten. Auf dem Bild hat Mina die Taschen sehr ästhetisch inszeniert, gefärbt vom Abendrot vor dem Fenster und dem Kirschholz der Bibliothek. Ein perfektes Licht.

»Zähl, Mama, guck!«

Petra zögert einen Moment, bis sie versteht, von was ihre Tochter redet. Ihr Zeigefinger huscht über das gerahmte Foto und danach durch die Luft des Wohnzimmers, die Taschen auf dem Sofa vor ihren Augen markierend.

»Da fehlen auch zwei.«

»Ja, oder?«, sagt Mina, »ich bin nicht verrückt. Sag mir, dass ich nicht verrückt bin.«

Petra haucht: »Bist du nicht. Schauen Sie, Herr Dennermann.«

Ich gucke auf das Foto und auf das Sofa und zähle nach.

In der Tat, zwei Taschen fehlen.

»Mama«, sagt Mina, »eine davon war die älteste. Das

weiß ich, weil ich die Dinger gegoogelt habe. Die Modelle, den Wert und so.«

»Aber das würde bedeuten, dass jemand, während wir auf der Insel sind, hier ins Haus eingestiegen ist und Dinge entwendet hat. Hier, in dieser Nachbarschaft. Das kann doch nicht sein. Herr Dennermann?«

Hilflos sehen mich die beiden Frauen an.

»Eigentlich kann das wirklich nicht sein«, sage ich, »aber ganz offenbar ist es geschehen.«

Ich überlege, wie das möglich ist.

Ich selbst habe erst seit Kurzem den Schlüssel und nach jedem Besuch das Haus sorgsam wieder verschlossen. Jemand, der hier ungestört aus- und eingehen kann, muss das Haus betreten können, ohne einzubrechen, ohne Lärm zu machen. Muss sich wie selbstverständlich bewegen können.

Meine Überlegungen spreche ich allerdings nicht laut aus. Immerhin stehen dort keine zwei vertrauten Menschen vor mir, sondern immer noch die am dringendsten Tatverdächtigen, Dorothea Hußmann ermordet zu haben. Wer weiß, was sie für ein Spiel spielen? Ein paar andere Gedanken kann ich allerdings nicht ganz zurückhalten.

»Wissen Sie, was auf dieser Insel schon mal passiert ist?«, sage ich. »In Sachen Einbruch oder besser gesagt, Diebstahl?«

»Nein.«

»Die Diebe haben die Sachen sofort in die Auktionshäuser gestellt. Kaum, dass sie sie entwendet hatten.«

»Das gibt's nicht«, sagt Petra.

»Oh doch«, sage ich. »In mehreren Fällen. Keine Ahnung, ob es dabei um Nervenkitzel ging oder um die Gier nach schnellem Geld.«

»Sie meinen, wir sollten nachsehen?«, fragt Mina. Ich zucke mit den Schultern.

»Nun, die Stücke sind selten genug, dass Sie sie wahrscheinlich finden, falls jemand das auch in diesem Fall gemacht hat.«

Mina zückt ihr Handy und beginnt, die Fenster zu öffnen. »Wo schaut man denn da nach bei so hochwertigen Sachen? So was stellen Diebe doch sicher ins Darknet, oder nicht? Ich weiß nicht, wie man da reinkommt.«

»Damals tauchten die Dinge einfach auf eBay auf«, sage ich. »Ist wahr, so verrückt es auch klingt.«

Petra sieht mich an, als frage sie sich, ob ich hier Räuberpistolen verbreite. Seemannsgarn spinne.

»Also gut«, sagt Mina, »dann eBay.«

Der Prince steht derweil fiepend auf der Terrasse und lässt den Tennisball vor sich fallen. Neben ihm tauchen zwei große Füße in ordentlichen Schnürschuhen aus Leder auf. Eine Hand hebt den Ball ein Stückchen in die Höhe und wirft ihn in den Garten zurück. »Kommissar Kröger«, sagt Petra. In einem Tonfall, als hätte man sie dazu verdonnert, ein Glas Lebertran mit Zitronensaft zu trinken. Mina nutzt das Auftauchen des Kriminalisten anderweitig. Aufgeregt wedelt sie mit ihrem Telefon.

»Wir suchen gerade nach Dingen, die aus diesem Haus gestohlen wurden. Ja, es ist wahr. Fragen Sie Herrn Dennermann. Hier sind Dinge verschwunden. Kümmern Sie sich mal darum, statt Unschuldige zu verdächtigen.«

Kröger schaut mich an, als frage er mich, ob die Kleine verrückt geworden sei.

»Es stimmt«, sage ich zu seinem Erstaunen. »Zwei

wertvolle alte Handtaschen von Hermès und eine nicht minder kostbare Vase.«

Der Kommissar betritt das Wohnzimmer. Ein wenig ächzen die Dielen unter seinem Gewicht. Er geht zwischen Sofa und Bücherregal auf und ab, berührt ein paar der Handtaschen mit den Fingerspitzen, schaut sich in der Bibliothek die Bibel an. Dann dreht er sich wieder zu den Frauen.

»Vielleicht haben Sie beide die Sachen selber entwendet und wollen jetzt noch doppelt kassieren. Die Erlöse aus dem Verkauf und die Erlöse aus der Hausratversicherung.«

Petra haut mit der Hand auf ihren eigenen Oberschenkel und schimpft.

»Und dann verraten wir es so freimütig? Jetzt hören Sie aber mal auf. Was haben wir denn getan, dass Sie sich so auf uns einschießen?«

»Über Jahre hinweg von Ihrer Tante Geld geschnorrt und uns auch das verheimlicht!«

Petra wird blass.

Mina fragt: »Uns? Wer ist uns? Ich sehe hier nur einen Polizisten.«

»Uns, den Ermittlungsbehörden«, rettet Kröger die Situation und meine vermeintliche Unschuld als Makler.

»Woher wollen Sie das wissen?«, sagt Petra.

»Möchten Sie es auch noch bestreiten?«, hebt Kröger die Stimme. Diesmal hat er eine andere Variante seines Ausweglos-Tonfalls drauf als die, die ich erstmals bei Meike kennengelernt habe.

»Wirklich? Wollen Sie es darauf anlegen, dass ich keine Beweise dafür habe? Glauben Sie, das könnte von Vorteil für Sie sein? Ihre Tante hat Ihnen den Geldhahn zugedreht. Irgendwann. Das, was sie Ihnen bis dahin gegeben, oder sollte ich besser sagen, geliehen hatte, das war für Sie sowieso schon zu wenig. Zu wenig, um Ihre Yogafirma zu retten. Zu wenig, um Ihrer Tochter eine vernünftige Ausbildung oder ein Studium zu finanzieren. Nicht wahr? Sie haben sich gedacht: Wir kämpfen jeden Tag. Sie denken sich doch jetzt in diesem Moment, dass ich nicht weiß, wie das ist, wenn man um seine Existenz bangen muss? Oder? Wenn man vorspielen muss, dass es einem noch gut geht, obwohl man längst bis über beide Ohren in Schulden steckt. Und soll ich Ihnen was sagen? Als Beamter weiß ich tatsächlich nicht, wie das ist. Ich weiß aber eins – das Ganze ist keine Rechtfertigung, eine Verwandte umzubringen. Auch nicht, wenn sie auf Millionen sitzt. Auf Millionen und Abermillionen, von denen sie Ihnen immer nur Krümel abgegeben hat. Und dann am Ende wahrscheinlich den kompletten Geldhahn zugedreht hat, um gemütlich um die Welt zu reisen, während Sie daheim in Hessen ums Überleben kämpfen.«

Kröger schreitet bei seinem Monolog vor der Bibliothek auf und ab.

»Sie könnten nun eigentlich Ruhe geben, weil Sie das Erbe sicher haben. Weil Ihre Tante ganz offenbar doch nicht so herzlos Ihnen gegenüber war und weil Sie das ganz sicher vorher wussten, dass Sie ihr Vermögen nach ihrem Tod weder dem Ladys Circle vermacht noch dem Diakonischen Werk Husum auf Westerland oder der Sylt Klinik direkt hier am Ort, obwohl den krebskranken Kindern dort der Erlös dieses Hauses hier weitaus mehr zu gönnen wäre, das Herr Dennermann Ihnen bald für einige Millionen verkauft. Sie haben bereits ausgesorgt, weil Ihre Tante bei allem immer noch an die traditionelle Blutlinie nach dem Tod glaubte, aber nein, Sie sind so wütend über die jahrelangen Demütigungen und Vorhaltungen, die Ihre Tante Ihnen wahrscheinlich gemacht hat, dass sie selbst noch den doppelten Gewinn aus ein paar kleinen Taschen und Vasen ziehen wollen.«

»Das ist die absurdeste Geschichte, die ich je gehört habe«, setzt Petra an, doch Nina stößt auf einmal einen kieksenden Schrei aus, die Hände fest um ihr Telefon gelegt.

»Was ist?«

»Da ist sie, die Vase!«

Petra streckt ihren Kopf über das kleine Display.

Kröger weitet die Augen. »Sie suchen Auktionen durch, während ich Ihnen strafrechtlich relevante Vorwürfe mache?«

»Vorhin habe ich die drei Sachen eben schnell als Suche eingegeben. Und schon jetzt, zack, Treffer!«

»Zeigen Sie mal her.« Kröger nimmt das Telefon aus Minas Hand und zeigt es mir. »Dennermann, stimmt das? Hat sich dieses Objekt hier im Haus befunden?«

»Ja«, sage ich. »Definitiv.«

»Und ist es selten genug, auf dass es nicht sowieso alle paar Tage auf eBay auftaucht?«

»Auch das.«

Kröger überlegt. Dann zeigt er auf den kleinen Bildschirm. »Was bedeutet Sofortkauf?«

»Was es sagt«, erklärt Mina. »Wenn ich jetzt darauf klicke, gehört das Ding sofort uns. Keine Wartezeit, keine Auktion.«

»Dann machen Sie das«, sagt Kröger. »Machen Sie das, und verabreden Sie eine persönliche Übergabe. Wenn ich recht habe und Sie verscherbeln die Sachen hier selber oder lassen sie verscherbeln, während Sie sie gleichzeitig als gestohlen melden, dann müssten ja als Verkäufer der Sache Sie selbst auftauchen oder Ihr Mittelsmann.«

Mina nimmt das Telefon zurück. Petra schüttelt den Kopf.

»Der Artikelstandort ist in Dänemark«, liest Mina vor. »Der Verkäufer nennt sich NordicCurios. Scheint eine kleine Firma zu sein.«

»Schreiben Sie ihm, dass er die Ware persönlich bringen soll und Sie dafür gern auch mehr zahlen. Übergabe im Hafen von List. Keine Post, kein Kurier. Ich beschatte das Ganze. Wenn Sie wollen, dass ich Ihnen überhaupt jemals wieder vertraue, dann werden wir ja sehen, was passiert.«

»Ernsthaft?«, fragt Petra.

»Ernsthaft«, sagt der Kommissar. Nina klickt und tippt. Nach wenigen Minuten sagt sie: »Die Sache läuft.«

KAPITEL 32

Kröger sitzt im Cockpit meines MINI Coopers auf dem Parkplatz des Lister Hafens. Er wirkt ein bisschen zu groß für das kleine Fahrzeug und trotz der zivilen Freizeitklamotten immer noch ein wenig förmlich. Ich habe Kaffee geholt am Kiosk von Samuel und trage ihn in einem kleinen Becherhalter aus Pappe zum Wagen. Der Prince liegt dem Kommissar im Fußraum auf den Schuhen, als er das Fenster runterlässt und seinen Becher entgegennimmt. Ich laufe um den Wagen und werfe mich in den Fahrersitz.

»Aber Vorsicht«, sage ich, »ich habe Sie gewarnt. Das ist der schlechteste Kaffee der Insel. Dafür mit Liebe gemacht.«

Der Kommissar nimmt seinen ersten Schluck. Kaum hat die Plörre seine Zunge berührt, prustet er einen feinen Nebel von innen an meine Windschutzscheibe.

»Mein Gott, Dennermann. Und diesen Gastronomen haben Sie auf die Insel geholt?«

»Samuel ist kein Gastronom, sondern ein Lebenskünstler«, sage ich. »Die Leute holen sich an seinem Kiosk neue Lust aufs Leben. Eine gewisse Frische. Das Gefühl, dass alles schon die Wege geht, die es gehen soll.«

Ich nehme selbst einen Schluck, den ich nicht minder furchtbar finde, ich möchte gegenüber Kröger aber so tun, als hätte ich unglaublich viel Übung.

Am Rande des Parkplatzes wehen Flaggen an einigen

Masten. Darunter die Fahne von Schleswig-Holstein, blau-weiß-rot samt dem Wappen in der Mitte. Zwei blaue Löwen auf gelbem Grund für Schleswig und ein silbernes Nesselblatt auf rotem Grund für Holstein.

Der herbe Duft von Salzwasser und Schiffsdiesel liegt in der Luft.

Ungefragt öffnet Kröger das Handschuhfach, aus dem ihm meine historischen Rennfahrerhandschuhe entgegenfallen.

»Handschuhe in einem Handschuhfach!«, ruft er aus. »Das habe ich noch nie erlebt!«

Er hebt den einen aus dem Fell des Prince im Fußraum und den anderen von seinem Oberschenkel. »Und was für schöne Teile. Dennermann, stilvoll geht die Welt zugrunde, was?«

»Die nutze ich in meiner Freizeit, wenn ich mit offenem Verdeck über die Insel fahre. Also, wenn ich überhaupt mal Freizeit habe und nicht rund um die Uhr für sie als Assistent arbeite.«

»Nun haben Sie sich mal nicht so. Von mehr als einem Mord im Jahr ist hier wohl kaum auszugehen.«

Er kramt weiter.

»Haben Sie einen Durchsuchungsbefehl?«

»Ha, ha. Nein, ich suche was, um Ihnen die Scheibe sauber zu machen von meiner Kaffeeprusterei.«

»Da drin werden Sie nichts finden.«

Ich schiebe die Hand in meine Hosentaschen. Statt einer Packung Taschentücher aus Zellstoff, spüre ich seidiges Textil an den Fingern. Ich ziehe daran. Das Stofftaschentuch, das ich beim ersten Betreten von Dorotheas Laden unter der Türritze gefunden habe. Weiß, bestickt mit dem symmetrischen Kreismuster.

»Dennermann, Sie gucken gerade so, als wüssten Sie überhaupt nicht, was Sie in der Hose haben.« Kröger lacht. Ich rolle die Augen über den schlechten Witz. Das Taschentuch hatte ich völlig vergessen. Wie konnte das bloß passieren?

»Kröger, ich glaube, ich muss Ihnen etwas erzählen …«

Als ich mit der Geschichte des Tuches durch bin, schlägt Kröger im wahrsten Sinne des Wortes die Hand vor den Kopf.

»Ihnen ist klar, dass das ein Beweisstück sein kann?« Kröger schnappt sich das Textil, zieht einen durchsichtigen Zipperbeutel aus der Jacketttasche und lässt das Tuch hineingleiten. Ich staune, dass er sogar Beweistütchen mit sich herumschleppt. Ich staune, dass ich langsam vergesse, welchen Beruf er ausübt. Nachdenklich streicht er mit den Daumen über das Muster im Tuch in der Tüte.

»Die Blume des Lebens«, sagt er.

»Sie kennen das?«

»Meine Schwester interessiert sich für Esoterik, wissen Sie? Das Symbol hier findet sich da überall. Sie hat's als Aufkleber auf dem Auto, auf der Rückseite ihres Handys, sogar in den Küchenschubladen. Dann werden die Sachen nicht so schnell schlecht, sagt sie. Wo es genau herkommt, ist nicht so ganz klar. Ägypten, Indien … hat etwas mit der Verbindung zum Universum zu tun, oder so.«

Kröger legt kurz das Kinn in der flachen Hand ab und schaut aus dem Fenster über das Wasser. »Ich verbinde mich ab und zu mit der Nordsee, das muss reichen.« Er dreht sich wieder zu mir. »Schon seltsam, oder, so ein

Tuch, wo wir wissen, dass Dorothea überhaupt nicht religiös war.«

»Religion ist nicht dasselbe wie Esoterik.«

»Ja, aber die passt auch nicht zu ihr.«

»Vielleicht hat der Täter es verloren.«

»Oder nur ein Kunde, und Sie sehen wieder Gespenster. Ich schicke es jedenfalls nachträglich in die Spurensicherung, auch wenn das kaum was bringen wird nach vielen Tagen in Ihrer Hose.«

Kröger schaut wieder über den Kai und schüttelt dabei langsam den Kopf. »Mann, Mann, Mann, wie können Sie das die ganze Zeit über vergessen?«

»Ich habe es gefunden, kurz bevor ich die Leiche entdeckte. Sagt man nicht, was bis zu fünf Minuten vor einem traumatischen Ereignis geschieht, verdrängt der Mensch komplett?«

Kröger macht ein nachdenkliches Schnalzgeräusch mit der Zunge. »Ich glaube, das sagt man tatsächlich.«

Ein paar Plätze entfernt stehen Petra und Nina, das Telefon in der Hand, und warten auf den Verkäufer der Vase. Drüben im Hafen hat die Fähre aus Rømø angelegt. Man erkennt es an den ersten Fahrzeugen, die sich drüben durch den Kreisverkehr schieben, und einem großen Grüppchen Fahrradfahrer, das sich nun auf der Insel verteilen wird. Ein kleiner, dunkelblauer Volvo fährt langsam zu uns auf den Parkplatz und hält in einer der äußeren Reihen wieder an. Ein Mann von vielleicht dreißig Jahren steigt aus. Er erinnert mich an Ryan Gosling. Offenkundig hält er Ausschau. Als sein Telefon klingelt, gleichzeitig mit Minas, blicken beide auf. Sich betont unauffällig zu uns umschauend, gehen Petra und Mina zum Volvo, begrüßen den Mann mit Handschlag und wechseln ein paar Worte, bevor er den Kofferraum öffnet.

»Wirkt nicht wie ein Komplize, den sie bereits kennen«, sage ich.

»Schauspielern können viele«, sagt Kröger, öffnet die Tür, wuchtet sich aus dem Wagen, schaut sich kurz um und wirft den Rest seines Kaffees in einen Mülleimer. Auch ich steige aus, lasse das Fenster halb geöffnet und bitte den Prince um ein wenig Geduld. Gelassen schlendern wir zu Petra, Nina und dem Verkäufer herüber. Aus einem gut gepolsterten Karton im Kofferraum ragt die Vase hervor. Eindeutig das gestohlene Exemplar.

»Schönen guten Tag. Kröger, mein Name. Kommissar Kröger. Kriminalpolizei Westerland.«

Der Verkäufer wird ein wenig blass, aber nicht so sehr, dass mehr als die übliche Nervosität dahinterzustecken scheint, die jeden Menschen überkommt, wenn ein Polizeibeamter ihn anspricht.

»Kriminalpolizei? Habe ich etwas verpasst?« Irritiert sieht er Petra und Nina an.

»Das gute Stück, das Sie dort verkaufen, ist den beiden Damen erst vor Kurzem aus dem Haus entwendet worden. Oder besser gesagt, aus dem Haus ihrer verstorbenen Tante, die, daher Kriminalpolizei, ein Mordopfer auf der Insel war.«

Der Mann legt die Hand vor den Mund. »Oh, mein Gott.«

Der Kommissar geht zum Kofferraum und berührt behutsam die wertvolle Keramik. Den Blick weiterhin auf der Ware, sagt er: »Darf ich fragen, wo Sie das gute Stück herhaben?«

»Ich bin Händler«, sagt der Mann. »Warten Sie.« Er

geht um den Wagen herum, öffnet die Beifahrertür und holt etwas aus dem Handschuhfach. An der Gesäßtasche seiner dunkelbraunen Chino-Hose steht ein Faden ab. Er trägt leichte, silbrig-weiße Sneakers eines Luxus-Labels. Mit der rechten Hand übergibt er dem Kommissar seine Visitenkarte.

»Kuriosum Danika«, liest Kröger laut ab, »Antikviter & kunst.«

»Ich mache in Sammelobjekten. Porzellan und Vasen, aber auch Gemälde, Schallplatten, alte Technik. Sogar mit nostalgischen Videospielen kenne ich mich aus, wenn man bei vierzig Jahren schon antik sagen kann. Kürzlich hatte ich bei uns oben einen Stand auf einem Antik- und Sammlermarkt. Ganz normal. Da kommt eine Frau zu mir und bietet mir das gute Stück da zum Ankauf an.

Ich war ganz perplex, weil sie einen wirklich günstigen Preis aufgerufen hat. Ungefähr die Hälfte von dem, das Sie mir gerade bieten. Oder, ja, wie immer das jetzt weitergeht. Es ist ja im Grunde Ihre. Wenn ich fragen darf, Herr Kommissar, wird mir vielleicht die Fahrt erstattet?«

Der Kommissar hustet, der Händler lacht.

»Ja, verzeihen Sie, so ein Fall ist mir noch nicht untergekommen.«

Der Kommissar ist mit Husten fertig.

Da stehe ich nun. Einst Makler oder immer noch, im Hafen von List, mit zwei des Mordes verdächtigen Erbschleicherinnen und dem Verkäufer einer Vase, die ihnen gestohlen wurde. Das kann man niemandem erzählen. Stünde es in einem Buch, die Leute würden denken, es ist ein Dreh zu viel.

Kröger holt Luft.

»Sie haben sich nichts dabei gedacht, dass die Frau das Objekt derartig unter Wert verkauft. Haben Sie keine Unterlagen gefordert?«

»Verzeihen Sie, Herr Kröger, Herr Kommissar Kröger, wissen Sie, es handelt sich ja hier nicht um ein Gemälde von vierzigtausend Euro Wert. Bei solchen Vasen fordert man keine Unterlagen, Zertifikate oder Originalrechnungen. So gesehen, kann Ihnen bei allem, was nur ein paar Hundert Euro wert ist, immer unterkommen, dass Sie Diebesgut angeboten kriegen. Allerdings hat sich noch nie jemand nachträglich beschwert. Ich hatte den Eindruck, die Frau will das Ding einfach zügig loswerden. Als ginge es ihr gar nicht um das Geld.«

»Wie sah sie denn aus?«

Kröger zückt wieder seinen berühmten Notizblock.

»Ungefähr eins siebzig. Braune Haare, schulterlang. Schlank, drahtig. Etwas spitzes Kinn, aber ziemlich attraktiv.«

»Wie die Frau, die diese komische Frau auf dem Friedhof für meine Schwester hielt. Die es nicht gibt.«

Und die Frau, die ich am Friedhof vorbeisausen sah, denke ich mir erneut nur im Stillen und ärgere mich ein wenig darüber, dass ich weiterhin akzeptieren soll, an diesem Tag Geister gesehen zu haben.

Kröger sagt: »Da steigt also jemand ins Haus von Dorothea ein, unbemerkt, entwendet diese Vase und zwei Taschen, behält die Taschen und stößt die Ware aber so schnell wie möglich ab, ohne dabei ernsthaften Gewinn zu machen. Bei aller Liebe. Das ist doch was Persönliches.«

Petra sagt: »Wir kennen niemanden auf der Insel, der

auf diese Weise mit unserer Tante verfeindet gewesen wäre.«

»Wir schon«, sagt Kröger, »aber da gibt es ein Alibi. Und in das Haus steigt man auch nicht einfach ein. Derjenige, der die Vase dafür rausgeholt hat, muss tatsächlich einen Schlüssel haben.«

»Vielleicht jemand von den Freundinnen«, sage ich.

Der Verkäufer hört sich unser Gespräch mit großen Augen an.

»Von denen hat sie keine jemals in ihr Haus gelassen, wenn sie nicht da war«, sagt Petra.

»Sie sagten doch, es gibt einen Nachbarn, den Dorothea beauftragt hat, sich um ihren Rasen zu kümmern«, gebe ich zu bedenken.

»Ja«, sagt Kröger, »und nicht mal der hat einen Schlüssel bekommen. Aber sie haben recht. Ich höre mich in der Nachbarschaft noch mal um. Vielleicht hat irgendjemand etwas gesehen. Sie drei einigen sich wegen der Unkosten dieser Fahrt und dieser Vase.«

Kröger wedelt mit den Händen, als seien ihm diese Kinkerlitzchen aus Keramik auf einmal nur noch lästig.

»Vor allem aber, das ist das Wichtigste – Sie bleiben weiterhin auf der Insel. Bekomme ich mit, dass Sie unser Eiland verlassen, wird es ungemütlich.«

»Sie halten uns immer noch für verdächtig?«

Petra macht ein paar Schritte auf dem Asphalt und schüttelt mit ihrem Kopf gleich den ganzen Körper. Eine Möwe landet in der Nähe, hüpft in ihre Richtung und prüft, ob es bei ihr was zu holen gibt.

»Da läuft offenbar eine Frau herum, die aussieht wie meine Tante in jungen Jahren, die von mehreren Leuten gesichtet wurde und diesem unschuldigen Kaufmann dort eine unbemerkt aus dem Haus gestohlene Vase verkauft hat, und Sie halten immer noch uns für verdächtig?«

Helena Sturm, denke ich. Helena Sturm.

KAPITEL 33

Ich stehe am Strand, mitten in der Nacht. Das Meer rauscht wie immer, und doch ist alles anders. Der Mond hängt wie eine schmale Sichel am Himmel, ein schwaches Licht, das kaum gegen die erdrückende Dunkelheit ankommt. Es gibt keinen Horizont. Endlos breitet sich der Strand vor mir aus, und doch spüre ich etwas Enges, ein Gefühl, als ob die Welt um mich herum sich zusammenzieht, bis kaum noch Platz zum Atmen bleibt. Die Weite ist bedrückend, als ob die Leere mich verschlucken will.

Jeder Schritt im Sand fühlt sich an wie ein Verrat an meinem Körper. Es ist, als ob ich mich bewege, ohne zu wissen, warum. Der Geruch von Salz und Seegras ist vertraut, aber durchsetzt mit etwas Fremdem, Metallischem. Meine Schritte sind schwer, die Füße sinken tiefer in den feuchten Sand, fast, als würde ich mit jedem Schritt etwas von mir verlieren. Das Meer ist da, rauscht, seine Wellen brechen, aber es klingt nicht beruhigend. Im Gegenteil, das stetige Auf und Ab des Wassers fühlt sich an wie das pulsierende Echo eines riesigen Herzens, das mich in seinen dunklen Rhythmus hineinziehen will.

»Prince?«

Mein Hund ist nicht bei mir. Ich bin völlig allein in dieser erdrückenden Leere. Die Füße immer unbeweglicher, drehe ich mühsam meinen Oberkörper.

»Prince! Süßer!«

Wäre er in der Nähe, müsste er mich hören. Doch da ist nur rauschende Stille. Der Schrei einer Möwe durchbricht sie kurz, allerdings aus sehr weiter Ferne. Dennoch hallt er ein wenig, als umfasse mich und das Meer eine gigantische Kuppel, ein Studio von undenkbaren Ausmaßen.

Da.

Eine Bewegung im Wasser, ein Bruch im Fluss der Wellen. Ein Kopf taucht auf, schwarz und glänzend wie ein Stein, der vom Meeresgrund emporsteigt. Langsam, quälend langsam, schiebt sich der Hals aus dem Wasser, dann die Schultern. Die Person, das Wesen, geht auf dem Grund, ohne aufzutauchen. Als wäre sie den ganzen Weg von Dänemark her unter Wasser gelaufen, aufrecht, unerbittlich, ohne Luft zu holen, als ob das Wasser für sie nicht existiert.

Ich kann den Blick nicht abwenden, auch wenn mein ganzer Körper danach schreit, wegzusehen, wegzurennen. Aber ich stecke fest. Gefangen. Meine Kehle schnürt sich zu, die Beine zittern, aber sie bewegen sich nicht.

Der Sand um mich herum wird plötzlich weicher, als ob er mich völlig verschlingen will. Meine Füße sinken tiefer ein, der feuchte Sand zieht an mir, zäh und unerbittlich. Bis zu den Knien bin ich schon eingesunken, während die Gestalt immer näher kommt. Sie ist jetzt fast ganz aus dem Wasser, ihre Kleidung klebt an ihr wie eine zweite Haut, aber wo das Gesicht sein müsste, ist nur ein schwarzer Fleck, als hätte jemand es ausgelöscht. Keine Augen, kein Mund, nur Dunkelheit.

Und dann sehe ich, was sie in der Hand hält.

Es ist der Stehtisch. Der fünfte Stehtisch aus dem Antikladen, der längst auf dem Meeresgrund liegen müsste. Die Gestalt ohne Gesicht hebt ihn mit einer Leichtigkeit an, die unmöglich erscheint, als wäre er nichts weiter als ein Ast. Und bevor ich überhaupt realisieren kann, was passiert, holt sie aus. Der Tisch rast auf mich zu, schneidet durch die Luft, zielgenau, auf mein Gesicht zu. Ich schreie, doch kein Laut kommt über meine Lippen. Alles in mir will ausweichen, sich retten, doch der Sand hält mich fest, meine Beine sind bleischwer. Der Tisch kommt immer näher, ich spüre die Luft, die er teilt, direkt vor meinem Gesicht – und dann falle ich.

Hart schlage ich auf dem Boden auf. Mein Körper prallt auf den Eichenboden meines Schlafzimmers. Der Schock jagt mir durch die Glieder. Keuchend liege ich da, während mein Herz rast. Für einen Moment weiß ich nicht, wo ich bin. Ich weiß zwar, dass ich im Schutz meiner vier Wände liege, aber es fühlt sich an, als kratze dort noch Sand unter meinen Händen.

Der Prince ist sofort bei mir, seine warme Schnauze drückt sich in meine Armbeuge. Ich kann seinen Atem spüren, besorgt schnüffelt er an mir, als würde er fragen: »Alles in Ordnung?« Seine Anwesenheit holt mich zurück, aber das Zittern bleibt.

Langsam rappele ich mich hoch, mein Kopf dröhnt. Ich umarme den Prince, beruhige ihn, stehe auf und öffne das Fenster. Die Häuser und Gärten von Hörnum liegen unschuldig da. Ein paar watteweiche Wolkenberge schieben sich über den Himmel, der eine ein Drachen mit Rückenpanzer, der andere ein Pudel mit abstehenden Ohren.

Ich greife nach meinem Handy, meine Finger zittern immer noch leicht. Es dauert einen Moment, bis ich den

Daumen sicher auf dem virtuellen Knopf für die Aufnahme einer Sprachnachricht lassen kann.

»Hallo, Frida. Ich weiß, es sind noch zwei Tage oder so, aber meine seelischen Muskeln lassen wieder nach. Können wir uns schon heute treffen?«

Der Drache und der Pudel sind kaum vorübergezogen, als ihr Antwortton mein Handy vibrieren lässt. Die Worte erscheinen auf dem Display. Sie stimmt zu.

KAPITEL 34

Die Koordinaten leiten mich in eine Gegend, die ich kaum kenne. Die Tatsache, dass es offenbar immer noch Ecken auf der Insel gibt, die ich nicht kenne, macht mich neugierig und ärgert mich zugleich.

Die Straßen werden enger, der Asphalt löchriger. Der Himmel über mir ist in den letzten Zügen der Dämmerung, ein schmaler, blasser Streifen Licht kämpft sich noch über den Horizont, bevor die Nacht vollends die Oberhand gewinnt.

Den Prince habe ich bei Hella gelassen. Sicherlich krault die Hand meiner treuen Assistentin ihn gerade behaglich durch, während ich erneut die Brechstange an meine Ängste ansetze.

Der Motor des MINI Coopers verstummt, als ich ihn auf einem überwucherten, beinahe versteckten Parkplatz abstelle. Die Büsche ragen ungestört über die Ränder der kleinen Fläche, erobern sich Schritt für Schritt das Territorium zurück. Mit dem Handy in der Hand folge ich den Koordinaten zu Fuß weiter, der Boden unter meinen Füßen knirscht bei jedem Schritt, das Gestrüpp scheint mir nachzusehen wie eine Horde schlecht frisierter Streuner. Nach wenigen Minuten sehe ich es: ein uraltes Reetdachhaus, wie ein Schatten aus einer vergessenen Zeit.

Die Fassade ist zerfallen, das Dach wirkt noch intakt, aber die Fenster sind wie tote Augen, dunkel und starr.

Frida steht vor dem Eingang, ihre Silhouette dunkel gegen das verblassende Licht.

»Ich präsentiere – die günstigste Immobilie der Insel. Leicht renovierungsbedürftig, aber in ungestörter Lage, die Ihre Privatsphäre garantiert.«

Ich lache, doch mein Unbehagen kann ich nicht gänzlich überspielen.

»Du schaffst das, Kristan. Es ist nur ein weiteres Gebäude. Und heute bist du schon wieder eine Runde stärker als das letzte Mal.«

Ich nicke, mein Herz pocht noch immer in meiner Brust, aber ihre Worte geben mir ein wenig Halt. Zusammen betreten wir das verfallene Haus, die Tür knarrt in verrosteten Gelenken. Drinnen schlägt mir ein muffiger Geruch entgegen – eine Mischung aus feuchtem Holz und abgestandenem Staub. Die Wände sind brüchig, manche fast schon eingefallen, lose Rohre sind im Mauerwerk zu sehen wie freigelegte Knochen. Es ist kalt und klamm. Der Boden unter meinen Füßen ist uneben, Trümmer und Schutt überall verteilt.

»Hier haben mal Menschen gelebt«, sage ich leise, mehr zu mir selbst. Die Stille des Hauses drückt auf meine Schultern, als ob die Wände sich an mich heranschieben wollten. Ich spüre eine seltsame Präsenz, die Geister der Vergangenheit. Was ist die Zeit? »Nur das Jetzt existiert«, denke ich wieder an die Worte von Cheyenne, doch wie erklärt sich dann der Abstand zwischen dem Jetzt, als in diesem Haus Leben herrschte, und dem Jetzt, in dem ich wie ein Lost-Places-Fanatiker heimlich durch die Ruine stapfe? Es fühlt sich an, als ob beide Gegenwarten sich gerade berühren, als ob die Geschichte des Hauses mir auf die Haut kriecht. Wieso kenne ich es nicht, als Objekt? Wieso war es nie auf dem Markt und fault hier offenbar seit vielen Jahren vor sich hin? Ist auch hier etwas Schlimmes geschehen?

Die Dunkelheit im Inneren ist nicht total, aber dicht genug, um mir das Gefühl zu geben, dass das Haus weiter reicht, als es eigentlich sollte. Die feuchten Wände ekeln mich, und die Gesichter meiner Albträume blitzen in meinem Kopf auf. Die Gestalt aus dem Meer, das Gesicht von Dorothea mit ihren weißen, eingefallenen Augen, die als Leiche auf mich zuwankt und mich greift. Es ist alles so nah, so präsent, und doch kann ich mich dieses Mal besser kontrollieren. Ich beschließe, es zu können, halte die Panik in Schach.

»Magst du eine Liste machen?«, flüstert Frida, doch ich reiße meine Hand hoch, denn ich versuche heute Nacht etwas Neues. Den Verstand meines Berufes anwerfend, lenke ich meinen Blick auf die Struktur des Hauses und auf die Schritte, die notwendig wären, um diese Ruine zu retten. Stück für Stück stelle ich mir vor, wie man den Dachstuhl erneuert, wie neue Fenster eingesetzt werden, wie gute Fachleute die Wände stabilisieren. Ich habe den Auftrag gegeben an all diese Gewerke und stehe draußen im Hellen vor der Baustelle. Lilo lässt Proviant von der Bäckerei anliefern, kannenweise Kaffee und Gebäck. In meiner Vorstellung wächst das Haus langsam zu einem bewohnbaren Gebäude heran, Tage und Nächte vergehen, Mondphasen im Zeitraffer, und schließlich sehe ich mich, wie ich in diesem fertigen Haus stehe, am helllichten Tag, wie ich Interessenten durch die Zimmer führe, ihnen die Geschichte und den Charme des Hauses nahebringe. Es funktioniert. Ich kann es kaum glauben, und fast bricht alles wieder zusammen, als ich aus der Fantasie in die Beobachtung meiner selbst gehe, aber es funktioniert.

Als wir wieder vor dem Haus stehen, erfüllt mich eine eigentümliche Euphorie. Die Dunkelheit um mich herum fühlt sich nicht mehr so bedrohlich an, sie ist einfach da. Frida steht neben mir, und für einen Moment sind wir beide in dieser Stille vereint.

»An was hast du gedacht da drin?«, fragt sie.

Ich berichte von meiner kleinen, inneren Bau- und Renovierungssendung.

»Wow«, sagt sie. »Genau so, Kristan. Genau so!«

Die Erleichterung über meinen Fortschritt, den ich nur ihr verdanke, da ich mich ohne sie der Sache nie stellen würde, spült das Bedürfnis nach oben, ihr endlich anzuvertrauen, was bei mir gerade los ist. Die ganze Geschichte fällt aus mir heraus, hier vor der Ruine, direkt auf den brüchigen Asphalt, aus dem Sauerampfer und Löwenzahn sprießen und an dessen Rändern mannshohe, bereits blühende Disteln wachsen. Frida hört aufmerksam zu, unterbricht mich kein einziges Mal. Erst, als ich fertig bin, sagt sie: »Meine Güte, Kristan. Das hast du alles getan? Das Glas zerbrochen, die Mülltonnen durchwühlt, diese Belege in dieser Bibel gefunden? Und die haben die ganze Zeit nicht geahnt, dass du nicht bloß Makler bist?«

»Ich bin bloß Makler!«, protestiere ich gleich doppelt. »Und was heißt hier *bloß*?«

Frida macht ein paar Schritte zu den riesigen Disteln. Mit der Fingerspitze tippt sie eine der Blüten an.

»Faszinierend, oder? Die Hüllblätter sind stachelig, aber die eigentlichen Blütenblätter im Inneren so zart und verletzlich.«

Sie dreht sich wieder zu mir.

»Aus meiner Sicht war es dieser Pelz-Rentner.«

»Lasse Brodersen?«

»Ja. Nichts ist so verletzend wie Zurückweisung. Vor allem, wenn du über lange Zeit denkst, dass der andere deine Gefühle erwidert und er nichts, aber auch gar nichts unternimmt, um diesen Irrtum auszuräumen.«

Ich sehe meine gute Freundin an, wie sie da steht mit ihrer langen, schwarzen Mähne und der Motorradhose, vor zwei Meter hohen Disteln. Das Plattencover einer Hardrockscheibe.

»Können wir doch noch irgendwohin, wo gemütliches Licht existiert?«, frage ich. »Und vielleicht sogar ein paar Drinks?«

Eine Stunde später sitzen wir auf den Holzstufen vor dem Sansibar. Neben uns rauscht das Dünengras. Hinter uns flutet das Geraune Hunderter Stimmen aus dem orangegolden beleuchteten Kultrestaurant, in dem in der buchdicken Weinkarte bei den Preisen nach oben hin keine Grenzen gesetzt sind.

»Nicht gerade die ruhigste Idylle«, lache ich und stoße mit Frida einen überschaubar teuren Tropfen in den Gläsern aneinander. Ein trockener Franzose aus dem Pouilly-Fumé. Mit dem Glas in der Hand deute ich auf die Holzplanken hinter uns.

»Von hier aus hast du mich angerufen damals, am Abend, als wir uns auf der Fähre wiedertrafen. Per Videocall.«

Sie wirft den Kopf herum, die Wangen bereits von den ersten Schlucken leicht rosig.

»Stimmt, ja!«

»Hattest du eine gute Zeit mit deiner Freundin, die du besuchen wolltest?«

Der Kopf wirbelt zu mir zurück. »Ja, doch, ja. Einen kleinen Disput gab es, wir sind beide recht eigene Geister, weißt du?«

Ich nehme einen weiteren Schluck. Angeblich soll man in der Sorte die Feuersteine schmecken, welche die Geologie der Region prägen. Auf den Planken ein paar Meter weiter flackern Windlichter in hitzebeständigen Gläsern.

Seit wir hier sitzen, habe ich mich noch weiter geöffnet und Frida von Cheyenne und unserem süßen Austausch erzählt. Kristan und Isolde. Das gefiel ihr. Selten sah ich in den Augen eines Menschen, wie sehr er dem anderen eine Liebe gönnt.

Frida sieht mich lange an.

»Hier«, sagt sie und schwenkt das Glas, »Wein keltern, Musik komponieren, stundenlang am Strand spazieren. Dafür sind wir als Menschen hier, oder? Also, in diesem Leben.« Sie ruckelt sich auf den Planken gerade, kurz hebt ihr Gesäß ab und senkt sich wieder. »Du darfst aus allem ein Ritual machen, Kristan. Aus allem, was dir wichtig ist. Wie wäre es, wenn du ihr schreibst, dass du es noch feierlicher machst, zum Beispiel bei Kerzenlicht?«

Ich streiche mit der Fingerkuppe über den Rand meines Glases.

»Wenn ihr schon keine echten Briefe schreiben könnt, oder? Du schreibst im Flackern der kleinen Flamme und machst ein Foto davon, wo du sitzt und wo sie steht. Warte kurz …«

Sie springt auf und läuft in Richtung des langen Weges, der hinter dem Sansibar durch die Düne hinab zu dem riesigen Parkplatz führt. Eigentlich kein Weg, den man macht, um mal »kurz« was aus dem Auto zu holen oder in ihrem Fall was aus den Hardcases des Motorrads. Er ist eher ein kleines Ereignis, dieser Weg, ein Programmpunkt für den Tag, weswegen alle, die hier herauf zur Sansibar kommen, auch eine ganze Weile bleiben. Aber Frida ist anders. Es dauert kaum fünfzehn Minuten, bis sie zurück ist, wie wenn die Distanz zwischen Orten in ihrer Welt nichts bedeutet. Fast so, als könne sie zugleich überall sein.

»So«, sagt sie, setzt sich wieder neben mich und überreicht mir eine Kerze aus ihrem Sortiment. »Das wäre dann dein stilvoller Einstieg für eine Korrespondenz mit noch mehr Kultur.«

Ich wiege das schöne Stück in den Händen und habe auch schon eine Idee, wo es das erste Mal als Schreibbegleitung zum Einsatz kommt.

»Du hast sogar im Motorrad Produktproben dabei?«

»Kein Mensch sollte ohne Kerze aus dem Haus gehen«, lacht sie.

KAPITEL 35

»Kennst du sie? Sagt dir das was?«

Mit einem Foto von Dorothea Hußmann stehe ich an der Theke der Goldenen Möwe. Hinter dem Glas warten appetitliche Törtchen darauf, von Menschen verspeist zu werden, die weniger auf ihre Linie achten müssen als ich. Dirk Seidel studiert das Foto gewissenhaft.

»Die Dorothea habe ich gekannt. Ein, zwei meiner Deko-Objekte hier im Laden, habe ich bei ihr gekauft. Nichts Großes. Die Kaffeemühle da hinten oder die paar antiken Bücher auf dem kleinen Regal über der Sitzbank. Aber eine Helena Sturm, mit der sie hier gesessen haben soll? Keine Ahnung.«

»Gut, ich danke dir.«

Der Wirt der Goldenen Möwe und ich sind schon seit Längerem beim Du. Jedes Mal, wenn ich hier bin, frage ich mich, ob ich nicht doch gern ein Café betreiben würde. Zumindest solche wie dieses machen einfach Spaß. Es sind Orte, die den Menschen dabei helfen, zu sammeln, was sich wirklich zu sammeln lohnt – gemeinsame Erlebnisse und somit Erinnerungen fürs Leben. Denn das sind wir unterm Strich, das ist unsere Persönlichkeit. Unsere Erinnerungen, und was wir daraus machen. Mit allen Vor- und Nachteilen, die es hat.

Ich trete aus der Goldenen Möwe heraus und schaue die Promenade hinab. Der breite Streifen Asphalt und die hohen, funktionalen Gebäude wie das *Hotel Monbi-jou* dahinter, sind nicht jedermanns Sache.

Im Netz habe ich schon Rezensionen gelesen, in denen Menschen schrieben, es handele sich um die hässlichste Promenade aller deutschen Inseln. Aber die Mischung aus Natur und Beton und selbst der veraltete Look mancher Gebäude gehören genauso zum Gesicht der Insel wie die unwirklich idyllischen Reetdachdörfer oder das Morsumer Kliff. Und haben die Lästermäuler, die diesen Ort hier zu wuchtig und streng finden, jemals einen Fuß auf die Promenade von Den Haag gesetzt?

Auf dem breiten Asphalt nähert sich Kröger, einen Kaffeebecher in der Hand.

»Dennermann! Zwei Kluge, ein Gedanke, was?«

Ganz offenbar klappert er ebenfalls die Bistros und Restaurants der Insel ab, in denen sich Dorothea laut der Bewirtungsbelege mit der ominösen Helena Sturm getroffen hat.

»Das wird immer besser. Man muss Ihnen nicht einmal Anweisungen geben. Sie merken von selbst, welche Ermittlungsarbeit getan werden muss.«

»Ich merke nur, dass ich den Gedanken unerträglich finde, dass immer noch ein Mörder auf der Insel frei herumläuft. Oder eine Mörderin. Was haben Sie in der Zwischenzeit herausgefunden?«

»Die Nachbarn in Braderup haben von der diebischen Elster nichts bemerkt. Wer immer die Frau war, die die Vase und die zwei Taschen aus dem Haus geholt hat, sie muss wirklich einen Schlüssel gehabt haben. Wahrscheinlich ist sie sogar zu Fuß gekommen oder hat den Wagen irgendwo unauffällig weiter weg geparkt. Sie kennen das ja, Herr Dennermann. Unauffällig hinschlendern und tun, was zu tun ist.«

»Und die Restaurants?«

»Nichts. Auch keine Überwachungskameras in den Gasträumen.« Kröger lacht und nippt an seinem Becher mit Kaffee, der offenbar etwas besser ist als der von Samuel. Kraftvoll zieht er die Nase hoch und schaut aufs Meer hinaus. »Einfach zu viel Privatsphäre auf der Insel. Aber wissen Sie, was ich mich die ganze Zeit frage?«

»Was, Herr Kröger?«

»Mina und Petra haben uns immer noch kein gutes Alibi geliefert, wo sie in der Mordnacht gewesen sind.«

»Waren die beiden zu dem Zeitpunkt denn überhaupt schon auf der Insel? Ich dachte, die Motten wurden erst ans Licht gelockt, nachdem die Nachricht von Dorotheas Tod sich verbreitet hat.«

»Klar, habe ich auch gedacht. Aber wenn ich sage, es gibt zu viel Privatsphäre auf unserer Insel, dann meine ich damit nicht auf der *Zufahrt* zu unserer Insel.«

Erstaunt schaue ich ihn an.

»In den Warteschlangen am Autozug«, erklärt er. »Die Verladestation in Niebüll hat Kameras, die den Verkehr überwachen.«

»Aber die zeichnen doch nicht auf, oder?«

Ein schelmisches Grinsen schiebt sich in Krögers Gesicht.

»Sie erinnern sich an den polnischen Toten? An den Killer der Camorra, der sich bei uns auf der Insel unbemerkt als Masseur getarnt hat?«

Ich verziehe das Gesicht. Wenn Kröger es so sagt, weiß ich gar nicht mehr, ob ich hier, vor der Goldenen Möwe und den Meerwind in der Nase, überhaupt noch in einem Idyll stehe, von der Bewertung der Promenade mal abgesehen.

»Jedenfalls zeichnen die Dinger auf«, fährt Kröger fort. »Sie haben es nicht immer getan, aber momentan gibt es vielerlei Grund dazu. Ich habe mir die Aufnahmen der vergangenen Wochen angeschaut, und siehe da: diese abgegriffene Knutschkugel von Petra Hofacker hat sich bereits drei Tage vor dem Mord auf die Insel bewegt.«

»Nein!«, stoße ich aus.

»Doch!«

Fast gleichermaßen erstaunt über diese Information, die Kröger ja nun schon seit einer Weile vertraut war, stehen wir auf der Promenade. Menschen flanieren an uns vorbei. Ein altes Ehepaar in den unvermeidbar grauen Jacken, von denen ich mich frage, wie sie immer noch Gewohnheitsmode von Rentnern sein können, da die heutigen Rentner in ihrer Jugend schließlich bereits die Hippies waren. Aber vermutlich ist diese Kleidung einfach urgemütlich. Ein kleiner Junge kickt einen bunten Plastikball vor sich her. Ein paar junge Männer schlendern ganz unverblümt mit Bierflaschen in der Hand die Promenade entlang, als hätten sie sich vom Ballermann hierher verirrt.

»Wissen Sie, was wir immer noch nicht wissen, Dennermann? Wo sind die beiden eigentlich untergekommen? Sie sagen, sie würden nicht in ihrem geerbten Haus übernachten, was ich übrigens ziemlich albern finde. Sie haben Ihnen aber auch nicht verraten, in welchem Hotel sie sind oder in welchem Gasthaus. Finden Sie das nicht auch seltsam?«

»Vor allem finde ich seltsam, wo sie die Sachen hinbringen, die sie nach und nach mit diesem kleinen Auto aus dem Haus schaffen.«

»Wissen Sie, was? Das finden wir jetzt auch noch heraus. Heute Abend fahren Sie den beiden einfach hinterher.«

»Wieso gehen Sie davon aus, dass ich auch heute schon wieder bei denen im Haus bin? Ihnen ist schon klar, dass ich ein paar mehr Objekte zu vermitteln habe und außerdem ein Leben.«

»Sie haben ein ganzes Leben zu vermitteln?«

Krögers Lachen erstirbt schnell. Der war selbst für ihn zu flach.

»Und selbst wenn«, sage ich, »die kennen doch mein Auto. Ein auffälligeres wird es auf der Insel wohl kaum geben.«

»Das bezweifle ich«, sagt Kröger, »aber Sie haben natürlich recht. Aber das ist kein Problem. Sie nehmen einfach den Ford Kuga von Frau Lütken. Das Ding haben die Hofackers noch nie gesehen.«

»Aber …«

»Keine Widerrede, Dennermann. Sie schaffen das.«

Einige Stunden später stehe ich mit Petra und Mina im Garten vor dem Haus in Braderup und verabschiede mich in den Feierabend. In der vergangenen Stunde habe ich ihnen ordentlich Honig ums Maul geschmiert, mir Geschichten ausgedacht, Biografien der ersten Leute, die am Kauf des Hauses interessiert sind. Wobei diese ersten Interessenten in Wirklichkeit bislang zu meinem eigenen Erstaunen noch gar nicht existieren. Aber es ist eben wirklich so. Selbst in den hohen Kreisen sitzt das Geld nicht mehr ganz so locker wie früher. Die Menschen sind vorsichtig geworden nach der Boom-Zeit im

Anschluss an die Pandemie. Finde ich mal die Zeit, in Ruhe mit ihnen zu sprechen, berichten sie mir die Gründe. Die einen haben Angst vor weiteren unerwarteten Krisen, einer nächsten Pandemie, einem nächsten, kopflos neu begonnenen Krieg. Vor disruptiven Ereignissen, wie man das heute nennt, die die Weltwirtschaft innerhalb kürzester Zeit ins Wanken bringen können. Andere wiederum bringen den Klimawandel ins Spiel. Steigende Meeresspiegel und apokalyptische Bilder von Fluten, die alle Nordseeinseln früher oder später unter sich begraben. Bilder, die ich millionenschweren Kunden jenseits der fünfzig kaum zutraue und die eher zu den jungen Menschen passen, die in den vergangenen Jahren hier mit ihren Sprühaktionen gewütet haben, um die Politiker eines kleinen Landes zu überschaubaren politischen Änderungen zu zwingen, während in China pro Woche zwei neue Kohlekraftwerke eröffnet werden. Die Jugendstilbar des *Hotels Miramar* haben sie mit einer Mischung aus Lack und Sprayfarbe aus einem Feuerlöscher eingefärbt. Als sie in Kampen ein paar Boutiquen angriffen, riss eine Mitarbeiterin einem der jungen Leute den Feuerlöscher aus der Hand, und ein Gast aus dem Café gegenüber holte seinerseits eine grüne Spraydose aus dem Auto und zahlte es den Angreifern heim, indem er sie selbst ansprühte. Auf dem Flugplatz erwischte es einen kompletten Privatjet.

Manche meiner reichen Kunden, die das Geld lieber bei sich behalten, treibt die Sorge um, dass sich unsere Insel Jahr für Jahr, Stück um Stück mehr abträgt. Nur noch wenige bleiben so drauf wie die Ottls, denen ich Dorotheas Haus in der Zwischenzeit dann doch einmal angeboten habe, nur als Experiment. Tatsächlich ging es wie erwartet aus. Nahezu beleidigt von meiner Anfrage, meinten Heiner und Frauke Ottl: »Wie bitte? Nur acht Millionen? Das ist zu wenig. Für fünfzehn würden wir uns darauf einlassen.« Ich frage mich, was die wahren Gründe für diese Absagen sind.

Auch heute haben Petra und Mina den kleinen Wagen wieder mit Kartons vollgestopft. Ich verabschiede mich von ihnen und laufe zu Frau Lütkens Kuga, der ein paar Straßen weiter hinter einer hohen Hecke parkt. Ich bleibe hinter dem dichten Blattwerk stehen und linse vorsichtig um die Ecke, um zu schauen, in welche Richtung die beiden davonfahren. Es ist meine. Schnell springe ich in die Deckung der Zweige, als der Wagen an der Einbuchtung der Straße, in der ich stehe, vorbeirauscht. Ich steige in den Wagen, der nach Mundwasser und Apfelshampoo riecht, biege aus der Straße ab und folge ihnen.

Immer ein paar Autos Abstand haltend, bleibe ich an den beiden dran. Die junge Frau, deren Vision, einfach mal mit der Produktion von Dingen, die man nicht einfach essen und trinken kann, aufzuhören und das zu verbrauchen, was auf der Erde noch zur Verfügung steht, will mir nicht aus dem Kopf gehen. Und der Yogatrainerin, die vor vielen Jahren, als ihr Geschäft noch brummte, meine Laura und meine Frida zusammengebracht hat. *Meine* Frida, was denke ich denn da? Ich sende eine schnelle, innere Entschuldigung an Laura und sogar an Cheyenne. Heute Abend werde ich die erste Runde *Tristan und Isolde* neben einer Kerze machen. So viel steht fest.

Du darfst aus allem ein Ritual machen, Kristan. Aus allem, was dir wichtig ist.

Frida hat recht. Ich bin kein Spielball anderer Leute. Kein Werkzeug in den Händen von Interessen. Ich habe ein Recht, gut zu mir zu sein.

Die Verfolgung führt mich die Keitumer Landstraße entlang runter nach Westerland. Kurz, nachdem ich die Hundewiese und den Flughafen passiert habe, taucht links von uns das große Protestcamp auf der Tinnumer Festwiese auf, das seine Zelte im wahrsten Sinne des Wortes immer noch nicht abgebrochen hat. Zu meiner Überraschung bremst der Wagen ab und biegt nach einer Weile tatsächlich auf das Gelände der Anarchie ein. Ich rolle an der Zufahrt vorbei und beobachte noch im Beifahrerfenster, wie Petra und Mina aussteigen und von einem groß gewachsenen, schlaksigen Mann mit nacktem Oberkörper und langer Holzkette umarmt werden, der kurz darauf mit den Fingern schnippt, auf dass ein paar jüngere Menschen anfangen, die Kartons aus dem Auto zu räumen.

Ein paar Hundert Meter weiter rolle ich den Wagen aus, drehe den Zündschlüssel und rufe Kröger an. Er kommt gleich zur Sache.

»Und? Wo haben Sie sie hin verfolgt? Wo stehen sie jetzt? Vor der Jugendherberge in Hörnum? Oder hauen sie das Geld im Benen-Diken-Hof auf den Kopf? Aber nein, noch ist es ja gebunden und nicht flüssig? Oder ist es doch bloß ein Campingplatz?«

»Nah dran«, sage ich. »Nur noch einen Dreh mehr.«

»Wie meinen Sie das?«

»Halten Sie sich fest, soeben sind Petra und Mina Hofacker, Eigentümer einer Yogaschule und Erben eines acht Millionen teuren Anwesens in Braderup und eines äußerst gut bestückten Antikladens, auf das Protestcamp auf der Tinnumer Festwiese abgebogen. Und so herzlich, wie sie dort begrüßt wurden, würde es mich nicht wundern, wenn das die ganze Zeit schon ihre Wohnstadt auf der Insel gewesen ist.«

»Sie verschaukeln mich, Dennermann.«

»Kommen Sie her, und sehen Sie selbst.«

Zwanzig Minuten später stehe ich auf der nach Bier, Urin und Schweiß riechenden Wiese des Camps, umringt von empörten Punks mit schlecht sitzenden Irokesenschnitten, ältlichen Hippies mit Dreißigtagebart und vielen empört guckenden jungen Frauen, deren nur mühsam verdeckter Shabby Chic darauf hindeutet, dass sie eher zur Abteilung Klimaaktivistin aus gutem Hause gehören. Kröger ist nicht allein aufgetaucht, sondern hat direkt zwei Beamte von der normalen Polizei mitgebracht. Das ist der Grund für den Tumult. Die Campbewohner umringen uns wie ein Rudel, das seine zwei Mitglieder Petra und Mina verteidigt.

»Das ist, was Sie die ganze Zeit verheimlichen?«, fragt Kröger. »Unfassbar!«

Das ist es in der Tat, denke ich mir. Die eine Verdächtige traut sich nicht zu sagen, wo sie in der Mordnacht gewesen ist, weil sie sich unter Männer gemischt hat, die dem neumodischen Wahnsinn des Schlagerfaschismus frönen. Die anderen wiederum schämen sich dafür, am anderen Ende des politischen Spektrums im Schlamm zu hausen. Daher auch immer der Dreck an Petras Wagen. Unsere Insel ist so schmal, aber offenbar bietet sie Raum für den gesamten ideologischen Spagat unserer Gesellschaft.

Der hagere Riese mit der Holzkette auf nackter Brust nähert sich durch die Menschenmenge, die sich teilt wie einst bei Moses das Meer. Mit einem Blick, als wäre er hier der Polizist, stürmt er auf Kröger zu. Die beiden Streifenpolizisten machen einen Schritt nach vorn, aber Kröger hält sie mit einer gelassenen Geste zurück.

»Kröger, Kriminalkommissariat Westerland, guten Tag.«

»Wir haben hier nichts Unrechtes getan«, sagt der Mann, der seinen Namen wohl nicht offenbaren will. »Das ist alles von der Kreisverwaltung offiziell zugelassen. Gemietet. Noch bis Ende nächster Woche.«

»Wir sind nicht wegen ihrer kleinen Kirmes hier«, sagt Kröger. Der Mann verzieht das Gesicht, als hätte Kröger ihm ganz beiläufig in die Rippen geboxt. Der Kommissar zeigt auf Petra und Mina.

»Die beiden wohnen schon die ganze Zeit hier auf dem Gelände?«

»Darüber muss ich Ihnen keine Auskunft geben.«

»Auch nicht, wenn es Ihre beiden Kolleginnen hier entlastet?«

»Von was entlastet?«

»Von einem Mordverdacht.«

Nun schaut der Camp-Häuptling wiederum Petra und Mina erstaunt an. Wobei nicht klar zu beurteilen ist, ob sich in seinem Blick Schrecken oder Achtung spiegeln. Ein paar Atemzüge lang überlegt er, was nun zu tun ist. Dann macht er mit dem Kopf eine ruckartige Bewegung nach hinten.

»Kommen Sie mit.«

Die Menge tut sich erneut auf, und der Kommissar, die beiden Polizisten, Petra, Mina und ich folgen dem Häuptling in ein großes Festzelt in der Mitte des Camps. An den Rändern sind alte, abgesessene Couchen aufgestellt. Vor Kopf befindet sich eine kleine Bar, die Theke ein langes Brett, das quer über großen roten Ölfässern liegt. Ein paar Menschen lungern auf Decken herum. Aus einer kleinen Bluetooth-Box verkündet Bob Marley die Revolution. In der Mitte des Raums stehen einige Leute bei Bier und Wasser an vier Stehtischen. Es sind die Tische aus Dorotheas Laden.

»Na, sieh mal einer an«, sagt der Kommissar. »Die kennen wir doch.«

»Das Haus ist wieder freigegeben«, sagt Petra. »Niemand verbietet uns, dort Sachen herauszuholen.«

Sogar die Kerzen haben sie mitgenommen. Hier sind sie offenbar die halbe Nacht im Einsatz. Einige sind bereits über die Hälfte heruntergebrannt.

»Suchen Sie das Camp mal nach dem fünften Tisch ab«, gibt Kröger den beiden Streifenpolizisten eine Aufgabe. Der Häuptling will protestieren, aber Kröger hebt die Hand und sagt: »Sie kooperieren.«

Wenn er will, dringt seine Autorität wirklich ausweglos durch, denn der Häuptling hebt kurz die Hand, bespricht etwas mit ein paar seiner Jünger am Zelteingang und schickt sie in alle Richtungen los. Wie es aussieht, sollen sie zähneknirschend verbreiten, bitte keinen Ärger zu machen, falls Polizistenhände gleich Zeltplanen beiseiteschieben und die Köpfe hineinstrecken.

Kröger erläutert dem Häuptling, worum es geht, und grenzt den Abend ein, für den Petra und Mina ein Alibi brauchen. Der Mann schaut zu den beiden, schüttelt den Kopf und zieht ein teures Smartphone aus der Tasche. Das neueste Modell von Apple, direkt aus der Firmenzentrale des Antikapitalismus in Kalifornien. Zügig scrollt er durch Bilder und Videos. Er hält uns das Telefon hin. Bevor das Video startet, zischt Nina mir ins Ohr: »Sie arbeiten schon die ganze Zeit für diesen Bullen.«

Petra patscht ihr mit der Hand an den Unterarm.

»Ja, ist doch wahr, Mama«, zischt Nina. »Ist der überhaupt Makler? Aber selbst wenn – der soll Tante Doros Haus gar nicht mehr verkaufen.«

Auf dem Bildschirm des kleinen Hochleistungsrechners erscheint der Raum, in dem wir stehen. Nur ohne die Stehtische. Offenbar ist eine Party im Gange. Laute, dieses Mal eher psychedelische Töne wummern durch das Zelt. Ein paar Leute führen dazu Tänze auf, die zwischen LSD-Trip und Tai Chi changieren. Andere schubsen sich spielerisch durch die Gegend, als liefen nicht alte Pink Floyd, sondern die Sex Pistols. Auf zwei der Sofas wird hart geknutscht und mehr. Die Luft ist jointgeschwängert, die Szenerie lässt sich förmlich riechen. Mittendrin in der kleinen, schmuddeligen Orgie – Petra und Mina.

Der Häuptling steckt das Telefon wieder weg.

»Ich bin nicht der Einzige, der unsere kleine Feier aufgenommen hat. Wahrscheinlich werden Sie im Camp ein paar Dutzend solcher Videos finden. Ich hoffe, das reicht als Alibi.«

Kröger sieht Petra und Nina an, als sei er enttäuscht, dass sie ihm als Verdächtige tatsächlich endgültig von der Tischkante fallen.

»Den beiden ist es im Grunde peinlich, hier zu sein«, trietzt Kröger den Häuptling weiter, »das ist Ihnen doch klar, oder?« Erneut kneift der Mann die Augen zusammen, wie über einen zweiten Rippenstoß.

»Mir ist es nicht peinlich«, sagt Mina, doch Petra stimmt durch Schweigen zu.

»Woher kennen Sie sich eigentlich?«

»Rolf war einer meiner besten Kunden«, sagt Petra, und der Häuptling sieht sie vorwurfsvoll an, als müsse alles um ihn herum ein Riesengeheimnis bleiben und als habe sie ihn mit seinem Vornamen zumindest schon mal den Kiesweg zum Grab geschaufelt.

»Na ja«, verteilt Kröger noch ein vergiftetes Lob an den Anführer der hierarchiefreien, vorübergehenden Kommune, »ein Yogakörper ist es durchaus.«

Die Polizisten kehren ins Zelt zurück und schütteln den Kopf.

»Kein fünfter Tisch zu finden, Kommissar Kröger.«

»Danke. Okay, wäre auch seltsam gewesen, eine Tatwaffe einfach so hier ins Mobiliar zu stellen. Petra und Mina Hofacker, sie sind entlastet, aber schämen Sie sich. Nicht dafür, hier zu sein, aber dafür, uns die ganze Zeit bei den Ermittlungen aufzuhalten.«

»Schämen?«, sagt Rolf. »Ernsthaft? Schämen? Petras Tante hätte sich schämen sollen! Es wäre ein Leichtes für sie gewesen, Petras Unternehmen zu retten. Wissen Sie eigentlich, wie viel Liebe diese Frau in ihre Prana-Kurse steckt? Sie ist eine der besten Yogalehrerinnen des Landes. Hat mich aus einem Burn-out geholt, als ich noch dem schnöden Mammon hinterhergejagt bin. Als ich noch nicht verstanden habe, was unsere eigentliche Aufgabe hier auf Erden ist.«

Rolf, der halb nackte Ex-Manager, oder was immer ihn in den Burn-out gebracht hat, läuft aufgebracht zwischen den Stehtischen herum.

»Ein einziger Federstrich auf einem Scheck, Dorothea Hußmann hätte es nicht einmal bemerkt. Aber nein! Stattdessen hat sie lieber Summen verliehen, die für sie so klein waren, als würden wir uns hier im Camp gegenseitig fünfzig Cent auslegen und dafür noch Zinsen verlangen. Die Scham, mein lieber Kommissar, liegt ganz woanders.«

Kröger mustert den Mann erneut, von den zerfallenen Barfußschuhen über die Dreiviertelanglerhose bis hin zum eigentlich viel zu langen Hals.

»Haben Sie vorhin eigentlich wirklich gesagt, Sie haben die Festwiese hier regulär von der Stadt gepachtet?«

Rolf nickt zaghaft.

»Das heißt, Sie alle hier, als Revolutionäre, als Umstürzler des Schweinesystems, haben das Ding hier nicht einmal besetzt? Wusstet Ihr das?«

Kröger wirft die Frage zu den Polizisten, die sich um den Alltag auf der Insel kümmern statt um die schwer aufzuklärenden Verbrechen. Sie nicken.

Kröger traut seinen Augen nicht.

»Ja, was sollen wir machen?«, jammert Rolf, »anders lassen sie es ja nicht mehr zu.«

Kröger lacht schallend. Er legt den Kopf in den Nacken und hält sich den Bauch. Sein Lachen ist so laut, dass das ganze Zelt erzittert. Sogar die Augen verdrehen sich in ihren Höhlen. Als er langsam wieder zu sich kommt, sagt er: »Da kommen sie, die Gesetzlosen, die Gegner des Kapitals, die Todfeinde der Bonzen, und was tun sie mit ihrer Zeit? Bauen sie frische Tafeln auf für die Wohnungslosen von Kiel, Flensburg oder Wilhelmshaven? Helfen sie in den Flüchtlingslagern rund um die Welt? Stürmen sie wenigstens irgendeine böse Firmenzentrale? Nein, sie mieten sich regulär die Tinnumer Festwiese, um in all ihrem Dagegensein wenigstens ein bisschen vom Wohlstand auf Sylt zu schnuppern.«

Das Lachen überkommt ihn erneut und begleitet ihn hinaus, während er, völlig durchgeschüttelt, das Zelt verlässt. Meine Frage, ob er denn mittlerweile Lasse Brodersen näher auf den Zahn gefühlt habe, ignoriert er den ganzen Rest des Weges.

KAPITEL 36

Der Abend ist schon angebrochen, als ich am Fuße der Düne an meinem Lieblingsstrand im Süderheidetal sitze.

Noch vor Kurzem wäre ich längst auf dem Weg nach Hause, in meine sicheren vier Wände, in denen ich die Lampen einschalten kann. Jetzt aber stelle ich die Kerze in den Sand, die Frida mir geschenkt hat, zünde sie an und mache ein Foto vor dem sanftblauen Abendhimmel.

Der Prince of Wales tollt im Sand herum, schnüffelt, scharrt, hin und wieder wirft er sich grundlos auf den Boden. Wie ein kleiner Junge, der ein Fußballspiel simuliert und so tut, als sei er gefoult worden.

Ich lehne mich zurück, halte das Handy vor mein Gesicht und beginne zu tippen.

Kristan und Isolde. Teil 212

»Liebe Cheyenne, eine gute Freundin hat mir einen Vorschlag gemacht, wie die Briefe zwischen uns noch romantischer werden können. Ich weiß, Kerzen sind nicht das originellste Objekt auf Erden, aber wenn sie an der richtigen Stelle stehen und zur richtigen Zeit, dann ist das schon was anderes, oder? Vielleicht hast du Lust, auch deine nächste Nachricht bei Kerzenlicht zu schreiben und mir ein Bild davon zu schicken?

Ich sitze hier gerade am Strand, und der Prince tut so, als gäbe es in den Tiefen des Sandes ein paar Schätze zu finden. Wenn ich mir vorstelle, wo du überall bist, was du überall siehst, ich wünschte so sehr, ich wäre dabei.

Doch dann auch wieder nicht, verstehe mich nicht falsch, ich weiß, du brauchst diese Zeit für dich. Und wie hat Sting einst so schön gesungen? ›If you love somebody, set them free.‹ Ja, da staunst du, dass ich das kenne, oder? Es gibt nicht nur Klassik in meinem Leben. Neulich habe ich sogar mal angefangen, mich mit Queen zu beschäftigen. *We Are The Champions* bleibt das nervigste Lied der Welt, aber was sie zum Beispiel auf *Innuendo* so treiben, lässt selbst mein Klassikherz höherschlagen.

Um ganz ehrlich zu sein, ich habe dir so einiges nicht erzählt, was in der letzten Zeit hier passiert ist. Doch ich glaube, jetzt ist die Zeit dafür.

Aber bitte, bitte, tu mir einen Gefallen und sorge dich deswegen nicht um mich!

Die Wahrheit ist, ich helfe dem Kommissar gerade wieder bei der Aufklärung eines Falls. Die Sache betrifft mich schon wieder, weil ich den Immobiliennachlass der Verstorbenen gleich mehrfach betreue. Oder besser gesagt, der Ermordeten. Es handelt sich um Dorothea Hußmann. Vielleicht hast du es schon mitbekommen und doch irgendwelche Nachrichten gelesen in der Ferne. Ich habe sie gefunden, wie damals Petersen, nur dass ich dieses Mal nicht sofort ohnmächtig wurde. Keine gute Sache, wenn man in so was Übung bekommt.

Wie sich herausgestellt hat, war Dorothea nicht ganz so die gute Seele, für die sie alle gehalten haben. Sie hat einige Menschen verletzt und enttäuscht. Ihre Möbel waren immer perfekt intakt, aber sie hat einige Kerben in Lebenswege geschlagen. Wir kommen der Sache näher, und es liegt keinerlei Gefahr für mich darin. Es ist nur so, dass ich die Trauer darüber jetzt einfach mit dir teilen möchte, weil du mir wichtig bist. Sehr wichtig. Und wenn zwei sich wichtig sind, dann sollten sie teilen, was sie bewegt, oder?

Ach ja, außerdem habe ich eine alte Freundin wiedergetroffen. Ich weiß nicht, ob ich sie dir gegenüber jemals erwähnt habe. Frida. Eine Freundin von Laura, die mir damals sehr geholfen hat. Sie war es, die mich auf die Idee mit den Kerzen brachte.

Sie lebt davon, Kerzen zu designen und zu verkaufen. Kann man sich kaum vorstellen, oder? Von Kerzen leben, wenn man das so hört, denkt man sich, das kann doch nur funktionieren, wenn man zwischendurch ein paar lukrative Verbrechen begeht.«

Ich füge einen Lach-Smiley ein. Den, dem vor Amüsement links und rechts die Tränen kommen.

»Ich denke immer noch ans Verdensballett neulich. In Teil 204 habe ich dir davon erzählt. Und in 205 und 206. Nächstes Jahr möchte ich unbedingt mit dir dorthin. Ganz ohne geschäftliche Gründe.

Ich wünschte, du könntest riechen, wie sich der Abend hier gerade über den Strand legt. Pass auf dich auf. Ich hab …«

Ich zögere.

Der Cursor blinkt hinter dem b von dem, was eigentlich ein »Ich hab dich lieb« werden sollte. Der Wind greift mir ins Haar, doch er ist nicht so stark, die Flamme der Kerze zum Erlöschen zu bringen. Ich fange den Satz neu an und schreibe stattdessen:

»Ich liebe dich. Dein K.«

Kurz horche ich in mich und den Abend hinein. Der Prince hat aufgehört zu toben, sitzt ganz still, hebt den

Blick und schaut mich an. Als wolle er sagen: Es ist okay. Sei mutig. Sei du.

Ich drücke auf Senden.

KAPITEL 37

Reframen. So nennen es die Therapeuten. Ein altes Bild neu rahmen. Situationen und Orte wieder aufsuchen und dort etwas Schöneres erleben als das Schlimme, das zuvor geschehen ist. Reframen … das hätte wahrscheinlich sogar Dorothea gefallen.

Ich befinde mich im Antikladen, den die Frau wieder vollständig freigegeben hat. Selbstverständlich hat auch Gabrielle Buchanan der Tod im Friesenhaus nicht kaltgelassen, aber nun erwartet man in Kanada dennoch Ergebnisse. Einen Nachmieter oder eine Käuferin, je nach Interesse und Geldbeutel. Da immer noch alles im Laden steht, habe ich in Sachen Home Staging wenig zu tun. Ich muss keine Möbel in ein leeres Gebäude räumen, um so zu tun, als wäre es bewohnt, muss kein Geschäft simulieren. Der Laden ist hier, mit seinen Kameras, seinen Vitrinen, seinen Kommoden, den alten Büchern, den vielen kleinen Details, der tickenden Standuhr.

Die stilistische Idee, die neulich in Dorotheas Privathaus aus der Not geboren war, greife ich wieder auf. Unkonventionelle Fotos. Nahaufnahmen von Deckenbalken oder gusseisernen, wunderschön geformten Schlüsseln in den Schubladen der alten Schränke. Einzelne Intarsien. Sogar das eine oder andere Loch in den uralten Balken.

Es fühlt sich seltsam an, hier drin so aktiv zu sein.

Einerseits gehe ich vollkommen in der Tätigkeit auf, die ich so gut beherrsche. Andererseits gibt es immer noch den Raum, in dem ich Dorothea gefunden habe. Den Raum, in dem ein Mord geschah. Ein Raum, der sich in meinen Albträumen zum Bergstollen des Schreckens vertieft.

Reframen.

Etwas tun.

Den Laden schön machen und neues Leben in ihn locken. Gut möglich, dass ich mit den Bildern jemanden anlocke, der aus dem alten Friesenhaus wieder ein Antikgeschäft machen möchte und kein Fotostudio, was noch in Ordnung wäre, aber auch kein hippes neues Start-up, das sich die historische Architektur nur aus Imagegründen unter den Nagel reißt und dann darin Apps entwickelt, die keiner braucht.

Ich stelle eines der LED-Fotolichter um, die ich verwende, um bestimmte Ecken im wahrsten Sinne des Wortes zu highlighten. Gerade eben hebe ich das Teil an, da höre ich Stimmen auf dem Vorplatz. Nicht eine, nicht zwei, Dutzende. Hektische Schritte knirschen auf dem Kies. Viele Kehlen hecheln. Wenig später ertönt ein lautes, dumpfes Geräusch. Als hätte jemand ein halbes Kilo Hackfleisch aus zwei Metern Höhe auf einen Glastisch plumpsen lassen. Gejohle begleitet eine zweite Portion. Aggressive Schreie. Rhythmische Rufe. Ich öffne die Tür und stehe hinter einem Pulk von Protestierern. Wie ein Schwarm Piranhas stürmen sie auf Lasses Laden ein, werfen Farbbomben gegen die Schaufenster mit den Pelzen.

»Tierquäler!«, schreien sie. »Mörder!«

Immer mehr Farbbomben klatschen auf die Scheiben

des Geschäfts, hinter denen Lasse, vollkommen perplex zwischen seinen Puppen, sich nun wutschnaubend vom Glas abstößt und wenig später in seiner Haustür erscheint. Gerade eben will er brüllen, schimpfen, die verzogenen Kinder, die teilweise schon seit über fünf Jahrzehnten auf Erden sind, maßregeln, da trifft ihn eine der Farbbomben genau zwischen Gesicht und Schulter. Er greift sich ans Auge und sinkt halb in die Knie. Ein nächster Ballon voller roter Farbe fliegt über ihn hinweg in den Hausflur. Hektisch streckt er seinen Arm aus und zieht die Tür zu. Derweil dringen die ersten Protestler sogar auf seinen Hinterhof ein. Da ich im Rücken der Armee von Aktivisten aus dem Revolutions-Camp stehe und sie mich nicht bemerken, verschwinde auch ich schnell wieder im Laden, schließe die Tür hinter mir ab und rufe Kommissar Kröger an.

»Herr Dennermann, gleich, ich bin gerade ...«

Ich unterbreche ihn.

»Sie müssen sich jetzt um Lasse Brodersen kümmern.«

»Ich weiß, dass Sie sich auf ihn als Verdächtigen versteift haben, Herr Dennermann, aber glauben Sie mir, wenn ich sage ...«

»Nein, nicht als Verdächtigen, als Opfer eines Angriffs! Diese Camp-Revoluzzer nehmen ihm gerade das Geschäft auseinander. Sie werfen Farbbomben auf sein Haus und sogar auf ihn. Er hat sich drinnen verbarrikadiert. Es sind Dutzende, einige sind schon in den Hof eingedrungen.«

Es dauert kaum zehn Minuten, bis die Kavallerie auftaucht. Kommissar Kröger in seinem Avenger, inklusive aufs Dach geklebtem Blaulicht, und zahllose Streifenwagen der normalen Polizei. Mit einem Megafon brüllen sie die Menge zur Räson. Mit Knüppeln, Schildern und Helmen stieben sie in die Randalierer. Ein paar wenigen von ihnen gelingt die Flucht durch den Nachbargarten rüber zur nächsten Straße. Ein, zwei tauchen unter den Griffen der Polizisten hinweg und stolpern über die Straße davon.

Der Häuptling des Camps ist nirgendwo zu sehen, doch ich bin mir sicher, dass Kröger ihn sich noch vorknöpfen wird. Womöglich hat er die Aktion angestoßen, weil er nicht auf sich sitzen lassen konnte, hier nur als Pseudo-Revolutionär auf der Insel zu hocken.

Es dauert rund zwanzig Minuten, dann hat die Polizei die Chaoten zusammengetrieben. Zahllose Kabelbinder surren über Handgelenken zusammen. Behandschuhte Beamtenhände drücken Köpfe nach unten. Im Hinterhof von Lasse haben die Randalierer sogar die Garagen aufgerissen, Regale umgeworfen und Dinge herausgeräumt, vielleicht sogar geplündert. Ein alter Rasenmäher liegt umgekippt auf dem von einzelnen Grashalmen durchbrochenen Asphalt. Ein Regal aus Alu ist aus der Garage heraus in den Hof gekippt und hat seinen ganzen Inhalt entladen. Werkzeug verteilt sich auf dem Boden, Schraubenzieher, Rohrzangen, kleine Sägen. Eine Schraubentüte ist geplatzt, und Hunderte der kleinen Gewinde sprenkeln die Szenerie.

Farbverschmiert kommt Lasse aus dem Haus. Das ganze Rot auf seinem Gesicht, seinem Hals, seiner Schulter und seinem Arm sieht aus, als sei er wirklich gerade beim Schlachter gewesen und hätte die Tiere, von denen seine Pelze stammen, selbst auf barbarischste Weise ausgenommen. Wäre es kein Terrorismus gegen einen einzelnen Menschen, man könnte es beinahe Performance-Kunst nennen.

»Danke dir«, sagt er zu Kröger und korrigiert sich schnell: »Danke Ihnen.«

Ich erkenne zwei der Polizisten wieder. Es sind die beiden, die uns kürzlich ins Camp begleitet haben. Freundlich nicken sie mir zu, als einer der beiden stehen bleibt und in die aufgerissene Garage zeigt, welche die Hälfte ihres Inhalts auf den Hinterhof erbrochen hat. Einen Augenblick lang steht förmlich sein Mund offen. Dann winkt er Kröger herbei.

»Verzeihung, Kommissar Kröger, aber ich denke, das sollten Sie sehen.«

Kröger nähert sich der geöffneten Garage. Ich folge ihm. In dem Durcheinander des umgeworfenen Mobiliars, das mich für einen kurzen Augenblick an die losen, klauenhaften Stahlteile in dem alten Bunker erinnert, liegt vor unser aller erstaunten Augen der fünfte Stehtisch aus dem Antiquariat.

»Nein«, sagt Lasse, doch Kröger zieht bereits die Handschellen, den Kopf schüttelnd wie ein Vater aus den Fünfzigern, der den Gürtel aus der Hose zieht und kurz vor den Schlägen sagt, dass ihm die Sache gleich selber noch viel mehr wehtut.

»Ich habe keine Ahnung, wie der dahin kommt«, empört sich Lasse, offenbar über die Bedeutung des Möbelstücks informiert oder, wie Kröger wahrscheinlich sagen würde, sehr gut schauspielernd.

»Umdrehen«, sagt der Kommissar in eiskalter Sachlichkeit. Fast tut Brodersen mir leid, dass Kröger ihm nicht mal die Chance gibt, sich abzuwaschen, und ihn gleich ebenso gefesselt wie die Chaoten vom Hof führen wird, gedemütigt und farbverschmiert.

»Bernhard!«, schimpft Brodersen, als die Eisen sich um seine Handgelenke schließen. »Das kann doch nicht dein Ernst sein. Wie lange kennen wir uns jetzt?«

Ich spitze die Ohren. Das ist neu. Bereits gefesselt packt Kröger Brodersen fest am linken Arm und betont seine Frage, indem er daran zieht: »Lasse, was hast du neulich mitten in der Nacht vor dem Haus von Dorothea gemacht?«

»Ich? Was? Wie bitte? Woher weißt du das?«

»Es spielt keine Rolle, woher ich das weiß!«

Nun brüllt Kröger wieder, noch viel lauter und viel entschlossener als neulich bei Meike im Laden. Ganz offenbar geht ihm die Sache nah, wie ein Verrat unter Freunden. Zu seiner und meiner Überraschung fängt Lasse Brodersen bitterlich an zu weinen. Es kündigt sich nicht an, baut sich nicht auf, und die Tränen fließen auch nicht lautlos aus ihm heraus wie aus Meike, als sie von ihrer Mutter erzählte. Was jetzt aus Brodersen emporquillt, ist ein Schluchzen, unter dem sich die Erde auftut. Das Schluchzen von Jahren und Jahrzehnten des beiseitegeschobenen Schmerzes, unterdrückt mit Geschäften und Alkohol.

»Ich bin dein Vermieter, Bernhard«, stößt er zwischen den gurgelnden und klagenden Lauten hervor, und mit einem Mal wird mir klar, wieso Kröger ihn die ganze Zeit mit Samthandschuhen angefasst und all mein Drängen auf mehr Nachforschungen abgewiegelt hat. Schon wieder hat der Mann ein Geheimnis. Schon wieder ist er verbandelt mit einem potenziellen Täter.

»Du kennst mich, Bernhard«, schluchzt Brodersen

und sinkt nun, Kröger mit sich herunterziehend, auf den Knien in seinem Hof zusammen. Einige der Schrauben müssen sich gerade in seine Knie bohren, doch er bemerkt es nicht. Sein seelischer Schmerz ist größer.

»Ich habe sie geliebt. Und ich wollte das nicht.«

Er dreht den Kopf zu Kröger und mir, die Augen voller Tränen. »Ich wollte es nicht. Ich habe meiner Frau versprochen, dass es nie mehr passiert. Also, innerlich. Ich habe mich bei ihr entschuldigt am Grab. Aber was konnte ich tun gegen dieses alte Herz?

Und sie sagte mir: ›Es ist okay. Es ist okay. Es geht mir gut.‹ Und ich habe mich darauf eingelassen. Auf Doro. Und ich dachte, sie auch auf mich. Gottverdammt noch mal. Wir sind alle schon so lange auf der Erde.

Uralt. Wie hätte ich ahnen können, dass es für sie nur ein Techtelmechtel war? Etwas, das für mich noch einmal das Leben bedeutet hat? Noch ein letztes Mal abgerungen meiner Schuld und meiner wunderbaren Frau, die es mir aus dem Jenseits erlaubt.«

»Also doch«, sage ich und spüre, wie mich die Geschichte ähnlich überwältigt wie die von Meikes Mutter. Was ist nur los auf dieser Insel, dass Menschen immer vor Ort das Herz gebrochen wird?

Was war nur los mit Dorothea? Ganz offenbar hat sie nicht nur Kerben in andere Leben geschlagen, sondern regelrecht klaffende Wunden.

»Ihr habt was miteinander«, sagt Kröger und klingt schon nicht mehr ganz so hart wie zuvor, »du schenkst ihr dein Herz, und dann macht sie Schluss, um einfach eiskalt auf Weltreise zu gehen. Ihr streitet euch. Du stößt sie gegen den Tisch. Sie stirbt. War es so?«

»Nein«, beteuert Brodersen. »Ich war in jener Nacht

im Wald, und in der anderen habe ich jemanden beobachtet, der nachts ein paar Sachen in den alten Wagen gepackt hat.«

»In welcher Nacht«, wird Kröger wieder lauter, »hast du Doro gesehen oder warst du spazieren, während irgendjemand sie umgebracht hat? Welche war davor und welche nach ihrem Tod?«

»Ich weiß es nicht, und du weißt, warum ich es nicht weiß.«

Kröger schüttelt den Kopf. Der Alkohol zerstört Seelen, verwischt Räume, verwirrt Zeiten.

»Wieso bist du nicht auf ihrer Beerdigung gewesen?«

»Weil ich es nicht ertragen hätte. Doro, tot. Und dann diese furchtbaren Frauen. Sie waren doch da, oder? Die hochnäsigen Damen, diese Miststücke.«

Fast schockiert es mich ein wenig, einen solchen Kraftausdruck aus Brodersens Mund zu hören. Auf dem Weg führen die Polizisten die letzten Chaoten ab. Neugierig schauen ein paar davon hinter sich, tuscheln, deuten mit den Köpfen auf das seltsame Geschehen im Hof.

»Und glaubst du ernsthaft, ich würde das Ding dort in meiner Garage lagern, wenn ich sie daran zu Tode gestoßen hätte? Oder sie damit erschlagen? Glaubst du nicht, ich würde diesen Scheißtisch in meinen Bulli packen, ganz weit wegfahren und ihn irgendwo im Meer versenken? Denkst du nicht, er läge schon seit Wochen irgendwo auf dem Grund der Nordsee?«

Kröger schnauft.

»Nicht, wenn du es schnell wegpacken musstest und keine Gelegenheit gefunden hast, von hier zu verschwinden, ohne dass jemand dich dabei beobachtet. Nicht, wenn du denkst, mein komisches Lager hier hinten macht doch nie jemand auf. Tut mir leid, aber ich muss dich erst mal mitnehmen.«

Kröger wuchtet den alten Mann, der einige Jahrzehnte mehr auf dem Buckel hat, aber offensichtlich ein wenig mehr als nur sein Vermieter ist, wieder in die Senkrechte. Mit ernstem Blick schiebt er ihn vom Hof. In Dorotheas Laden leuchten immer noch die Fotolichter für meine Inszenierung.

KAPITEL 38

Das Aroma von langsam geschmortem Fisch und Meeresfrüchten, gegart in feinster Butter und frischem Kräuteröl, füllt den Raum. In einem edlen Bräter aus Gusseisen brutzeln sanft die zartesten Stücke von Sylter Lamm und Seeteufel in einem Sud aus Weißwein, Zitrone und einem Hauch Safran. Die Oberfläche ist bereits goldbraun und karamellisiert, während sich das delikate Fleisch darunter noch butterweich vom Knochen löst. Mit einer leichten Berührung des Kochlöffels prüfe ich die Konsistenz und nicke zufrieden. Der Duft von Rosmarin, Thymian und in Butter geschmorten Perlzwiebeln mischt sich unter die leichte Brise, die vom offenen Fenster hereinweht, während die Wellen in der Ferne sanft an den Strand schlagen.

Ich hebe den heißen Bräter vom Ofen und platziere ihn behutsam auf der bereitgestellten rustikalen Holztafel in der Mitte des Tisches. Ich habe in dezenten Blautönen eingedeckt, die Muschelornamente der Serviettenringe sind womöglich zu viel.

Ich werfe einen kurzen Blick auf meine Gäste, die um den Tisch versammelt sind. Hella, die mit einem wachsamen Blick und freundlicher Neugier das Geschehen beobachtet, während sie gelegentlich mit Simon Beeken lacht, der mit dem sorgsam drapierten Besteck herumalbert. Lilo, die schon begonnen hat, das Brot zu brechen, während Frida in ihrer stoischen Ruhe neben ihr sitzt.

Ich trete an das Kopfende der Tafel und hebe mein Glas.

»Ich möchte mich bei euch bedanken. Es ist das erste Mal, dass ich hier in meinem neuen Zuhause Gäste habe, und es bedeutet mir sehr viel, dass es gerade ihr seid. Wir alle wissen, dass das Leben nicht immer geradeaus verläuft. Doch heute Abend möchte ich das alles einmal vergessen und einfach den Moment genießen. Ihr seid meine Familie hier auf Sylt.«

Der goldene Wein funkelt im Kerzenlicht, als sich die Gläser heben.

»Auf uns, und auf viele weitere Abende wie diesen.«

Während das leise Klirren von Besteck auf Tellern das schweigsame Genießen begleitet, bricht Hella das Eis und wendet sich an Frida, die den meisten am Tisch noch fremd ist.

»Du machst doch irgendwas mit Kerzen, oder? Richtig eigene Designs?«

Frida lächelt und nimmt sich Zeit, bevor sie antwortet.

»Ja, tatsächlich«, beginnt sie, während ihre Hände leicht die Serviette glätten, »ich entwerfe und gestalte Kerzen – alle möglichen Arten. Sie sind nicht nur Lichtquellen, sondern tragen Geschichten mit sich, Stimmungen, vielleicht sogar Erinnerungen.«

Sie macht eine kleine Pause und blickt auf die beiden Kerzen, die auf dem Tisch flackern. Das Modell, zu dem ich meine letzten Nachrichten an Cheyenne geschrieben habe.

»Diese hier zum Beispiel. Die Formen sollen an alte Windlichter erinnern, aber die Farben – der warme

Bernstein und das zarte Blau – fangen das Meer bei Sonnenaufgang ein.«

Die Flammen der Kerzen tanzen leicht im Windzug des offenen Fensters. Schlicht und doch irgendwie besonders, haben sie eine vage Ähnlichkeit mit den Kerzen, die im Antikladen von Dorothea standen.

»Frida hilft mir übrigens nicht nur mit Kerzen«, verrate ich der Runde. »Sie unterstützt mich auch ... psychologisch.«

»So, so«, sagt Simon.

»Nicht, was du Ferkel jetzt denkst«, lache ich. »Nein, es geht um, wie heißt das so neumodisch? Resilienz?«

Frida schaut stolz in die Runde: »Ganz genau. Und im Rahmen dessen werden wir beide demnächst zum ersten Mal ein Dunkelrestaurant besuchen.«

Ich erstarre für einen Moment. Ein Dunkelrestaurant? Davon haben wir noch nie gesprochen. Ich verschlucke mich fast an meinem Wasser. Soweit ich weiß, sind diese Dinger wirklich so dunkel wie der Horrorraum im dänischen Museum. Null Licht, nirgends. Mag ich mit Ruinen im Mondschein auch keine Probleme mehr haben, bringt diese Vorstellung die altvertraute Beklemmung wieder hoch.

Lilo reißt mich aus meinen Gedanken. »Ein Dunkelrestaurant? Das klingt großartig! Wollte ich schon immer mal ausprobieren. Da kann man sich so richtig auf den Geschmack konzentrieren, oder?«

Ich versuche, mein Gesicht zu wahren, obwohl mein Inneres rebelliert. »Ja, das ... klingt interessant.«

»Ich will mein Essen sehen, wenn ich es esse«, brummt Simon. »Wer weiß, was sie mir sonst da reintun.«

Alle lachen, während ich insgeheim damit beginne, mich mit der Idee anzufreunden.

»So ähnliche Kerzen habe ich zuletzt im Laden von Dorothea gesehen«, sagt Lilo.

Frida hört kurz auf zu kauen, doch verkneift sie sich eine Bemerkung.

Ich kann Lilos Einschätzung verstehen. Für den Laien ähnelt sich der Ansatz im Design tatsächlich. Doch wahrscheinlich ist es wie in allen Bereichen, in denen die feinen Unterschiede nur denen auffallen, die sich wirklich mit der Sache auskennen. Schließlich kann ich auch niemandem begreiflich machen, warum ein junger Cellist wie Manuel Lipstein es schafft, die ursprüngliche Lebendigkeit barocker Kompositionen von Telemann oder Hindemith ins Heute zu holen, während andere sie so steif spielen, als wollten sie eine musikalische Bilanzbuchhaltung machen. Es braucht Erfahrung, um so etwas zu erkennen. Für Außenstehende ist es oft nur Fachidiotie.

»Es ist so schrecklich, was dort geschehen ist«, sagt Hella, tupft sich mit der Serviette die Mundwinkel ab und schüttelt den Kopf.

»Ist der Täter denn nun endlich gefasst oder zumindest eingegrenzt?«, fragt Frida.

»Es ist total verrückt, und man möchte es eigentlich nicht glauben«, antworte ich. »Aber so, wie es derzeit aussieht, war es wohl Lasse Brodersen.«

»Der Nachbar?« Lilo lehnt sich im Stuhl zurück, als wäre meine Aussage ein Sturm auf dem Deich, der einen fast wegweht. »Der Pelzhändler, der alte Stoffel, der seit Jahrzehnten seiner Frau nachgetrauert hat?«

»Verschmähte Liebe«, sage ich. »Er hat getrauert, ja,

aber der Mensch hat das Recht, sich noch einmal neu zu verlieben. Er hat das Recht dazu, bei allem, was war!«

Fast haue ich auf den Tisch, während ich das sage, denke an meine letzte Nachricht an Cheyenne und meine eigenen Zweifel, ob sie richtig war. Oder erlaubt. Doch sie war's. Und auch Brodersen durfte noch einmal lieben.

»Kristan«, sagt Lilo, »du wirst ja richtig emotional bei der Sache.«

»Natürlich werde ich das.« Nun knalle ich wirklich meine Serviette auf den Tisch. »Ich kann mir nicht vorstellen, dass Lasse es gewesen ist. Er hat die Tatwaffe, oder besser gesagt, das Unfallobjekt, einen Stehtisch, auf dessen Kante sie aller Wahrscheinlichkeit nach gefallen ist oder gestoßen wurde, in seiner Garage gefunden. Welcher Täter versteckt die Waffe direkt bei sich daheim? Und der Brodersen ist auch viel zu träge dazu. Ihr sagt es doch richtig, er ist ein Stoffel, er trinkt.

Wahrscheinlich hätte er doch eher abgewartet, ob Dorothea irgendwann von ihrer Weltreise genug hat und vor der geplanten Zeit zurückkommt. Er hätte auf sie gewartet und sich vielleicht doch noch eingeredet, dass sie es nicht so meint, wenn sie seine Liebe nicht erwidert. Dass ihre Gefühle sich noch mal ändern.«

»Hat er denn kein Alibi?«, fragt Lilo.

»Nur ein äußerst obskures. Er war allein spazieren, im Wald, mitten in der Nacht. Ja, schaut mich nicht so an. Angeblich machte er das. Hier, Simon hat es mir bestätigt.«

Mein alter Freund nickt wortlos und nimmt einen weiteren Schluck vom Wein.

»Es stimmt. Lasse Brodersen ist unser Inselwanderer.

Ganz besonders gern, wenn es dämmert oder dunkel wird.«

»All die anderen Verdächtigen haben Alibis auf Video«, sage ich und rege mich nun tatsächlich auf.

»Ich kann euch nicht verraten, was darauf zu sehen ist, aber es war ihnen so peinlich, dass sie es fast so lange zurückgehalten haben, bis es sie in den Knast gebracht hat. Aber von allein Spazierengehen im Wald, kann es keine Videos geben.«

»Welcher Wald war es denn?« Lilo sieht mich nachdenklich an. Ihre rechte Hand liegt auf dem Messer, die linke umschließt den Körper des Weinglases.

»Morsumer Wäldchen.«

»Dann kann es Videos geben«, sagt sie.

Simon hebt die Augenbrauen und schiebt den Unterkiefer nach vorne. Frida verschluckt sich beim Trinken kurz an ihrem Wein.

»Wildkameras«, erklärt Lilo, »die gibt es überall auf der Insel. Das weiß ich vom Mathis Breitenbücher, einem Förster. Er ist Stammkunde bei uns im Leysieffer und bei mir. Hat zwei überaus hungrige und anspruchsvolle Hunde. Diese Wildkameras laufen rund um die Uhr und nachts mit Infrarot. Neulich habe ich eine Reportage gesehen, in der Bilder von diesen Dingern verarbeitet wurden. Total süß, wenn dort mitten in der Nacht ein junger Fuchs das Schnäuzchen in die Kamera hält. Wenn man Lasse auch noch mit einem Video entlasten könnte, dann bliebe nur noch diese ominöse Frau als Verdächtige übrig.«

Langsam guckt Lilo so neugierig und tatkräftig, dass ich sie Kröger demnächst als weitere Assistentin anempfehlen kann. In ihrer Doppelfunktion als Angestellte einer der meistfrequentierten Locations Westerlands und Versorgerin all der solventen Hundebesitzer, wäre sie gar keine schlechte Informationsquelle.

Kurz, aber vollständig berichte ich meinen Gästen von den Sichtungen der Helena Sturm auf der Insel sowie den Quittungen und den Bewirtungsbelegen, die ich bei Doro im Haus gefunden habe.

»In einer Bibel?«, lacht Hella und schüttelt ihren karottenroten Kopf, »das kannst du nicht erfinden.«

»Hier, Augenblick.« Lilo zückt ihr Telefon. Zwei Sekunden später vibriert meins.

»Ich hab dir den Kontakt des Försters geschickt. Der Kommissar soll sich mit ihm in Verbindung setzen, und Lasse soll euch zeigen, wo er angeblich spaziert ist. Dann werden wir ja sehen, ob er auch ein Alibi auf Video hatte.«

Aufrichtig bedanke ich mich bei Lilo und spüre, wie ich möchte, dass es zutrifft. Für einen Augenblick sieht Frida mich an, als hätte ich etwas im Gesicht kleben. Nicht direkt in die Augen, sondern schräg daneben, mit einem Ausdruck, den ich so noch nicht an ihr gesehen habe. Es dauert nur den Bruchteil einer Sekunde, dann schenkt sie sich selbst Wein nach und gießt ihr Glas randvoll.

KAPITEL 39

Schweigend stapfen Kröger, Brodersen und ich hinter dem Förster her, der uns mit sicherem Schritt durch den Wald führt. Obwohl es mitten am Tag ist, dringt das Sonnenlicht nur in dünnen Strahlen durch das dichte Blätterdach und taucht die Welt hier drinnen in ein sanftes, grünes Dämmerlicht. Weich gibt der Boden unter unseren Füßen nach, bedeckt von Laub und feuchtem Moos. Das Rascheln wird immer wieder vom Flattern der Vögel und dem leisen Rauschen des Windes in den Bäumen übertönt. Ab und zu knackt ein Ast im Unterholz, als würde ein unsichtbares Tier rasch davonhuschen. Der Geruch von Erde, feuchtem Holz und harzigen Nadeln hängt so schwer wie angenehm in der Luft. Langsam begreife ich, wieso Lasse sich hier gern verkriecht.

Förster Mathis, der sofort aufklärt, dass wir ihn nur beim Vornamen nennen sollen, ist ein Mann in den Vierzigern mit wettergegerbtem Gesicht, aber anders gegerbt als von Strand, Wattenmeer und Deich. Die Ellbogen seiner grünen Jacke sind abgewetzt, sein Filzhut passt sich perfekt in die Natur ein. Im Gegensatz zu uns schafft er es, fast lautlos den Pfad entlangzugehen, der kein richtiger, offizieller Wanderweg ist, aber auch kein unberührtes Unterholz. Eher ein Trampelpfad.

»Hier, ungefähr hier war ich«, sagt Lasse. »Wie immer, wenn alles zu schwer wird.« Seine Stimme klingt fast brüchig, und er hält einen Moment inne, um in den Wald zu blicken, als würde er sich mit der Natur verbinden, um seine Unschuld zu beweisen.

Wir gehen noch ein paar Schritte, bis Mathis die Hand hebt und auf einen Baum deutet. »Da haben wir ja das Schätzchen.« An der kräftigen Rinde hängt tatsächlich eine Wildkamera.

Kröger tritt näher und betrachtet das Gerät. Das graue, matte Gehäuse schimmert leicht im gedämpften Licht des Waldes, die abgerundeten Kanten verschmolzen mit der rauen Rinde des Stammes. Die Linse ist kaum größer als ein Daumennagel.

»Und du bist dir sicher mit der Nacht?«, fragt Kröger. »Und mit dem Wald? Dir muss klar sein, was für einen Nachteil es dir bereitet, wenn du uns hier nach deiner Unschuld suchen lässt und weißt, dass wir nichts finden werden.«

»Ihr werdet es sehen. Oder besser: Ihr werdet mich sehen.«

Kröger nickt, sein Blick wird fokussierter. »Dann sehen wir mal, was die Kamera zu sagen hat.«

Ein paar Minuten später sitzen wir im kleinen Forstbüro. Mit seinem Durcheinander und den Kratzspuren zeugt der massive Holztisch von herzhafter Arbeit. An den Wänden hängen gerahmte Fotografien von Tieren und Landschaften des Waldes sowie mehrere Fuchsporträts aus Kinderhand.

»Enkelin«, kommentiert Mathis meinen Blick, den eigenen schon auf dem Monitor. Zügig spult er durch die Aufnahmen der Wildkamera, während wir gespannt auf den Bildschirm starren. Immer wieder blitzen Bilder von vorbeihuschenden Tieren auf. Ein Reh, das neugierig in die Kamera schaut, ein Fuchs, der im Unterholz verschwindet. Die langsam vorbeitaumelnden Stacheln eines Igels.

»Lasse …«, raunt Kröger, als die Minuten vergehen. Doch dann, plötzlich, taucht Brodersens Gestalt auf dem Bildschirm auf. In Gedanken versunken, passiert er den Baum mit der Kamera.

»Auf dem Rückweg müsste ich auch zu sehen sein«, kommentiert Brodersen die Bilder, die Kröger sichtlich erleichtern.

»Wartet«, sagt Mathis und spult weiter. »Da, er hat recht.« Zwei Stunden später im Timecode, passiert der Nachtwanderer Lasse die Linse in der entgegengesetzten Richtung.

Kröger dreht sich zu Lasse. »Verzeih, dass ich Zweifel hatte.«

»Ich vergebe dir«, sagt dieser, »aber ich erhöhe die Miete. Und ihr findet heraus, wer diesen verdammten Tisch in meiner Garage platziert hat, um mir den Mord in die Wanderschuhe zu schieben.«

Als Lasse und Mathis verschwunden sind, stehen Kröger und ich noch eine Weile am Rand des Waldes. Es fühlt sich an, als müssten wir beide das Geschehen der vergangenen Zeit erst noch eine Weile wortlos verdauen, bevor wir weitermachen können. Der Wind spielt mit den Kronen der Bäume. In der Ferne hämmert ein Specht. In die Stille hinein sagt Kröger: »Zwei Männlein stehen im Walde, ganz still und stumm. Nach Wochen der Ermittlung noch immer dumm.«

Langsam drehe ich den Kopf und sehe den größeren Mann von schräg unten an.

»Ach so«, sagt er, »hier.« Er greift in seine Jackentasche und gibt mir das sorgsam gefaltete Stofftaschentuch mit der Blume des Lebens wieder zurück. »Nichts dran zu finden. Können Sie wieder haben. Obwohl ... wird es nicht langsam Zeit für das Du?«

Er streckt mir die Hand hin.

»Bernhard.«

»Kristan«, antworte ich und drücke sie fest. Und endlich, endlich denke ich daran. »Weißt du, was ich mal dringend wieder frisch einspeichern muss? Deine Handynummer.«

Er schmunzelt und zieht sein nostalgisches Tastenhandy aus der Tasche. »Dann leg sie auch direkt auf Kurzwahl. Wenn mal was ist, brauchst du nicht groß zu wählen, sondern nur die Zahl gedrückt halten, hinter der ich mich verberge. Die paar gesparten Sekunden können Leben retten.«

Ich lasse mir die Nummer diktieren und lege sie tatsächlich auf die zweite Stelle. Die erste reserviere ich für Cheyenne.

»Fertig«, sage ich, »auch wenn ich nicht hoffe, dass du mich noch mal retten musst.«

KAPITEL 40

»Brahms Zweite, Bruckners Dritte, und wenn ich ehrlich sein soll, ja, die *Planeten* von Holst.«

Ich atme schwer und mache Listen. Die Finsternis im Dunkelrestaurant bildet das schwärzeste Schwarz, das mir jemals begegnet ist. Was wir Menschen hinter den Augenlidern sehen, wenn wir sie schließen, ist eine ausgiebige Hallenbeleuchtung dagegen. Ich kann mir kaum vorstellen, dass wir überhaupt mit anderen Menschen in einem Raum auf Stühlen an Tischen sitzen, würde ich den Stuhl nicht unter mir spüren, die Tischdecke nicht unter meinen Fingerkuppen, und träte nicht ab und zu der Kellner an uns heran, sodass ich jedes Mal zusammenzucke, wenn er sich nähert.

»Du machst das gut, Kristan«, sagt Frida und streichelt meine linke Hand. Mit der rechten umklammere ich das Wasserglas, aus dem ich noch keinen Schluck getrunken habe. Ein kühler Anker in dem dichten, drückenden Nichts.

»Mach noch eine«, sagt Frida. »Deine liebsten Inseln außerhalb von Deutschland.«

Ich überlege, doch nur ganz kurz sehe ich Strände und Berge vor mir. Es hält nicht lange an. Ich muss an Laura denken. An meine tote Laura, nicht an Cheyenne, der es gut geht, irgendwo in der Ferne, womöglich auf einer der Inseln, die ich nun nennen soll. Nicht mal an Dorothea denke ich oder an Hinnerk Petersen, sondern an

Laura und an die Frage, wo sie sich jetzt befindet, nach ihrem Tod vor so vielen Jahren. Denn die eigentliche Angst, die hinter meiner Furcht vor der Dunkelheit liegt, ist die grauenhafte, undenkbare Möglichkeit, dass nach dem Ende dieses Lebens auf Erden tatsächlich nichts weiter wartet als ein unendliches, niemals endendes, raumloses, erstickendes Schwarz.

»Frida?« Ich schlucke schwer. »Ich glaube, ich weiß jetzt, warum ich solche Angst vor der Finsternis habe.«

»Trink erst mal einen Schluck«, sagt sie.

Ich führe das Glas an den Mund und nehme ein, zwei winzige Schlucke.

»Schmeckt seltsam«, sage ich, »fast ein bisschen metallisch.«

»Finde ich auch«, bestätigt Frida. »Ob die hier so eine esoterische Heilplörre ausschenken, wenn man bloß stilles Wasser verlangt? Diese Heilwässer haben doch immer viel zu viele Mineralien. Aber was soll's? Vielleicht schmeckt es immer so, und wir bemerken es erst jetzt, weil wir es feiner fühlen. Das ist ja der Sinn eines solchen Dunkelrestaurants. Also der eigentliche Sinn, wenn man nicht gerade ein Coaching gegen seine Ängste macht. Du wirst es gleich erleben, wie alles so viel intensiver schmeckt. Als esse man eigentlich das erste Mal im Leben. Oder das letzte.«

»Haben Sie sich entschieden?«

Ich zucke erneut zusammen. Wie vorhin, als der Kellner das erste Mal vollkommen lautlos neben uns aufgetaucht ist und uns die drei möglichen Menüs vorlas. Nur die abstrakten Namen, denn die ganz konkreten Gerichte sollen wir nachher erschmecken, ohne sie zuvor genau zu kennen. Mühelos bewegt er sich zwischen den

Tischen. In Dunkelrestaurants sind die Kellnerinnen und Kellner schließlich Blinde. Und wir erleben, wie es ist, so durch die Welt zu gehen.

»Gern«, sagt Frida. »Ich nehme das italienische Menü.«

»Und ich das mit Wild.«

»Noch etwas zu trinken, abgesehen vom Wasser?«

»Einen Chardonnay, bitte«, sage ich.

Frida überlegt einen Moment.

»Wissen Sie, was, ich glaube, ich möchte heute Abend wach und ein bisschen beschwipst zugleich sein. Haben Sie einen Espresso Martini?«

In diesem Augenblick steht die Welt still. Der ganze riesige Erdball stoppt auf seiner mächtigen Achse, und die Worte von Frida stehen wie in gigantischer Schrift in der Schwärze des Raums. Grell, hell, verzerrt.

»Da muss ich die Bar fragen«, sagt der Kellner. »Das ist außergewöhnlich.«

Leise entfernen sich seine Schritte. Frida hält immer noch meine linke Hand. Ich will sie wegziehen, doch sie hält sie fest. Nichts an diesen Fingern ist nun noch zart und beschützend. Was mich jetzt dort hält, ist die knöcherne Klaue in der Dunkelheit.

»Wir haben alle Zeit der Welt«, sagt sie, und ihre Worte katapultieren mich nach all den Jahren das erste Mal an das Grab von Laura zurück. Dort stehen wir nun nebeneinander und schauen auf die Erde, die meine Liebe unter sich begraben hat. Auf Kränze und Blumen, die von Ehrerbietung für Laura sprechen, für mich aber nur von meiner Schuld erzählen. Erst nach Minuten bemerke ich den stärker werdenden Wind in den alten Bäumen über uns, wahrscheinlich war er die ganze Zeit da und tat sein Werk völlig ohne Reue. Ich wollte glauben, selbst er sei aus Anstand mal für ein paar Augenblicke verstummt. Es schüttelt mich, die Schultern, den Brustkorb. Willenlos wie eine Puppe werfen mich die Tränen hin und her, und widerlicher Schnodder entweicht meiner Nase. Frida greift in ihre Handtasche und reicht mir ein Taschentuch. Ein richtiges, aus Stoff. Kurz zögere ich, es mit meinem ekligen Ausfluss zu füllen, und betrachte daher sein außergewöhnliches Muster. Diese hypnotische Geometrie aus ineinander verschlungenen Kreisen, mit goldenem Garn in das Blütenweiß gestickt. Die Blume des Lebens. Wie war das noch mit den Erinnerungen? Keine Videodatei, die immer gleich bleibt, sondern ein Puzzle, das sich jedes Mal neu zusammensetzt? Wo war dieses Puzzleteil, als ich das Stofftaschentuch mit der Blume des Lebens darauf in der Ritze unter der Eingangstür von Dorotheas Laden fand, ein paar Minuten, bevor ich in ihre leblosen Augen blickte? Wo war es, als Kröger mit dem Tuch unter der Nase von Meike Westermann wedelte und sie dazu bringen wollte, zuzugeben, was sie nicht zugeben konnte, da sie das Ding niemals hergestellt hat?

»Obwohl«, fügt Frida jetzt hinzu, »du hast bald alle Zeit des Jenseits.«

Ich kann nichts sagen.

Nicht mal mehr denken.

Die Welt hat nicht nur gestoppt, sondern beginnt zu zerfallen. Langsam bilden sich Risse in der Kruste. Unaufhaltsam, unumkehrbar.

»Von Espresso Martini hast du schon einmal gehört, nicht wahr?«, sagt Frida »Ich glaube, eine gewisse Helena Sturm hat es ganz gern getrunken.«

Meine Hand wird eiskalt. So kalt, dass Frida eigentlich an ihr erfrieren müsste, hätte ich nicht gerade herausgefunden, dass in ihr längst kein warmes Blut mehr fließt. Oder noch nie geflossen ist.

»Warum nur?«, flüstert sie. »Warum, Kristan? Warum musst du auf dieser Insel den Hobbydetektiv spielen? Es hätte alles so schön sein können.«

Kurz denke ich an das Wattenmeer. Nicht mal ein Jahr ist es her, dass ich dort stand und Sven Atzorn die Waffe auf mich richtete, während das Wasser stieg. Das Einzige, was mich rettete, war, dass sie von sich aus mein Telefon orteten. Auch damals war es dunkel, aber nicht so wie hier. Wir sitzen im Dunkelrestaurant. In einem Raum, in dem man im wahrsten Sinne des Wortes die Hand nicht vor Augen sieht. Ein Raum, in dem also auch Frida nicht sehen kann, was ich mit der freien rechten Hand tue, mit der ich eben das Wasser zu meinem Mund geführt habe.

»Meines schmeckte übrigens nicht metallisch«, sagt sie. »Das liegt daran, dass der Anteil von Thallium darin geringer war. Wahnsinn, dass du es schmecken konntest. Du hast wirklich sehr feine Sinne.«

»Aber«, stammele ich, halb, weil ich es wissen will, halb, um sie abzulenken. »Wie? Wieso? Wie?«

»Mit einer Perücke, du Dummerchen. Aus langen schwarzen Haaren werden schulterkurz brünette. Für das Haus macht man sich einen Schlüssel nach. Ach ja, und im Übrigen, ich fahre auch einen beigefarbenen Lada, wenn ich gerade mal nicht alles mit dem Bike wegschaffen kann. Hatte mir diese Lächerlichkeit ursprünglich zugelegt, um mich damit bei Dorothea einzuschleimen, es dann aber verworfen. Die Karre hat sie nie gesehen. Wir haben uns trotzdem gut verstanden, bis diese infame Person mir auf einmal, aus heiterem Himmel sagt, dass sie mich im Stich lässt. Dass sie einfach so mit offenem Ende auf Weltreise geht.«

»Infam?«, sage ich und lasse behutsam und so leise wie möglich meine rechte Hand vom Tisch wandern, in Zeitlupe, denn mag Frida auch nichts sehen, traue ich ihr doch zu, jede schnellere Bewegung zu spüren.

»Über Jahre hinweg haben wir uns gekannt, seit ich damals bei ihrer Nichte zum Yoga gegangen bin. Mit Laura, wie du weißt. Eines Abends erzählt Petra mir von ihrer reichen Tante auf Sylt, und ich denke mir: Was für eine schöne Sache. Ein neues, langfristiges Projekt.«

»Du machst so etwas öfter?«

»Man muss das Nützliche mit dem Schönen verbinden, Kristan.«

»Du bildest langfristige Freundschaften aus, um die Leute zu hintergehen und auszunutzen?«

»Du machst doch nichts anderes! Lügst die Leute an, spionierst für den Kommissar, spielst Kunden gegeneinander aus. Und weiß deine liebe Cheyenne, dass du dich seit geraumer Zeit regelmäßig mit einer anderen Frau im Dunkeln triffst?« Sie lacht.

»Du bist ja völlig krank«, sage ich, weil ich es glaube, aber auch, um sie ein wenig zu provozieren und abzulenken. Tatsächlich gelingt es. Sie drückt meine Hand noch fester. Zwei meiner Fingerknochen knacken. Schnell lasse ich meine rechte Hand unterm Tisch verschwinden und lehne mich behutsam nach hinten, sodass ich das Telefon tief und mittig unter den Tisch halten kann.

»Sie hat mich verraten, Kristan. Sie hat die ganze Zeit

nur so getan, als ob sie meine Freundschaft erwidert. Aber dann sagt sie mir, dass sie bald weg ist, in einer so selbstverständlichen Weise, als wäre ich bloß eine Kundin, die die Öffnungszeiten wissen muss. Weißt du, wie sich das anfühlt?«

Der Kommissar liegt auf Kurzwahl. Normales Wählen wäre undenkbar, dafür wäre das Licht des Displays zu lange an. Aber die Kurzwahl schaffe ich vielleicht schnell genug. Ich muss Frida noch mehr ablenken.

»Die Frau in der Nacht am Antikladen. Die Frau, die Dinge in Doros vermeintlichen Lada gestopft hat. Die Frau, die am Friedhof vorbeigefahren ist ... das warst alles du.«

»Während der Trauerfeier konnte ich am meisten rausholen. Da waren garantiert alle weg.«

Ich zittere mit der Handyhand. Kommen direkt die Kellner, wenn sie Displaylicht sehen? Es geht strengstens gegen die Spielregeln.

»Ich habe Lasse den Tisch untergeschoben, als er im Wald war. Ich wollte Dorothea gar nicht umbringen. Ich hätte Geduld gehabt, bis sie von der Reise satt ist, die feine Lady. Aber dass sie mir nichts gesagt hat zuvor, nicht ein Wort ... dass ich einfach ganz normal wie immer zu ihr komme und erwarte, dass wir einen schönen Abend haben, an dem sie mich endlich mal in ihr privates Haus einlädt nach all der langen Zeit. Aber dann steht sie da vor mir in ihrem Geschäft und teilt mir durch ihre Reisepläne ohne direkte Worte mit, dass wir nie Freundinnen waren. Dass ich nur so was bin wie eine flüchtige Bekannte.«

Mir gegenüber sitzt eine Frau, die ich für einen guten Menschen gehalten habe, die sich über Monate und Jahre in das Leben anderer schleicht, um sie dann irgendwann systematisch auszunehmen, und die sich in der Sache aber als Opfer fühlt. Als Opfer der Demütigung durch Dorothea. Wie so viele, denen sie ganz beiläufig ihre Würde genommen hat.

»Wir haben uns gestritten, sie ist gefallen und gegen den Tisch geschlagen. Ach so, die Kerzen waren übrigens doch von mir. Deine Freundin Lilo hat das gut erkannt mit der Ähnlichkeit. Und selbstverständlich sind sie kein Kitsch. Oder doch, schon, aber in dem Ausmaß, wo es noch stilvoll ist.«

Jetzt oder nie.

Es gelingt mir, unter dem Tisch das Telefon zu aktivieren. Einen kurzen Moment leuchtet das Display auf, ich drücke die Kurzwahl, drücke den Lautstärkeregler für den Lautsprecher auf null und stecke es schnell unter meinen Pulli, in der Hoffnung, dass er nicht zu viel vom Klang wegnimmt, der auf der anderen Seite von hier zu hören sein soll.

Überall klimpert das Besteck an den Tellern. Schmatzen Münder. Unterhalten sich Menschen. Ein minimales Vibrieren unter dem Pulli zeigt mir an, dass Kröger rangegangen ist. Seine Rufe sind nicht zu hören. Ich aber hebe die Stimme.

»Ich habe Angst«, sage ich, als ob ich mein Schicksal hinnehme. Als ob ich akzeptiert habe, dass Frida, die Frau, die meine Seele retten sollte, mich hier und jetzt in der absoluten Finsternis unbemerkt hinrichten wird. »Du willst mich sterben lassen in einem Dunkelrestaurant. Nein, nicht du. Dich gibt es gar nicht. Helena Sturm ist die echte Frida.«

»Du musst keine Angst haben, Kristan«, sagt Frida

und löst etwas ihre Hand von meiner. Ich spüre, wie sie mit der anderen nach meiner zweiten sucht, und lege sie schnell auf den Tisch. Sanft umschließt sie meine beiden Hände mit ihren.

»Du hattest ein erfülltes Leben auf der schönsten Insel der Welt. Und niemand weiß, was nach dem Ende kommt.«

Die nächste halbe Stunde essen wir die ersten beiden Gänge, als sei nichts. Der Kellner hat meinen Wein dazu gebracht und ihren seltenen Cocktail, hat das Besteck ausgetauscht, auf dass sie später den hauchdünnen, aber knackigen Boden ihrer Edelpizza mit einem schärferen, zackigeren Messer schneiden kann. Frida genießt. Einfach so. Bissen für Bissen kommentiert sie ihr Gericht und redet mit mir über meins, während sie ganz genau weiß, dass sie mich bereits getötet hat. Ich bin mit dem Teufel im Bunker gewesen, im verlassenen Reethaus, auf der Fähre, wo alles begann.

»Keine Panik! Alle ganz ruhig bleiben! Polizei Westerland!«

In einer Millisekunde verwandelt sich die absolute Finsternis in das grellste Licht, das ich jemals gesehen habe. In der Ausstellung in Dänemark waren die Skulpturen und Mitmenschen nur ganz kurz im Blitzlicht zu sehen. Jetzt reißt die eingeschaltete, vollständige Beleuchtung des Raumes Menschen, Möbel, Teller und weiße Wände ohne jedes Bild daran dauerhaft aus der Finsternis auf unsere Netzhäute. Die Menschen schreien und quietschen, kneifen die Augen zusammen, das Licht schmerzt. Nur verschwommen sehe ich Kröger und die Beamten, als ich mit den Augen blinzle, sehe, wie Frida aufspringt und um den Tisch stürzt, im nächsten Bild steht sie bereits neben mir, im dritten spüre ich ihre linke Hand meinen Arm gegen den Rücken drücken und ihre rechte mit einem Messer an meiner Kehle.

»Machen Sie keinen Scheiß!«, brüllt Kröger, der über die blitzschnelle Aktion Fridas nicht nur überrascht, sondern auch verärgert zu sein scheint.

»Nur ein Pizzamesser«, sagt Frida und drückt die scharfe Spitze ein wenig in die weiche Haut meines Halses, »aber ich weiß damit etwas anzufangen.«

Ich sterbe sowieso.

Dieser Gedanke schießt mir durch den Kopf, als ich im erst kürzlich eröffneten Dunkelrestaurant meines liebsten Ortes auf Erden stehe, von einer Soziopathin festgehalten und vergiftet.

Ich habe nichts mehr zu verlieren.

Mit der rechten Hand greife ich in meine Hosentasche und ziehe meinen Schlüsselbund heraus, an dem immer noch der Gartenhüttenschlüssel der Vorbesitzerin des MINI Coopers befestigt ist, samt dem seltsamen Anhänger, der aussieht wie die Hälfte des zerbrochenen Kontinents, den ich mir damals mit Laura teilte. Der Anhänger mit den sehr scharfen Kanten. Ich ertaste ihn in dem klimpernden Durcheinander, presse ihn zwischen meine geschlossene Faust, sodass die schärfste Ecke hinausragt, und ramme sie so fest in Fridas Oberschenkel, wie ich nur kann.

»Aah!«

Das Ding dringt nicht tief durch die Hose in Fridas Bein ein, aber der kurze, überraschende Schmerz reicht aus, um sie für einen winzigen Augenblick zu irritieren. Das Messer löst sich etwas von der Kehle, und ich stoße meinen Hinterkopf in ihr verlogenes Gesicht. Sie taumelt, ich lasse mich einfach nach vorn fallen und sehe noch im Sturz, wie Kröger und die Beamten neben mir und über mir auf Frida einstürzen und sie zu Boden rei-ßen, bevor ich trotz des grellen Lichtes in die Dunkel-heit falle.

KAPITEL 41

Ich öffne die Augen. An den weißen Wänden ist das erste Bild aufgetaucht, ein gerahmtes Poster der *Caféterrasse am Abend* von Vincent van Gogh. Gelbe Lichtflecken erleuchten die südfranzösische Szenerie unter dem klaren, sternenübersäten Nachthimmel, dessen Dunkelheit sanft in den warmen Glanz der Laternen übergeht. In der Ferne sitzt eine kleine Gruppe von Menschen am letzten Tisch in der Tiefe des Gemäldes. In meiner Nähe spüre ich allerdings auch Atem, Geräusche und verschiedene Düfte auf echter Haut.

»Er kommt zu sich«, ertönt eine Frauenstimme. Dann schieben sich Gesichter in mein Blickfeld. Der kantige Kopf von Kröger, die roten Haare von Hella und Lilos gütiges Antlitz. Aber vor allem, grüne Augen, umrahmt von dunklem, kinnlangem Haar, dessen letzte Spitzen das süße Kinn umspielen.

»Cheyenne«, flüstere ich, kraftlos, mein Körper, ein einziger, schwacher Lappen. »Du solltest dir doch keine Sorgen machen. Du solltest doch nicht zurückkommen.«

Meinen Körper umschließt ein dickes Federbett mit blütenweißem Bezug. Solche Wäsche gibt es nur in Krankenhäusern. Neben der *Caféterrasse am Abend* klafft ein Loch in der Wand. Ein Loch mit Fenster und Klinke und Fensterbank. Kein Loch ohne Fenster. Kein Bunkerloch. Kein Rahmen in einer Ruine. Draußen blüht ein gelber Ginkgobaum vor blauem Himmel.

»Sie haben dir gerade noch rechtzeitig den Magen ausgepumpt«, sagt Kröger. »Diese Irre hat dir Thallium ver-
abreicht.«

Mit ihren zarten Fäusten schlägt Cheyenne auf meine
Schultern ein. »Fast hätte man dich vergiftet, Kristan!
Vergiftet! Aus dem Leben gerissen! Aber nein, Cheyenne, mache dir keine Sorgen, ich helfe nur dem Kommissar, dabei kann nichts passieren. Kaum, dass mich
deine Nachricht erreicht hat, habe ich mich ins Flugzeug
gesetzt, du Trottel! Denn weißt du, was, ich liebe dich
auch!«

Ohne Vorwarnung drückt mir Cheyenne einen Kuss
auf die Lippen, wie ich ihn noch nie von ihr bekommen
habe. Gern würde ich ihn noch aktiver erwidern, all die
anderen lieben Menschen aus dem Raum schicken und
Cheyenne die Tür abschließen lassen. Aber ich glaube,
ich bin noch nicht so weit, wenn sich außer meinem
Herzen gerade nichts an meinem Körper ernsthaft bewegen kann.

Zögerlich tritt Hella ganz nah an die andere Seite des
Bettes.

»Ich war bei dir zu Hause und habe mich genauer umgesehen.«

»Warum?«, flüstere ich, denn auch die Stimmbänder
wollen noch nicht so richtig.

Hella schaut kurz zu Boden, als wäre ihr die Antwort
unangenehm.

»Ich habe, na ja, nach einer Patientenverfügung gesucht ...«

Ich spüre einen kalten Stich im Bauch. Alle im Raum
schauen betreten.

»Ist okay«, presse ich heraus und versuche schneckengleich, meine Hand zu ihrer zu bewegen, um sie beruhigend zu drücken.

»Jedenfalls, während ich da so suche und nichts finde, der Prince ganz aufgeregt um mich herum, als ob er dich suchen würde und du dich nur im Schrank versteckst, da kam mir in den Sinn, was du mir irgendwann mal gesagt hattest, im Büro, ganz zu Anfang. Wo du dein Testament lagerst. Nicht in einem Ordner, sondern in dieser kleinen, antiken Kiste mit den Metallbeschlägen, die aussieht wie ein Requisit aus Piratenfilmen.«

Ich kneife die Augen zusammen. Das Stück habe ich vor Jahren bei Dorothea gekauft.

»Ich finde das Ding, öffne es, sehe das Testament, keine Verfügung, eine alte Uhr und … das hier.«

Sie holt ein kleines Teil aus Metall aus ihrer Tasche. Die eine Hälfte des Pärchen-Schlüsselanhängers, den Laura und ich uns geteilt hatten. Ihre Hälfte von Australien, das sie nie sehen wird und ich jetzt wieder sehen könnte, denn sie haben mir ja den Magen ausgepumpt und wissen, was sie tun. Immerhin kleben sie van Gogh an die Wand und bekommen einen Gingko zum Wachsen.

»Es fiel mir auf«, fährt Hella fort, »weil der Kommissar uns den Anhänger gezeigt hat, mit dem du dich selbst gerettet hast, indem du ihn dieser miesen Schlampe in den Oberschenkel getrieben hast.« Hella lässt sich den Anhänger, den ich der Vorbesitzerin meines MINI Coopers immer noch nicht samt dem Schlüssel gesendet habe, von Kröger geben und führt beide Teile vor meinen müden Augen zusammen. »Sie passen wie angegossen, siehst du?«

Ich starre den nun geschlossenen Kontinent an, als

würde die Zeit stillstehen. Mein Verstand begreift langsam, was mein Herz noch nicht fassen kann. Mit aller Kraft, die mir bei den fünf Prozent Akku, die mein Körper gerade aufweist, bleibt, versuche ich, mich ein wenig aufzurichten. Cheyenne hilft mir und stopft mir ein Kissen in den Rücken. Ich schmatze wie ein alter Mann in dem Versuch, etwas Speichel auf meine Zunge zu kriegen und etwas Bass in meine Stimme zurückzuholen.

»Ist hier irgendwo mein Telefon?«

Cheyenne öffnet die Schublade des rollbaren Nachttisches. »Hier, mein Herz.«

Ich nehme das Gerät, das mich neben dem Anhänger als Stichwaffe gerettet hat, entsperre es mit dem Zahlencode 1141, dem Jahr, in dem Sylt als »Sild« das erste Mal erwähnt wird, ausgerechnet in einem Schenkungsbuch des Klosters Odense, wo Frida heute lebt, wenn das überhaupt stimmt. Der Gedanke versetzt mir einen erneuten Stich, sodass ich das Gesicht verziehe und alle am Bett sofort ein paar Zentimeter näher rücken.

»Alles okay«, sage ich, »alles okay.« Ich räuspere mich und wähle die Nummer von Frau Senger in Dänemark. Nach dreimal Klingeln geht sie ran.

»Godmorgen?«

»Goddag, Frau Senger«, entgegne ich auf Dänisch, »hier ist Kristan Dennermann.«

»Herr Dennermann, schön, dass Sie anrufen.«

»Ich weiß, ich schulde Ihnen immer noch den Schlüssel aus dem Wagen, zu Ihrer Gartenhütte. Sie können sich nicht vorstellen, was hier los war. Also, ich meine, Sie können es sich *wirklich* nicht vorstellen.«

»Das ist lieb, dass Sie wieder daran denken. Habe hier

mittlerweile noch ein Exemplar des Schlüssels von meinem Sohn gefunden, aber senden Sie mir ihn trotzdem noch zu.«

»Ich habe eine Frage dazu«, schiebe ich nach, und der eben erst zurückeroberte Stimmumfang schwindet langsam wieder.

»Ja?«

»Dieser Anhänger da dran. Woher haben Sie den?«

»Der lag damals schon im Wagen. Habe ihn selber erst eine Weile nach dem Kauf gefunden und die Frau angerufen, die mir den Wagen vermacht hat. Sie war sehr froh, davon zu hören, und hatte ihn schon gesucht. Meinte sogar, sie hätte ihrem Partner noch nichts von dem Verlust gesagt, weil das Ding so eine Art Glücksbringer sei. Ich wollte ihn ihr senden, aber sie meinte, sie würde ihn lieber persönlich holen wollen, wenn sie das nächste Mal beruflich in Dänemark wäre, weil die Post doch durchaus mal was verliert. Also trug ich ihn mit dem Schlüssel immer bei mir, habe aber nie mehr was von ihr gehört.«

Nun rücken Cheyenne, Hella und sogar Kröger noch näher ans Bett und legen Hände auf meine Schultern, Oberarme und Schenkel, da sie ja nicht hören, was ich höre, und daher keine Ahnung haben, wieso mir gerade die Tränen aus den Augen laufen. Es ging mir schlecht damals, finanziell. Es bröckelte hinter der Fassade. Vorne heraus war alles noch ein feinstes Reethaus, aber innen eine Ruine. Meinen MINI Cooper mit dem Union Jack zu verkaufen, brachte gutes Geld, aber ich brachte es nicht übers Herz, ihn der Käuferin zu bringen und zu übergeben. Also hat Laura es getan und mir nicht mal gesagt, wo und wann. Der Wagen, mit dem ich seit Wochen fahre und der vor Kurzem wieder so zu riechen angefangen hat wie mein alter – er *ist* mein alter.

»Eine Frage habe ich noch«, sage ich mit brechender Stimme, »oder besser eine Bitte: Kann ich Ihnen nur den Schlüssel senden und den Anhänger behalten?«

»Wenn er Ihnen so gut gefällt, klar. Sie haben das Auto ja gut bezahlt.«

Sie lacht.

»Ich danke Ihnen, Frau Senger. Tusind tak.«

Ich lege auf.

»Was war das denn?«, fragt Cheyenne. Ohne Eifersucht, ohne Skepsis, wieso mich da eine andere Frau zum Weinen bringt. Einfach nur mit Neugier für mein Leben, das wieder möglich ist.

»Eine lange Geschichte«, antworte ich. »Ich erzähle sie dir, wenn Lilo uns nachher aus dem Leysieffer Latte Macchiato und Süßgebäck bringt.«

Lilo schüttelt lachend den Kopf. Selbst aus der Tür am Ende des Raumes ertönt ein krachiges Grunzen. Erst jetzt erkenne ich, dass zwei alte Männer dort im Rahmen stehen. Simon Beeken und Lasse Brodersen, die zwei ältesten Eichen unserer Inselwälder.

»Komm du noch mal hier raus«, sagt Simon. »Dann kannst du was erleben.«

»Das hoffe ich doch«, krächze ich und lasse mich wieder in die Kissen fallen, umgeben von guten Menschen. Den Einzigen, denen ich noch trauen kann und noch jemals trauen werde.

KAPITEL 42

Ich sitze hinter dem Steuer meines MINI Coopers und lasse die Abenddämmerung über die Insel kriechen, während der Motor gleichmäßig brummt. Der Wind streicht sanft über das offene Verdeck und trägt in der salzigen Seeluft heute sogar die Noten des Waldes mit sich, die ich seit der Wanderung mit Lasse, Kröger und Mathis nicht vergessen habe. Der Prince of Wales thront neben mir, die Ohren im Wind flatternd. Die historischen Rennfahrerhandschuhe schmiegen sich um meine Hände, und sosehr ich den Prince liebe, sosehr stelle ich mir auf dem Beifahrersitz wieder Cheyenne vor, wie sie ihre grünen Augen schließt und genüsslich den Duft des Abends einsaugt.

Alles habe ich ihr erzählt. Im Krankenhaus und danach, als ich wieder gehen konnte und reden und mit ihr über die Insel fahren. Alles habe ich ihr gezeigt, jeden Schauplatz dieser unglaublichen Geschichte, die sich hier zugetragen hat. Bei Meike im Laden gönnte sie sich einen schönen Kaschmirschal für den Winter, der die Dünen unserer Insel mit ein wenig Glück bald wieder zu Schneebergen machen wird. Auf der Terrasse von Dorotheas ehemaligem Haus in Braderup tranken wir einen Kaffee mit dem neuen Eigentümer, einem Drehbuchautor, der hinter zahlreichen verfilmten Geschichten steckt, die zur Erinnerung von Hunderttausenden geworden sind. Die Ottls aus Bayern haben gar kein Haus mehr auf der Insel gekauft, als sie in den Nachrichten die Bilder der Schlagerfaschisten von Kampen und der Pelzladen-Vandalen von Keitum sahen. Soweit ich weiß, suchen sie gerade in Monaco.

Den Antikladen hat Lasse Brodersen der guten Gabrielle Buchanan abgekauft und mal eben das nötige Kleingeld nach Kanada überwiesen. Trotzdem es nicht so auf Gegenseitigkeit beruht hatte, wie er es sich wünschte, habe er Doro immer noch in seinem Herzen, kriege sie nicht heraus und sähe es außerdem lieber, wenn jemand dieses Geschäft fortführe, als wenn er irgendwelche Start-up-Kaschmir-Label als Nachbarn bekäme. Eine junge, aufstrebende Geschäftsführerin mit Liebe zu alten Sachen, die sinnvoller zu handeln sind als all die neuen, weil längst genug für alle vorhanden ist, hat sich in Mina Hofacker auch schon gefunden.

Da er genau spürt, wo wir hinfahren, jault der Prince of Wales in einer Mischung aus Vorfreude und Traurigkeit darüber, dass Cheyenne nicht bei uns sein kann. Aber ich habe darauf bestanden, dass sie ihre Reise zu Ende führt, die sie für mich so jäh abgebrochen hat. Es war einiges an Überzeugungsarbeit nötig. Vor allem das Versprechen, Kröger auf gar keinen Fall mehr bei irgendwas zu helfen, solange sie weg ist. Oder am besten gar nicht mehr. An meinem Lieblingsstrand im Süderheidetal verbrannten wir gemeinsam das Taschentuch mit der Blume des Lebens, die in diesem Fall eine Blume des Todes war. Frida Menke muss nun die schmucklosesten, stillosesten und trostlosesten Kerzen überhaupt ertragen, sollte die Klinik für forensische Psychiatrie überhaupt mal welche entzünden. Eine Einrichtung, die sie wahrscheinlich nie wieder verlassen wird. Ich habe das nachgelesen, weil ich den Gedanken vertreiben wollte, dass sie irgendwann in fünfzehn Jahren bei uns vor der Tür steht, die Kinder schon fast Teenager und hinter Cheyenne und mir im Flur neugierig schauend. Nach Paragraf 63 des Strafgesetzbuches ist der Aufenthalt von Straftätern in einem psychiatrischen Krankenhaus zeitlich unbefristet und endet erst, wenn ein Gericht feststellt, dass von der Person keine Gefahr mehr für die Gesellschaft ausgeht. Da Dorothea Hußmann nicht das erste Opfer war, mit dem Frida eine jahrelange Freundschaft simulierte, während die mit meiner Laura tatsächlich echt war, und da man bei Frida den Unterschied immer nur wird erkennen können, wenn es schon zu spät ist, dürfte das Gericht niemals zu so einem Urteil kommen.

Aber: Sie hat mich geheilt.

Mit ihrem radikalen Coaching hat mich eine Mörderin von meinen Ängsten geheilt.

»Muss ich jetzt wieder krank werden, um moralisch nicht zu verkümmern?«, habe ich Cheyenne gefragt, als die letzten Flammen aus dem Stofftaschentuch züngelten, und sie strich mir durchs Haar und meinte: »Für irgendwas muss es doch gut gewesen sein.«

Also fahre ich.

Fahre unter einem Sylter Himmel, der sich in letzte violette Töne taucht, bevor die Nacht langsam übernimmt. Ich fahre durch das offene Land, vorbei an den Dünen und Feldern, hinein in die Dunkelheit und fühle dabei keine Furcht.

Das Dunkel kann ich nun ertragen. Den Menschen misstraue ich wieder. Ob jemals beide Gewichte von der Waage genommen werden können, weiß ich nicht. Aber meine Insel, die hat mich nie enttäuscht. Selbst in den schlimmsten Momenten liebe ich sie, trotz allem. Der MINI Cooper gleitet über den Asphalt, und ich weiß, dass ich in dieser Nacht nicht nur eine Reise über die Insel mache, sondern auch eine Reise in ein Leben, in dem die Angst keinen Platz mehr hat. Nicht auf Sylt und nicht in meinem Herzen.

LESEPROBE

ebook ISBN 978-3-423-44361-6
Print ISBN 978-3-423-22051-4

PROLOG

Etwas klickt. Ein Geräusch, das nicht hierhergehört.

Noch bevor ich die Bedeutung erfasse, setzt mein Atem aus. Mit weit aufgerissenen Augen starre ich in den wattigen Nebel, der mich einhüllt, mich zu verschlucken droht. Nebel ist das Schlimmste, seit ich damals ...

Mein Herz rast, meine Knie beginnen, unkontrolliert zu zittern. Ich hätte nicht herkommen dürfen. Niemals.

Du musst verschwinden. Sofort.

Aber meine Füße gehorchen mir nicht mehr. Immer tiefer sinke ich in den matschigen Wattboden, den die auflaufende Flut in eine Todesfalle verwandeln wird, sobald sich die Priele mit Meerwasser füllen, unaufhaltsam, und mir den Rückweg zum Strand abschneiden.

Nordsee ist Mordsee.

Das ist allerdings mein kleinstes Problem, denn das metallische Klicken sagt mir, dass ich nicht allein hier draußen bin. Ich spüre die drohende Gefahr körperlich, mit jeder Faser. Wieder und wieder suche ich den Nebel ringsum nach verräterischen Schatten ab. Vergeblich. Nur der Lichtkegel eines fernen Leuchtturms streicht ab und an durch die feuchte Suppe.

Niemand wird mich hören, wenn ich um Hilfe schreie, niemand kann mir jetzt noch helfen. Warum, verdammt, habe ich das zugelassen? Warum bin ich nicht einfach bei dem geblieben, was ich am besten kann – Häuser und

Wohnungen verkaufen? Warum habe ich mich dazu hinreißen lassen, auf eigene Faust zu ermitteln und mich damit in Teufels Küche zu bringen?

Mein Puls beginnt, panisch zu flattern, als ich eine Silhouette erspähe, die sich unmerklich aus dem wattigen Grau abhebt. Quälend langsam nimmt sie Gestalt an, färbt sich dunkler, wird größer. In diesem Moment gleitet der Lichtkegel des Leuchtturms heran, und etwas Metallisches blitzt direkt vor mir auf. Der Lauf einer Waffe.

Das ist es also. Das Ende.

Der Moment gefriert, während mein Hirn in hektische Betriebsamkeit verfällt und Fragen über Fragen abfeuert, die nichts mehr zur Sache tun.

Warum habe ich die Warnzeichen übersehen? Warum habe ich keinen Polizeischutz angefordert? Wann wird man meine Leiche finden? Wer kümmert sich um meinen Hund, wenn ich tot bin?

KAPITEL 1

Man muss schon verdammt hart im Nehmen sein, um wolkenverhangene Himmel, extreme Temperaturschwankungen und peitschenden Wind zu mögen. Es sei denn, man ist bekennender Syltianer. Dann geht jedes Wetter, jede Jahreszeit. Aber man muss seinen Beruf wirklich lieben, leidenschaftlich lieben, um auf dieser meerumtosten teilverrückten Insel als Makler zu arbeiten.

Auf mich trifft beides zu: Ich liebe Sylt, ich liebe meinen Beruf, und das seit mehr als fünfzehn Jahren.

Fröstelnd stehe ich vor einem Reetdachhaus im Süderheidetal. Auch an diesem ungewohnt kühlen und stürmischen Junitag war ich wie gewohnt mit meinem Corgi am Strand spazieren. Nichts für schwache Gemüter. Wie Nadelstiche haben sich aufgewirbelte Sandkörner in meine Haut gebohrt, und trotz der dicken Gummistiefel fühlen sich meine Füße wie erstarrt an.

Inzwischen hat der Wind noch mal kräftig zugelegt. Starke Böen fegen ums Haus und zerren melodramatisch an klappernden Fensterläden wie in einem alten Edgar-Wallace-Film. Solche Fensterläden gibt es nur noch selten an den Häusern hier.

Jetzt hätte ich nichts gegen einen heißen Tee einzuwenden, gern auch mit Schuss. Aber Job ist Job. Seit einer Woche steht das Objekt zum Verkauf, für stattliche fünf Millionen, und die Interessenten rennen mir regelrecht die Bude ein. Klar, jeder will dort wohnen, wo Sylt noch ursprünglich wirkt, urig, geradezu putzig. Im Süderheidetal hat sogar das Transformatorenhäuschen ein Reetdach.

Besichtigungstermine könnte ich mir im Grunde sparen. Obwohl das Haus stark renovierungsbedürftig ist, würden die meisten Kunden auch blind zuschlagen. Ist ja absolut risikolos. Ob man nun ein fensterloses Wohnklo in Westerland oder eine Kampener Luxusvilla mit Whirlpool erwirbt, auf Sylt ist die Wertsteigerung garantiert. Dass ich dennoch auf Begehungen vor Ort bestehe, hat mit meiner Berufsehre zu tun. Kein Verkauf ohne Besichtigung – auch wenn vieles gerne mal im Vorfeld per WhatsApp läuft und manchen Käufern sogar ausgereicht hat. Spaß beiseite, aber so kann es in seltenen Fällen auch mal sein, wenn einer genau weiß, was er denn will, und die Insel schon kennt.

Heute ist der erste Termin im Reetdachhaus im Süderheidetal, der neuesten Errungenschaft meines Portfolios und der aktuelle Aufmacher meiner Webseite: *Kristan Dennermann, Ihr Spezialist für Sylter Immobilien, präsentiert ein Spitzenobjekt in Toplage.*

Mit kältesteifen Fingern schließe ich die Tür auf und tappe in den schmalen, mit Kommoden und Schränken vollgestellten Flur. Die Besichtigung werde ich allein durchführen, weil sich der Hausherr, der alte Hinnerk Petersen, weigert, zugegen zu sein, »wenn lauter Fremde durch meine Räume trampeln«.

Kein Problem, ich bin bestens vorbereitet. Ich werde meine Kunden auf die schönen alten Holztüren aufmerksam machen, ihnen den gemauerten Kamin im

Wohnzimmer zeigen, die blau-weißen original friesischen Kacheln in der Küche. Auch auf die dekorativen Deckenbalken im Eingangsbereich werde ich hinweisen, Eiche massiv, gut zweihundert Jahre alt.

An einem dieser Balken hat einst der Vater von Hinnerk Petersen gehangen. Aufgedunsen, mit blutunterlaufenen Augen und bläulich verfärbter Haut.

Schaudernd blicke ich hoch zu den dunkel gebeizten Holzbohlen. Wenn man genau hinsieht, erkennt man noch die Stelle, an der der Strick eine helle Kerbe ins Holz gescheuert hat. Es muss ein längerer Todeskampf gewesen sein. Doch danach ist Ruhe eingekehrt, tiefer Frieden, das alles umspannende, alles überwindende Nichts, in dem es keinen Schmerz mehr gibt, kein Hadern, keine Verzweiflung.

Nicht mal dran denken, Kristan. Reiß dich zusammen.

Ich kenne den Sog des großen Nichts. Einfach Schluss machen und vergessen, was nicht mehr gut werden kann. Einige Male bin ich nah dran gewesen. Viel zu oft.

Was den Vater von Hinnerk Petersen betrifft, erzählt man sich die immer selbe Geschichte. Alt und krank sei er gewesen, sodass er das Haus nicht mehr verlassen konnte. Da kommt dann halt eine Menge zusammen: das trostlose Warten aufs Ende, die Einsamkeit, die langen dunklen Winterabende, an denen die düsteren Gedanken schneller kommen, als man Depression sagen kann.

Eine tödliche Kombination.

Wieder einer, der nicht stark genug war. Aber was heißt das schon, Stärke. Er hat den vorzeitigen Tod einem langen, qualvollen Siechtum vorgezogen. Ein stolzer Friese eben, eigensinnig und selbstbestimmt bis zuletzt – so wie einst Gunter Sachs.

Auch sein Sohn Hinnerk ist einer vom alten Schlage. Vor einer Woche tauchte er in meinem Westerländer Maklerbüro auf, selbst schon ein alter Herr, gebeugt, wettergegerbt, etwas hinfällig. Aber höchst eigensinnig. Bei den Besichtigungen wolle er auf keinen Fall zugegen sein, hat er erklärt, dafür schmerze ihn der Verkauf des Familienbesitzes zu sehr. Mit seiner von Altersflecken übersäten Hand hat er den Maklervertrag unterschrieben, mir einen Hausschlüssel überreicht und ist wieder hinausgewankt.

Schwer atmend stehe ich im Flur. Stickig ist es hier drinnen im Haus, auch ein bisschen muffig. Es riecht nach Tod.

Rasch wechsele ich ins Wohnzimmer, wo ich alle Fenster aufreiße und die kalte salzige Luft einatme, die auf mich einstürzt.

Friede den Toten, Respekt vor den Lebenden. Wobei Letzteres nicht immer so leicht ist in meinem Beruf. Ein stilechtes Friesenhaus im Süderheidetal weckt Begehrlichkeiten. Anderswo versuchen die Leute, den Kaufpreis zu drücken, auf Sylt bieten betuchte Interessenten schon mal an, zwei- bis dreihunderttausend Euro draufzulegen – unter der Hand, steuerfrei. Doch da sind sie bei mir an der falschen Adresse. Man mag es Sentimentalität nennen oder Gerechtigkeitssinn, für so was bin ich nicht zu haben.

Unwillkürlich muss ich lächeln. Angesichts der üblichen Bestechungsversuche kommt es fast knickerig rüber, dass mir ein Kunde für den Zuschlag eine Hublot Big Bang für knapp hunderttausend Euro versprochen hat. Rührend auch die dralle Unternehmergattin aus Süddeutschland, die beim Vorgespräch durchblicken ließ, man könne ja mal »in ganz intimer Atmosphäre« über das Objekt verhandeln.

Die meisten Leute drehen halt ein bisschen durch, wenn sie ein Anwesen auf Sylt ins Auge fassen.

Kein Wunder. Offiziell trage ich den Titel Immobilienfachwirt, ich selbst bezeichne mich als Wunschhändler und Traumvermittler. Krisenfeste Kapitalanlagen sind das eine, mein Geschäftsmodell basiert jedoch auf der emotionalen Rendite meiner Kunden. Nestbau ist ein Urinstinkt und Sylt der absolute Sehnsuchtsort. Wer hier nach langer Suche ein Domizil ergattert, wird von tiefen Glücksgefühlen geflutet.

Blechern schlägt die große Standuhr im Wohnzimmer an. Viertel vor fünf. In fünfzehn Minuten wird das Ehepaar aus Berlin vor der Tür stehen, das ganz oben auf meiner Favoritenliste steht, sympathische Leute mit drei kleinen Kindern. Nur noch ein letzter Check-up, dann kann die Besichtigung starten.

Auf den ersten Blick scheint alles in Ordnung zu sein. Nach wie vor befinden sich Hinnerk Petersens schwere dunkle Möbel im Haus. Seine Kinder hegen keinerlei Interesse an dem Plunder, wie sie die Einrichtung des Vaters geschmackvollerweise nennen.

Mir kann es nur recht sein. Ein voll möbliertes Objekt wirkt immer ansprechender als kahle Räume, wo man jeden Fleck, jeden Riss in der Wand sieht. Selbst hässliche Möbel verleihen einer Immobilie etwas Heimeliges, Bewohntes. Bei besserem Wetter hätte ich auch Gartenstühle und einen Sonnenschirm draußen auf den Rasen gestellt. Home Staging nennt man das: alles nett herrichten, damit sich Interessenten sofort wie zu Hause fühlen.

Suchend schaue ich mich um. Auf mein Geheiß hat ein professioneller Putztrupp gestern gründlich sauber gemacht und aufgeräumt, aber irgendwas wird ja immer übersehen.

Mir entgeht selten etwas. Als langjähriger Makler weiß ich, wie man ein Objekt vorteilhaft präsentiert, und vor allem habe ich ein Auge für störende Details. Was musste ich nicht schon alles entdecken: leere Schnapsflaschen hinter dem Sofa, gebrauchte Kondome unterm Bett, Pornohefte auf der Toilette.

Als Erstes schalte ich sämtliche Lampen an. Licht ist immer gut, viel Licht. Danach inspiziere ich noch einmal jedes einzelne Zimmer, rücke hier ein Sofakissen zurecht, hebe dort einen Papierschnipsel vom Boden auf. Im Schlafzimmer finde ich eine von Spinnweben mumifizierte Socke, eingeklemmt zwischen Bett und Nachtschrank. Hoher Ekelfaktor, bloß schnell weg damit.

Aber das ist es nicht, was mich beunruhigt. Häuser erzählen Geschichten. Auch in diesem Haus nisten sie, in jedem Zimmer, jeder Ecke, jedem Winkel. Bedrohliche Geschichten. Irgendetwas stimmt hier nicht, das spüre ich ganz deutlich, wenngleich ich nicht sagen könnte, was genau.

»Sie sind zu durchlässig«, hat mein Therapeut mal gesagt. »Sie haben eine extrem hohe Wahrnehmungsfrequenz, deshalb sind Sie so dünnhäutig und sehen manchmal Gespenster.«

Womöglich hat er recht.

Weiter geht's in die Küche, deren nostalgischer Charme mich seltsam berührt. Der niedrige Raum wirkt wie eine Zeitkapsel mit dem altertümlichen Gasherd, den friesischen Kacheln und dem groben uralten Holztisch nebst passenden Armlehnstühlen. Nach dem Verkauf wird das alles rausfliegen. Zurzeit sind indirekt beleuchtete Kücheninseln angesagt, mit schicken tischlergefertigten Hochstühlen wie Barhocker und Hightech-Extras wie Sous-Vide-Garer und und und.

In einem Holzregal an der Stirnwand sind allerlei Lebensmittel aufgereiht: Mehlpackungen, Zuckertüten, ein paar Dosen mit Eintopfgerichten. Davor liegt ein zerbrochenes Glas mit Hühnerfrikassee auf dem Boden. Schöne Bescherung. Wie konnte das denn passieren? Ist es dem Hausbesitzer vielleicht heute Morgen heruntergefallen? Aber warum hat er das Malheur dann nicht sofort beseitigt?

Gut, da muss ich jetzt ran. Zunächst wickele ich ein Geschirrtuch um meine rechte Hand, dann wische ich das Ragout vom Boden und hebe vorsichtig die Glassplitter auf.

Jetzt erkenne ich auch das Etikett: Lilos Happy Belly. So heißt die Hundenahrung Marke Eigenbau, die meine alte Freundin Lieselotte in ihrer Küche zubereitet und an die wohlhabenderen Sylter Hundebesitzer verkauft. Das 300-Gramm-Glas für stolze zwölf Euro. Dafür sind aber auch beste Zutaten drin, alles bio, ohne künstliche Zusatzstoffe.

Auch ich leiste mir ab und an ein Glas für meinen Corgi, den Prince of Wales. Er liebt das Bio-Rinderragout, am meisten aber liebt er den Leberwurstkeks, den es gratis dazugibt.

Weiter im Text. Bevor ich Möbel und Ablageflächen auf eventuellen Staub kontrolliere, öffne ich den Kühlschrank. Der wird beim obligatorischen Clearing gern vergessen. Großer, großer Fehler. Schon des Öfteren habe ich vergammelte Kohlköpfe oder Tupperdosen mit gewölbten Deckeln in den Kühlschränken gefunden. Einmal sogar ein madenzerfressenes Kotelett. So was muss man als Makler wissen, wenn man böse Überraschungen bei der Besichtigung vermeiden will.

Alles gut. Der Kühlschrank ist vollkommen leer, ordnungsgemäß blank gewienert und dem Geruch nach zu urteilen sachgemäß desinfiziert. Vorsichtshalber schaue ich auch ins Tiefkühlfach. Wegen der heftigen Stürme hat es einige Stromausfälle gegeben, was eine ziemliche Sauerei bedeuten kann, falls noch etwas darin liegt.

»Wusste ich's doch«, brumme ich. »Wenn man nicht alles selber macht …«

Mit spitzen Fingern ziehe ich eine Packung Erbsen aus dem Fach. Sie muss schon länger darin gelegen haben. Eine dünne Eisschicht glitzert auf der Pappe, das aufgedruckte Mindesthaltbarkeitsdatum ist seit zwei Jahren abgelaufen. Ich will die Schachtel gerade in den Mülleimer befördern, als mein Blick auf einen winzigen Schriftzug fällt.

Für Julia hat jemand mit Kugelschreiber auf die Schmalseite gekritzelt.

Petersen hat nur Söhne. Vielleicht heißt die Zugehfrau Julia? Andererseits haben die Putzleute erzählt, das Haus sei unfassbar verschmutzt und verwahrlost gewesen, ein elendes Drecksloch. Also keine Zugehfrau. Wer dann?

In diesem Moment sehe ich, dass die Packung geöffnet und mit einem Streifen Tesafilm wieder verschlossen wurde. Eigentlich nichts Ungewöhnliches. Als Single entnehme auch ich den Inhalt portionsweise, nicht alles auf einmal. Es ist mehr Intuition als Neugier, als ich den Klebestreifen abziehe und zum Spülbecken gehe, um die Schachtel darin auszuleeren.

Klackernd prasseln steinhart gefrorene Erbsen aufs Metall. Als Letztes fällt ein durchsichtiges Tütchen in die Spüle.

Ich reiße die Augen auf.

Ein Schmuckstück funkelt mir entgegen. Ein Ring, über und über mit Brillanten besetzt. Ein kleiner Zettel flattert hinterher, mit den gleichen krakeligen Buchstaben bedeckt wie die Verpackung.

Wenn du dies findest, haben die Schweine gewonnen. Aber den hier kriegen sie nicht, der ist für dich. Frag nicht und halt bloß die Füße still. Du weißt ja, was sonst passiert. H

Wie vom Donner gerührt starre ich auf den Zettel. Großer Gott, was hat Hinnerk Petersen denn damit gemeint? Ich würde ihn gern anrufen, doch seit zwei Tagen kann ich ihn nicht erreichen. Angeblich ist er zu seinen Kindern aufs Festland gefahren. Komischer alter Kauz. Was in aller Welt hat es mit dieser Botschaft auf sich?

Das Schrillen der Türglocke reißt mich aus meinen Überlegungen. Hastig klaube ich die Erbsen aus dem Spülbecken und werfe sie mitsamt der Schachtel in den Mülleimer. Den Zettel und das Tütchen mit dem Ring stecke ich in meine Jackentasche. Ein Reflex. Vielleicht auch Intuition.

Was hat sich hier wirklich abgespielt? Und wer zum Teufel ist diese Julia?